BERND LEIX

mummelROT

Das Buch

Sie lieben die Freiheit! Marie Schwarz und Gottfried Wald, die beiden Sonderermittler des Landskriminalamtes schätzen nichts mehr, als selbstbestimmt in ihrer Heimat dem Verbrechen auf die Spur zu kommen. Das ungleiche Paar wird immer dann eingesetzt, wenn es um feines Gespür für die Besonderheiten des Schwarzwaldes geht.

In ihrem zweiten Fall eilen die Kommissare an den Mummelsee. Ein vermögender Unternehmer aus dem nahen Achern wird seit der letzten Nacht vermisst. Hat ein lautstarker Streit auf dem Parkplatz des Berghotels damit zu tun? Oder ein blutgetränktes Jackett, das am Ufer des Sees in einer kleinen Fichte hängt?

Hüten die schwarzen Wasser des unergründlichen Sees ein düsteres Geheimnis? Kennen es die Mümmlein, die lieblichen Seefräulein, die nachts anmutig Reigen tanzen und tagsüber als Lilien und Seerosen duftend am Ufer stehen? Oder hat der alte Nix die Hand im Spiel? Der Herrscher des Seegrundes mit seinem schilfbekränzten Haupt versteht keinen Spaß, wenn jemand seinen Schützlingen zu nahe kommt …

Der Autor

Er ist Schwarzwälder durch und durch! Bernd Leix, 1963 in Klosterreichenbach geboren, hat Forstwirtschaft studiert und lebt seit Langem im Kinzigtal. Dort betreute er als Revierförster viele Jahre die Wälder rings um das Klosterstädtchen Alpirsbach. Seit 2005 hat er zahlreiche Regionalkrimis veröffentlicht, in denen Wald und Natur stets eine wichtige Rolle spielen.

Nach ‚SCHWARZmarie' (2015) legt er nun mit ‚mummelROT' (2017) seinen zweiten Band aus der Reihe der ‚SchwarzwaldMarie-Krimis' vor.

BERND LEIX

mummelROT

Der Schwarzwald-Krimi

In dieser Krimi-Serie sind bisher erschienen:
SCHWARZmarie – ISBN 978-3-00-051419-7
hornisGRAU – ISBN 978-3-9818-2221-2
SILBERwolf – ISBN 978-3-9818-2222-9
tannenWEISS – ISBN 978-3-9818-2223-6
Gestaltet und produziert im Schwarzwald

Herausgeber: Gottfried Keppler, 77815 Bühl/Baden
Info@SchwarzwaldMarie.de
2. Auflage 2024

Marken- und Ideengeber: Gottfried Keppler, 77815 Bühl/Baden
Lektorat: Rose Schweizer, 77855 Achern
Umschlaggestaltung, Illustrationen und Satz:
Werbeatelier Heinz Wendling, 77833 Ottersweier
Druck: Stückle Druck und Verlag, Ettenheim
Buchbindung: Josef Spinner Großbuchbinderei GmbH,
77833 Ottersweier
Printed in Germany
ISBN 978-3-9818-2220-5

Personen und Handlung sind frei erfunden.
Ähnlichkeiten mit lebenden oder toten Personen wären rein zufällig und sind nicht beabsichtigt.

Prolog

Niemand darf es stören, das schwarze Auge.
Niemand darf es erbosen, das dunkle Gewässer.
Niemand darf ihn reizen, den geheimnisvollen Mummelsee, hoch im Nordschwarzwald, zu Füßen der Hornisgrinde.

Wirft aber jemand einen Stein hinein, so fängt der See an zu brausen und zu kochen. Regen, Donner und Hagel ziehen auf, der Himmel verfinstert sich und ein fürchterliches Unwetter bricht los.

Niemand darf ihn erzürnen, den alten gewaltigen Nix, mit seinem schilfbekränzten Haupt. In unergründlicher Tiefe wohnt er, im muschelbewachsenen Seepalast, ganz aus Bergkristall und Edelsteinen. Dort sitzt er auf einem prachtvollen, perlengeschmückten Thron und wacht über die Seinen.

Niemand darf sich seinen Bewohnern nähern, den Mümmlein, den lieblichen Seefräulein, die nachts anmutig Reigen tanzen und tagsüber als Lilien und Seerosen duftend am Ufer stehen.
Doch wehe …
Wehe, jemand kommt ihnen zu nahe.
Wehe, jemand will sie für sich gewinnen.
Wehe, jemand begehrt sie.

Unerbittlich wird er in die Tiefe gezogen.
Ohne Gnade verschlingen ihn die Fluten.
Niemals wird er wieder gesehen.
Nur ein blutroter Schwall steigt aus der Mitte des dunklen Sees nach oben …

Davon erzählen die Großmütter ihren Enkeln, drunten im Achertal, in Seebach, Ottenhöfen und Kappelrodeck. Reizt ihn nicht, den Mummelsee, sonst tritt er gar noch über die Ufer, seine Wassermassen stürzen zu Tal und reißen alles mit sich fort. So lernen es schon die jüngsten Schwarzwälder.

Achtung und Respekt gebietet er, der dunkle See, droben auf der Höhe.

Er liegt im Schatten der Hornisgrinde, die höher ist als alle anderen Berge im nördlichen Schwarzwald und deren felsige Abhänge steil hinunterfallen. Hinunter zum schwarzen Wasser.

Doch nicht alle halten sich an die Regeln.

Ob er die Seejungfrauen bedrängt hat, in jener lauen Juni-Nacht?
Ob er ihn gereizt hat, den Alten vom Seegrund?
Ob er ihn herausgefordert hat, den Herrscher des Mummelsees?

1

Es war nicht viel, was von Konrad Kranz übrigblieb. Eigentlich nur sein Jackett, das im leichten Wind kaum merklich hin und her schwang. Sauber aufgehängt, pendelte das dunkelblaue Brioni-Sakko an einer kleinen Fichte, an einem abgebrochenen Ästchen, das in Augenhöhe aus dem dünnen Stamm ragte. Ein dicht belaubter Busch verdeckte es recht gut, und von den vielen Urlaubern, die im Laufe des Vormittags den Mummelsee umrundeten, bemerkten nur wenige, dass dort unten am Ufer etwas an einem Baum hing. Doch niemand machte sich die Mühe, die paar Meter ans Wasser hinunterzusteigen. Vielleicht lag es an den großen Steinen zwischen Fußweg und See, vielleicht auch an der morgendlichen Kühle, dass keiner neugierig näherkam, um nachzusehen, was es mit der einsamen Jacke auf sich hatte.

Gegen Mittag änderte sich das. Selbst auf über tausend Metern Meereshöhe erreichten die Temperaturen nun angenehm sommerliche Werte und die hochstehende Sonne beschien jetzt große Teile des Ufers.

Ein Bikerpärchen aus dem Ruhrgebiet hatte seine schwere BMW beim Berghotel abgestellt und sich zum Spaziergang entlang des Sees aufgemacht. Die zwei Verliebten entdeckten eine der wenigen sandigen Stellen und entschieden sich spontan für eine Ruhepause direkt am dunklen Wasser. Sie turnten händchenhaltend über die bemoosten Steine und erreichten ein zwar schmales, aber dennoch einladendes Plätzchen. Ihre dicken Lederjacken legten sie auf den immer noch klammen Sand, streckten sich eng aneinandergedrückt darauf aus, schlossen die Augen und genossen die Sonnenwärme.

Das Kleidungsstück hinter dem Busch entdeckten sie erst nach einiger Zeit. „Sieh mal!“ Die junge Frau stieß ihren Freund vorsichtig an. „Dort drüben, da hängt was.“

„Hmm, ’ne Jacke oder so“, brummelte er schläfrig. „Hat wohl einer vergessen. Wird schon zurückkommen, wenn er sie vermisst.“

Beruhigt schloss auch das Mädchen wieder die Augen und schmiegte sich noch etwas dichter an ihn. Beide dösten erneut ein. Tiefe Atemzüge in klarer, reiner Schwarzwaldluft.

Eine Fliege suchte sich die Nase der Motorradfahrerin als Landeplatz aus. Das leichte Kitzeln genügte, die Frau war wieder hellwach. Schnell verscheuchte sie das vorwitzige Insekt und hatte erneut die Jacke im Blick.

„Wir könnten sie auch mitnehmen und vorne im Hotel abgeben.“

„Wovon sprichst Du?“, fragte ihr Freund irritiert, doch ohne die Augen zu öffnen.

„Na dort, die Jacke. Hängt immer noch am Baum. Bis jetzt hat sie niemand geholt.“

„Ach was. Geht uns nichts an. Lass sie einfach. Selbst schuld, wer so dusselig ist.“

Die junge Frau antwortete nicht, schlief aber auch nicht wieder ein.

Auf dem Pfad kam eine Familie vorbei. Fünf Mal Klink, fünf Mal Köln, alle auf einem Kurztrip, um den Schwarzwald zu erkunden. Der Mummelsee gehörte dazu. Unbedingt! „Papa, schau, da unten“, krähte das fünfjährige Mädchen.

„Ja, Lisa, die beiden ruhen sich aus. Sind wohl ganz müde.“

„Nein, nicht die. Dort, sieht du denn nicht? Komm!“ Sie hatte das Jackett entdeckt, fasste Ottmar, ihren Vater an der Hand und wollte vom Fußweg abbiegen. „Nein, nicht“, hielt der seine Tochter zurück. „Nichts für uns. Die Jacke gehört jemandem, der sie bestimmt schon sucht.“

„Und wenn er sie nicht findet?“

„Der weiß sicher, wo er sie hingehängt hat und kommt bald zurück.“

„Wir könnten sie ihm doch bringen.“

„Wem denn? Meinst Du, da steht ein Name drin?“

„Ja, wie bei mir. Komm nachschauen!“

Ottmar Klink schüttelte den Kopf. „Bei Erwachsenen ist das nicht so wichtig, wie im Kindergarten, wo mal was verwechselt wird.“

Das kleine Mädchen blieb stehen und sah seinen Papa entrüstet an. Die rotblonden Zöpfchen bebten.

„Ich hab meine Jacke noch nie verwechselt. Ich pass immer auf. Aber der da …“, – sie zeigte in den Busch –, „… der hat geschlampert!“

Ottmar überlegte kurz und beschloss spontan, jetzt sei der richtige Zeitpunkt, um verantwortungsvolle Erziehung zu demonstrieren. „Also gut Lisa, Du hast mich überzeugt. Wir schauen uns genauer an, was da hängt.“

Freudestrahlend zog das Kind seinen Papa hinter sich her, während die Mutter kopfschüttelnd mit den beiden älteren, völlig desinteressierten Geschwistern auf dem Fußweg zurückblieb.

Es war nicht ganz einfach, die dünne Fichte zu erreichen. Ein paar Mal mussten Vater und Tochter Klink ihre Hände zu Hilfe nehmen, um auf allen Vieren über die groben Felsbrocken zu klettern. Stellenweise war auch der Moosbelag ziemlich rutschig, doch schließlich erreichten die beiden ihr Ziel. Erwartungsvoll schaute das Mädchen den Papa an. „Heb mich hoch, dann schaue ich nach, wo der Name steht!“

Schulterzuckend sandte der Ottmar einen Blick zurück zum Weg, dann fasste er seine Tochter unter den Armen, ließ aber doch wieder los, um selbst nach dem Kleidungsstück zu greifen und es herunter zu nehmen. Der optische Eindruck bestätigte sich. Federleicht, vornehmes dunkles Blau mit einem ganz leicht ins Braune gehenden Schimmer – und schon die Haptik beim Berühren, eindeutig ein wertvoller Anzugstoff!

Er warf einen Blick auf das Etikett und wusste Bescheid. Dreitausend EURO – mindestens! In einem solchen Jackett machte man üblicherweise keine Waldspaziergänge, schon gar nicht in rauem Gelände. Vorsichtig hielt er Lisa die Innenseite des Sakkos hin.

„Da steht er doch, der Name!“ Triumphierend zeigte sie auf: ‚Brioni‘

„Leider nicht“, antwortete ihr Vater, „so heißt die Firma, die es hergestellt hat.“

„Schade!“ Enttäuscht ließ das Kind kurz die Mundwinkel hängen, dann wurde es wieder eifrig. „In den Taschen, Papa. Wir müssen in den Taschen nachsehen. Vielleicht finden wir da was.“

‚Da musst Du jetzt durch‘, konnte Ottmar im Gesicht seiner Frau lesen, zu der er hilfesuchend zurückschaute. Auch das Motorradpärchen beobachtete aus einigen Metern Entfernung interessiert, wie sich die Situation weiter entwickeln würde.

„Die Jacke hing schon da, als wir gekommen sind“, rief die junge Bikerin herüber.

„Wir wollen sie zurückbringen“, antwortete Lisa spontan und freudestrahlend. „Dem wiedergeben, dem sie gehört. Nur schnell schauen, wo der Name steht.“

Die Motorradfahrerin stand auf, kam näher und ging vor dem Mädchen in die Hocke. „Genau, so muss man es machen, wenn man was findet. Wiedergeben, zum Fundbüro bringen.“

Lisa nickte: „Ja, Fundbüro und einen Finderlohn kriegt man auch.“ Ihre kleinen Hände durchstöberten bereits die Außentaschen des Jacketts, das der Papa mit hochgezogenen Augenbrauen und einem ‚Ich-weiß-auch-nicht-was-das-hier-noch-wird‘ – Blick vor sie hinhielt.

„Schade, nichts drin …, aber da fühl ich was!“ Triumphierend zog das Mädchen aus der Innentasche ein iPhone hervor.

„Das neueste Modell“, erkannte die Bikerin auf den ersten Blick. „Darf ich mal sehen?“

„Nein“, sagte Lisa bestimmt und presste das Gerät schnell an sich. „Mein Papa soll das machen.“

„Natürlich, klar doch, entschuldige bitte“, lächelte die junge Frau. „Ich halte so lange das Jackett.“

Lisas Vater reichte ihr das noble Kleidungsstück und nahm stattdessen das iPhone in Empfang. „Tja, ohne PIN nichts zu machen“, stellte er fest, doch im selben Moment stieß die Frau einen schrillen Schrei aus und ließ das Sakko zu Boden fallen, wo es sich über einem Stein ausbreitete.

„Was …?“, wollte Ottmar fragen, aber ein Blick auf das jetzt offen daliegende Innenfutter erklärte alles.

„Schmutz“, nickte Lisa mit Kennermiene und zeigte auf den großen dunklen Fleck. „Dreck! Der hat nicht aufgepasst. Der wird bestimmt geschimpft.“

Die Bikerin ließ sich erbleichend auf einen Stein sinken und schaute zum Vater des Mädchens. „Sehen Sie auch, was ich sehe?“

Der nickte kaum merklich und auch aus seinem Gesicht wich jetzt die Farbe. Lisa erkannte schnell, was da noch war. „Ein Loch“, krähte sie. „Nicht nur Schmutz, der hat seine Jacke auch noch kaputt gemacht.“

„Komm, mein Schatz“, sagte Ottmar Klink leise, aber mit einem leichten Vibrato in der Stimme, nahm sie hoch und drückte sein Kind fest an sich. „Hier dürfen wir jetzt nichts mehr anfassen.“

2

Lisa verstand nicht, wieso ihr Papa auf dem schnellsten Weg zurück zum Fußpfad kletterte. Sie kapierte auch nicht, warum die Frau und der Mann, die vorher so schön miteinander im Sand gekuschelt hatten, jetzt aufs Mal ganz eilig ihre schwarzen Lederjacken aufhoben und ebenfalls das Ufer des Mummelsees verließen. Instinktiv begriff das Kind aber, dass alles, was geschah, mit der Jacke, mit dem Fleck und mit dem Loch zu tun haben musste. Sie spürte, wie aufgeregt ihr Vater war und schnappte nur die Worte ‚Blut' und ‚Schuss' auf, die er völlig außer Atem zur Mama sagte.

Die beiden Motorradfahrer kamen näher und stellten sich zu Familie Klink. Die Erwachsenen begannen, untereinander zu tuscheln. Lisa versuchte, etwas zu verstehen, doch sie konnte nicht viel mit dem anfangen, was sie mitbekam.

Kurze Zeit später nahm ihr Vater sein Handy, tippte drei Mal darauf: eins-eins-null – und hielt es sich ans Ohr.

Sein Notruf ging beim Polizeipräsidium Offenburg ein. Der Beamte, der den Anruf entgegennahm, hörte konzentriert zu, notierte, fragte einige Male professionell zurück und fasste anschließend kurz zusammen: „Am Mummelsee haben Sie ein herrenloses Jackett gefunden. Es hing an einem Baum am Seeufer. Es hat einen Fleck und ein Loch. Vielleicht ein Blutfleck, vielleicht ein Loch durch einen Schuss, durch ein Projektil. Bitte fassen Sie nichts weiter an, halten Sie Abstand und bleiben Sie vor Ort. Wir schicken schnellstens ein Fahrzeug vorbei."

Tatsächlich war eine Streifenwagenbesatzung des Polizeireviers Achern gerade mit der Aufnahme eines Blechschadens auf dem Parkplatz beim Seibelseckle fertig geworden und so dauerte es nur wenige Minuten, bis die Beamten am Mummelsee eintrafen. Ein Mann in Motorradfahrerkluft kam ihnen winkend entgegengelaufen. „Kommen Sie, da gehts lang. Ich zeigs Ihnen." Ein kurzes Stück konnte die Streife noch fahren, dann mussten die Uniformierten zu Fuß weiter.

Sie wurden bereits von drei Kindern und einer Handvoll Erwachsener erwartet. „Dort unten, sehen Sie", sagte ein Mann, an dessen Hand sich ein kleines Mädchen mit rötlichen Zöpfen klammerte. Er wies in Richtung Wasser, wo ein Kleidungsstück über einem der großen Steinbrocken ausgebreitet lag. „Das hier war in der Innentasche." Er reichte den Polizisten das iPhone. „Habe ich leider angefasst."

„Ich auch", sagte Lisa recht kleinlaut. „Wir wollten die Jacke ja nur zum Fundbüro bringen."

„Genau, dort muss man das abgeben, was man gefunden hat. Ganz richtig", sagte der Ältere der beiden Streifenbeamten, ein großgewachsener, breitschultriger Polizist mit kurzen grauen Bartstoppeln. Er strich dem Mädchen über das Haar, zog aus seiner Oberschenkeltasche eine durchsichtige Plastiktüte und hielt sie auf. „Dann packen wir das Handy jetzt mal da rein, damit nicht noch mehr Spuren draufkommen."

Sein Kollege war bereits zum Ufer hinuntergeturnt, hatte sich dünne Einmalhandschuhe übergestreift und begutachtete das auf dem Fels drapierte Jackett. Ziemlich schnell kam er wieder zurück. Mit ernster Miene sagte er zu den Spaziergängern: „Wir müssen absperren. Kann gut sein, dass Sie recht haben."

Er ging ein paar Schritte zur Seite und griff nach seinem Mobiltelefon. „Möglicherweise gibt es einen Zusammenhang mit dem Vermisstenfall von heute früh", meldete der Beamte knapp an die Zentrale. „Ja genau, die Meldung Kranz, Konrad Kranz, Kranz-Werke, Achern. Letztmalig gesehen gestern Abend beim Verlassen des Berghotels Mummelsee. Wir suchen ja schon seit zwei Stunden die ganzen Parkplätze an der Hochstraße nach seinem protzigen Geländewagen ab. Und jetzt finden Spaziergänger hier direkt am Mummelsee ein Jackett mit Blutfleck und Schussloch. Am besten, Du verbindest mich gleich mit unserem Obersten von Mord und Totschlag, ja, direkt mit dem schönen Harald."

Der leitende Offenburger Kriminalkommissar Harald Roth reagierte blitzschnell, als ihm der Streifenbeamte Bericht erstattete. Er blätterte eiligst in der Akte, die er kurze Zeit zuvor auf den Schreibtisch bekommen hatte, fand darin eine Mobilfunknummer und gab sie in sein eigenes Gerät ein. Wenige Sekunden später vibrierte das Smartphone in der Beweismitteltüte der uniformierten Kollegen am Mummelsee. „Volltreffer, Harald, das ist sein iPhone. Eine Ortung könnt Ihr Euch sparen.“

Eine Stunde später füllte sich der weiträumig abgeriegelte Uferbereich des dunklen Karsees mehr und mehr mit Polizei. Uniformierte, zivil Gekleidete, manche in weißen Schutzoveralls – alle wuselten durcheinander, wussten aber offenbar genau, welche Aufgaben sie zu erledigen hatten.

Ein gut aussehender, gepflegt wirkender Beamter mit perfekt sitzender Gelfrisur, der Anzug und Krawatte trug, stand offensichtlich im Mittelpunkt des Geschehens. Mimik und Gestik ließen keinen Zweifel daran aufkommen, dass er sich seiner Chefrolle sehr bewusst war.

„Das iPhone ist jetzt offen“, rief ihm gerade einer der Kriminaltechniker zu, als zwei weitere Zivilbeamte eintrafen. Ein grauhaariger drahtiger Mann, ganz in Schwarz gekleidet, mit Polohemd, Cargohose und Funktionsweste, sowie eine wesentlich jüngere, auffallend schlanke, großgewachsene Kollegin, die in ihren zusammengebunden schwarzen Haaren eine sportliche dunkle Brille stecken hatte und sofort die Blicke sämtlicher Männer auf sich zog.

Der Anzugträger bemerkte, wer kam und ging den beiden entgegen. „Marie! Die Sonne geht auf!“ Er streckte seine Hand aus und die Kollegin drückte sie kräftig.

„Harald“, lächelte Kriminalhauptkommissarin Marie Schwarz, „die Ermittlungsgruppe Schwarzwald ist soeben in ihrer vollen Stärke eingetroffen.“

„Knallrot, wie immer“, konterte der leitende Offenburger Kommissar und betrachtete die enge Jeans und die knappsitzende offene Weste derselben Farbe, unter der sich die Dienstpistole deutlich abzeichnete.

„Mich kannst Du ruhig übersehen“, zwinkerte Kriminalhauptkommissar Gottfried Wald und reichte Harald Roth ebenfalls die Hand. „Ich bleibe lieber im Hintergrund.“

„Neben Marie hast Du natürlich keine Chance“, kam als Antwort, „und eines Tages werde ich sie Dir und dem LKA doch noch abwerben.“

„Untersteh’ Dich“, drohte Gottfried mit erhobenem Zeigefinger. „Aber mach Dir keine Hoffnungen, niemand von uns beiden passt in Dein straffes Regiment. Wir brauchen Freiheit.“

„Licht, Luft und Sonne, ich sehe.“ Roths Blick blieb einen Moment zu lange an Maries gebräunter Haut hängen. „Schon wieder einen Marathon gewonnen?“

„Kannst ja mal gegen sie antreten“, grinste Gottfried. „Wird Deinem Ego aber nicht besonders gut tun. Du siehst nur noch eine Staubwolke, dann ist sie weg.“

„Es wundert mich schon sehr“, hob Roth die Augenbrauen und sah Marie wieder an, „dass Du es mit so einem Langweiler aushältst. Scheint doch zu stimmen, dass sich Gegensätze anziehen.“

„Sag uns lieber, warum sich dieser … wie heißt er nochmal … ach ja, Kranz, warum der sich hier am See ausgezogen hat“, lenkte Marie das Gespräch wieder in dienstliche Bahnen.

„Dass er sich selbst entkleidet hat, glaube ich ehrlich gesagt nicht mehr. Kommt mal mit.“

An der Absperrung blieb Roth stehen und nahm aus einer bereitstehenden Alukiste Überschuhe und Latexhandschuhe. „Anziehen!“, lautete sein knapper Befehl. „Nicht, dass wir auch noch Eure Spuren in unserer Sammlung haben.“

Unten am See waren drei Kriminaltechniker am Werk und untersuchten akribisch die gesamte Umgebung des Fundortes. Die Zahl der im Gelände verteilten kleinen Tafeln mit Nummern darauf schien auf den ersten Blick allerdings recht überschaubar zu sein.

An einem Fichtenstämmchen hing ein dunkelblaues Jackett und wurde gerade aus allen denkbaren Richtungen fotografiert. „Spaziergänger haben es genau hier vorgefunden.“

„An diesem Aststummel?“, wollte Marie wissen.

Roth sah sie durchdringend an: „Wenn ich sage, genau hier, dann meine ich das auch so. Wir haben die Zeugen hergebracht, um exakt zu rekonstruieren.“

„Darf ich schon?“, fragte Gottfried in Richtung des Technikers.

Der nickte: „Okay, ich bin fertig.“

Kriminalhauptkommissar Gottfried Wald ließ das noble Sakko hängen, fasste es aber mit spitzen Fingern an und zog es auseinander.

„Blutfleck und Einschussloch“, sagte Harald Roth. „Diese Info habt Ihr ja schon bekommen.“

„Vielleicht auch der Ausschuss“, meinte Gottfried. „Du willst doch der Laboruntersuchung nicht vorgreifen.“

„Mann, was für eine Haarspalterei“, mokierte sich Roth. „Jedenfalls ist da eine Kugel durch, egal, ob von innen oder außen. Garantiert nicht gut für den, der dieses Jackett getragen hat.“

„Offen“, überlegte Gottfried Wald laut. „Offen muss er es getragen haben, sonst hätten wir an der Vorderseite auch noch ein Loch.“

„Ist ja wohl logisch“, stichelte der schöne Harald. „Es sei denn, das Projektil wäre direkt am Brustbein durch. Siehst Du, hier! Er beugte sich zu Gottfried vor und strich gleichzeitig über das Revers seines eigenen edlen Sakkos, um zu demonstrieren, wie ein Geschoss einen Körper durchdringen könnte, ohne ein zweites Loch im Stoff zu hinterlassen.

Sein Kollege sah ihn stirnrunzelnd an, dann brummte er: „Ein schwaches Kaliber kann auch stecken geblieben sein.“

„Konrad Kranz“, ging jetzt Marie dazwischen. „Seid Ihr sicher, dass es sich um seine Anzugjacke handelt?“

„Sein iPhone war jedenfalls drin. Das haben die Spaziergänger aus der Innentasche gezogen. Ein kleines Mädchen, um genau zu sein, aber zwei Erwachsene waren direkt dabei."

Gottfried zog wieder am hängenden Sakko, betrachtete die Innenseite genauer und drehte sich zu Harald Roth. „Brioni, feiner Zwirn und sauteuer. Auch Deine Marke?"

„Nein, nicht im Dienst", schüttelte der mit ernstem Gesichtsausdruck den Kopf. „Höchstens …"

„… auf der Pressekonferenz", grinste Marie schelmisch. „Aber mach Dir keine Sorgen, auch mit dem Anzug, den du heute trägst, stiehlst Du dem Staatsanwalt die Schau."

Roths Gesicht nahm schlagartig Farbe an, er antwortete aber nicht. Stattdessen schaltete sich Gottfried wieder ein: „Wundern tät es mich nicht, wenn dem Kranz tatsächlich was zugestoßen wäre. Wer seine Leute in der Fabrik so behandelt, der hat garantiert jede Menge erbitterter Feinde."

„Wie, Du kennst ihn?", wunderte sich Harald Roth. „Oder nur aus der Zeitung wegen den Massenentlassungen?"

„Manchmal ermittelt das Landeskriminalamt auch ohne Mitwirkung der örtlichen Kollegen. Es ist noch gar nicht lange her, kurz vor Ende meiner Stuttgarter Zeit, da habe ich bei ihm einige Hausbesuche gemacht."

„Was? Hausdurchsuchungen?" Roth musste sich sehr zusammennehmen, um das nicht lauthals hinauszuschreien. „In Achern, beim Kranz daheim? Der verkehrt doch in den allerhöchsten Kreisen."

Gottfried legte seinem Kollegen die Hand auf die Schulter und holte tief Luft: „Genau deswegen haben sie mich geschickt und keinen aus Deiner Truppe."

Jetzt wurde das Gesicht des Offenburger Kommissars dunkelrot. „Soll das heißen, wir halten nicht dicht?", stieß er zornig aus.

„Ruhig, ganz ruhig", lächelte Gottfried. „Das LKA weiß schon, was es tut, aber es ging nicht gegen Euch. Meine damaligen Einsätze hatten andere Hintergründe. Politik, wenn Du verstehst. Außerdem waren es nur Besuche und keine Durchsuchungen. Es ging lediglich darum, seine Vertrauenswürdigkeit unter die Lupe zu nehmen und zwar mit maximaler Diskretion und auf direkte Anweisung von ganz oben."

„Das heißt Samthandschuhe", sagte Marie und hob ihre in blaues Latex gekleideten Hände direkt vor Roths Gesicht in die Höhe. „Ich hatte übrigens nichts mit diesem Fall zu tun, falls Du das wissen möchtest. Gottfried hat selbst mich noch nicht vollständig über die Hintergründe ins Bild gesetzt."

„Und?", drängelte Roth ungeduldig und trat auf Gottfried zu. „Marie will auch wissen, was dahintersteckt."

„Wie hast Du mich vorhin genannt? Einen Langweiler?", grinste ihn Gottfried an. „Nicht ganz das passende Wort, aber die Richtung stimmt. Deswegen sage ich immer … na …, Du kennst doch mein Motto?"

„Jetzt erst mal ganz langsam“, lächelte Marie und die beiden Kommissare der Ermittlungsgruppe Schwarzwald ließen den schönen Harald einfach sprachlos stehen.

Roth konnte sich einige Sekunden lang nicht rühren. Fassungslos musste er zusehen, wie sich seine LKA-Kollegen den weiteren im Gelände gesicherten Spuren zuwandten. „Soll das heißen …?“, zischte er schließlich, „… soll das etwa heißen, Ihr beiden übernehmt den Fall?“

„Danke, für Deinen pflichtbewussten Anruf in Stuttgart“, antwortete Gottfried, ohne sich umzudrehen. „Aber bei dieser Persönlichkeit hast Du wirklich gut daran getan, nicht auf eigene Faust rumzuwursteln!“

Harald Roth sackte förmlich in sich zusammen. So deutlich, dass es sogar einer Technikerin seines Kommissariats auffiel. „Ich glaub, dem Chef ist nicht gut“, sagte sie zu dem neben ihr arbeitenden Kollegen. „Schau mal, wie der dasteht. Ganz schief, wie ein Schluck Wasser in der Kurv’.“

Das hatte der leitende Kriminalhauptkommissar natürlich gehört. Sofort nahm er Haltung an, riss die Schultern nach oben und brüllte über den Platz: „Einpacken, alles was Offenburg heißt, sofort einpacken. Wir rücken ab. Soll das LKA doch sehen, wie es alleine zurechtkommt.“

Gottfried Wald drehte sich ganz langsam um und bemerkte, dass die Augen aller örtlichen Kollegen auf Marie und ihn gerichtet waren. Erst blieb er stumm und schaute genüsslich in die Runde, dann sagte er nur: „Bitte weitermachen. Wir erledigen das gemeinsam, so wie immer. Wir brauchen Euch natürlich. Der Harald hat da etwas missverstanden. Alles gut.“

Roth verließ wutschnaubend die Absperrung in Richtung Mummelsee-Hotel und drehte sich nicht mehr um.

„Au weia, da ist einer aber mega-sauer“, runzelte Marie die Stirn.

„Ausgeprägtes Platzhirschgehabe, so war er schon früher“, lächelte Gottfried, „und wir sind ihm jetzt in die Parade gefahren. Aber lass mal, der kriegt sich schon wieder ein. Im Grunde ist er ganz verträglich.“

„Soll ich ihm hinterdrein …?“

„Nachlaufen? Nein, das bringt nichts. Der soll erst mal runterkommen. Er ist es eben nicht gewohnt, nur die zweite Geige zu spielen. Aber in diesem Fall haben wir ganz klare Vorgaben.“

3

„Und wenn ihn der See geholt hat?“, fragte Marie, als sie und Gottfried sich etwas vom Fundort des Jacketts entfernt hatten. „Du kennst doch die Sagen, oder?“

„Vom alten Nix, der dort unten wohnt?“

„Mit dem Seegeist ist ja wirklich nicht zu spaßen.“

Ihr Kollege verzog lächelnd das Gesicht. „Ich weiß ja, wie sehr Du mit diesen Legenden verbunden bist, aber denkst Du, der greise Neptun zieht seinen Opfern erst noch die Kleider aus, bevor er sie in die Tiefe zerrt?“

„Vielleicht bedient er sich ja ganz irdischer Gehilfen?“

Weiter kam sie nicht mit ihren Phantasien, denn einer der uniformierten Kollegen näherte sich den beiden LKA-Kommissaren. „Im Hotel haben wir einen Mitarbeiter vom Service aufgetrieben, der eine Aussage zum gestrigen Abend machen kann. Dieser Kranz war dort zum Essen und muss sich danach wohl mordsmäßig mit einem anderen Mann gestritten haben.“

„Okay, was sagt der Zeuge genau?“, fragte Gottfried.

„Ich hab ihn mitgebracht. Er wartet drüben an der Absperrung.“

Der Hotelkellner stellte sich als Kai Telczik vor. Ein schlanker, ja fast schmächtiger junger Mann im weißen

Hemd. Er trug Trachtenband statt Krawatte, schwarze Hose und grüne Samtweste mit silbernen Knöpfen. Legerer Landhausstil eben, so gekleidet wie es die Urlauber von der Schwarzwälder Gastronomie erwarten. Marie musterte ihn intensiv und schätzte sein Alter auf Mitte zwanzig. Sie hielt ihr Smartphone bereit, um die Aussage gleich als Sprachnotiz zu dokumentieren.

Telczik erwies sich als guter Beobachter. „Herr Kranz ist bei uns als Gast gut bekannt. Er lässt regelmäßig einen Tisch reservieren. Ungestört zu sitzen, das ist ihm wichtig. Ein Arbeitsessen halt, bei dem irgendwelche Verhandlungen geführt werden, das haben wir häufig."

„Wer war bei ihm?"

„Meistens andere Geschäftsleute. Mal einer, mal zwei oder auch drei. Anzug, Krawatte, Businessmeetings eben. Dieses Mal ist allerdings niemand gekommen, obwohl er für zwei Personen bestellt hatte. Eine Zeitlang hat er gewartet und immer wieder aufs Handy geschaut. Schließlich musste er dann wohl oder übel alleine essen. Wildhase übrigens, falls das für Sie wichtig ist."

Gottfried nickte: „Jede Kleinigkeit ist von Bedeutung. Machte er einen verärgerten Eindruck?"

Kai druckste etwas herum: „Ach, wissen Sie, der Herr Kranz … ja, wie soll ich sagen …, der gehört nicht unbedingt …"

„… zu den angenehmsten Gästen?", ergänzte Gottfried.

„Ach, Sie kennen ihn?"

Der Kommissar zog es vor, darauf nicht direkt zu antworten, hob aber vielsagend die Augenbrauen. „Bei der Polizei ist es wie bei Ihnen im Hotelgewerbe. Wir haben es mit den unterschiedlichsten Menschen zu tun, mit solchen und solchen.“ Dabei hob und senkte er den Daumen abwechselnd.

Kai Telczik nickte: „Wie wahr, wie wahr. Die allermeisten unserer Gäste sind echt okay. Die haben Anstand und wissen sich zu benehmen, aber manche sind wirklich richtige …“ Den Rest verschluckte er.

„Kotzbrocken!“, entfuhr Marie. „Stimmts?“

„Unter uns gesagt“, wurde Kai ganz leise. „Wer die teuersten Anzüge trägt, aber das Personal schikaniert, ist bei mir einfach unten durch.“

„Dann reißen Sie sich wohl nicht gerade darum, Ihren Stammgast zu bedienen?“

„Meistens muss ich das machen. Meine Kolleginnen verschwinden schon, wenn der Kranz auch nur zur Tür reinkommt.“

„Gibt er wenigstens ordentlich Trinkgeld?“, wollte Marie wissen.

„Pah, Trinkgeld!“ Jetzt wurde Kai heftig. „Dieses Wort kann der noch nicht mal richtig schreiben. Beim Essen spart er kaum, nur das Beste für sich und seine Geschäftsfreunde. Aber mehr als ein paar Cent bis zum nächsten vollen Euro hab ich nie von ihm bekommen.“

„Und besonders freundlich ist er wohl auch nicht, wenn ich das richtig verstanden habe?“, fragte Gottfried und schickte einen vielsagenden Blick an Marie.

Kai schüttelte den Kopf. „Kann ich sicher sein, dass die Hotelleitung niemals erfährt, was ich Ihnen hier sage?“

„Großes Ehrenwort, alles absolut vertraulich.“

Telczik druckste etwas herum: „Das ist jetzt schon meine vierte Saison hier. Ich kenne unsere Stammgäste und gebe durchweg mein Bestes. Doch der Kranz, der findet wirklich jedes Mal einen Grund, mich zur Schnecke zu machen.“

„Beschwert er sich über das Essen?“

Kai schüttelte den Kopf: „Nein, so gut wie nie. Geschmeckt hat es ihm anscheinend noch immer.“

„Sonst hätte er einfach irgendwo anders hingehen können“, überlegte Marie. „Gute und sogar allerbeste Restaurants sind im Schwarzwald ja nun keine Mangelware.“

„Ich bin mir sicher, dass es der Ort hier ist, der ihn anzieht. Ein paar Mal habe ich beim Servieren das Wort ‚Gipfeltreffen‘ aufgeschnappt. Irgendwie muss er am Berghotel Mummelsee einen Narren gefressen haben.“

„Klare reine Waldluft statt Rheintalsmog“, kommentierte Gottfried. „Kann ich absolut verstehen.“

Marie lenkte das Gespräch wieder zurück: „Wenn er nicht über das Essen meckert, bleibt ja nur noch Ihr Service übrig.“

„Wer sucht, der findet“, nickte Kai Telczik. „Einen minimalen Fleck auf dem Tischtuch, den entdeckt er garantiert, oder einen Fingerabdruck am Glas. Auch Besteck und Teller nimmt er immer akribisch unter die

Lupe. Wehe, da ist eine Kleinigkeit. Wenn er zu lange warten muss, oder ganz schlimm, – wenn mir beim Servieren auch nur ein winziges Missgeschick passiert, dann poltert er los."

„So richtig laut, dass es die anderen Gäste mitbekommen?"

„Nein, poltern ist das falsche Wort. Er genießt es, einen vor seinen Geschäftspartnern abzukanzeln. Verbale Ohrfeigen, wenn Sie verstehen, was ich meine. Es ist vor allem seine Stimme. Schneidend, richtig scharf. Zack, zack, zack, haut er einem die Kritik um die Ohren. Eine Klatsche nach der anderen. Selbst der kleinste Fehler wird unnachsichtig gerügt. Ich warte schon drauf. Diese Vorstellung kommt jedes Mal. Sie bereitet ihm auch sichtliches Vergnügen und wenn er nichts finden kann, wirklich gar nichts …"

„Dann?", wollte Marie wissen.

„Dann kommt unter Garantie: Heute hat sich unser kleiner Ossi ja mal richtig angestrengt!"

„Wie bitte, kleiner Ossi? Was soll denn das?"

Kai schaute hoch zu Marie, die einen halben Kopf größer war als er: „In Brandenburg, in meiner Heimat, ist es halt nicht so doll mit Arbeitsplätzen, deshalb bin ich jetzt schon einige Jahre hier. Im Sommer am Mummelsee, im Winter manchmal auch, oder in Österreich. Mein Hochdeutsch wird zwar immer besser, aber gelegentlich hört man eben doch, wo ich herkomme."

„Minimal“, lächelte ihn Marie an. „Aber das macht überhaupt nichts. Ganz im Gegenteil, wer seine Muttersprache verleugnet, verliert die eigene Identität.“

Telcziks Augen wurden ganz groß: „Meinen Sie? Echt?“

„Ja, unbedingt und ich weiß genau, wovon Sie sprechen. In meiner Stuttgarter Zeit hab ich auch manche Spitze über den Schwarzwälder Dialekt einstecken müssen.“

„Kann ich mir jetzt gar nicht vorstellen“, gab Kai Telczik ebenso freundlich zurück. „Sehr angenehm und warm, Ihre Stimme.“

„Danke“, zwinkerte Marie ihm zu. „Aber jetzt zurück zum gestrigen Abend. Sie haben einen Streit mitbekommen? Im Restaurant?“

„Nein, auf dem Parkplatz. Der Kranz war einer unserer letzten Gäste und kurz nach ihm bin ich auch raus, eine rauchen. Er hatte ohnehin eine absolut miese Laune.“

„Unter der Sie wieder leiden mussten?“

Kai nickte: „Schwamm drüber, ich bins schon gewohnt. Der Grund war doch garantiert, dass ihn jemand verladen hatte.“

„Und draußen vor der Tür, da gings zur Sache?“

„Ja, richtig laut ist es gewesen. Ein gutes Stück weg, da stand der Kranz zusammen mit einem anderen Kerl.“

„Können Sie den beschreiben?“

„Kräftige Statur, aber deutlich jünger und eine Handbreit größer als er, Jeans, Lederjacke.“

„Haarfarbe?“

„Dunkel, richtig dunkel. Mit Bart.“

„Vollbart?“

„Nein, Schnäuzer, recht buschig.“

„Gepflegte Erscheinung?“

Telczik überlegte. „Nein, kein Anzugträger. Eher so ein bulliger Typ.“

„Ein Schläger? Hat er den Kranz bedroht?“

„An eine erhobene Hand kann ich mich erinnern, aber es war schon recht dämmerig. So ganz genau …“

„Sagen Sie uns nur das, was Sie wirklich sicher wissen“, belehrte ihn Gottfried. „Also noch mal: Konkrete Handgreiflichkeiten?“

Kai überlegte, dann schüttelte er den Kopf: „Nein, keine Schlägerei, falls Sie das meinen. Nur ein Mal, da hat dieser dunkle Typ dem Kranz seine breiten Hände auf die Schultern gelegt und ihn kurz geschüttelt. Aber Kranz hat ihm die Arme gleich wieder weggeschlagen.“

„Also ist es nur laut zugegangen,“, stellte Marie fest.

Das konnte Telczik bestätigen: „Richtig laut, ja. So, dass ich sogar ein paar Wortfetzen mitbekommen hab.“

Gottfried schaute ihn erwartungsvoll an. „Und?“

„Zum Beispiel: … unverschämt’, oder … büßen’. Daran kann ich mich hundertprozentig sicher erinnern.“

„Von wem kam das?“

„Der Kranz, nur der hat gebrüllt. Der Dunkle mit dem Bart war nicht so laut. Der hatte es auch gar nicht nötig.“

„Offensichtlich körperlich überlegen?“, hakte Marie nach.

Kai nickte: „Eindeutig! Der Kranz hat ja eine normale Statur, aber dieser Kerl – Mann, hatte der einen mords Brustkasten! Und enorm breite Schultern.“

Gottfried schaute ihn an: „Was meinen Sie? War der andere der, auf den er gewartet hat?“

„Keine Ahnung, ein Geschäftsmann sicherlich nicht.“

„Haben Sie noch etwas verstanden?“

Telczik schüttelte den Kopf: „Nein, und dann haben sie mich wohl bemerkt.“

„Sicher, dass Sie entdeckt wurden?“

„Ja, die haben zu mir hergesehen und schlagartig war Ruhe.“

„Sind sie zusammen weggegangen? In die selbe Richtung?“

„Ja“, bestätigte Kai. „Ein Stück den Parkplatz runter, aber wohin genau, hab ich nicht mehr mitbekommen.“

„Ob sie in das selbe Auto gestiegen sind, konnten Sie also nicht mehr sehen?“

„Nein, Ich bin schleunigst wieder rein. Das hätte dem Chef garantiert nicht gefallen, wenn das Personal den Gästen nachschaut. Aber halt“, fasste sich Kai an die Stirn, „jetzt, wo Sie fragen, das Auto vom Kranz kenne ich natürlich. Auffälliger Geländewagen, Range Rover, so ein richtig fettes Teil, *OG-KK* als Autonummer, *KK 1*, was auch sonst. In den sind die zwei jedenfalls nicht eingestiegen. Die Karre stand noch da, ganz in der Nähe vom Hoteleingang. Jetzt ist sie übrigens weg.“

„Gab es denn andere Personen, die den Streit bemerkt haben konnten?“, fragte Marie.

Telczik überlegte, schüttelte den Kopf, überlegte weiter, sagte: „Ich glaube, jemand war drüben, da wo die Souvenirläden sind, aber … nein, sicher kann ich das nicht mehr sagen.“

„Frau oder Mann? Vielleicht wissen Sie das noch?“

„Nein, beim besten Willen … vielleicht bilde ich es mir ja auch nur ein …, also darauf dürfen Sie mich jetzt wirklich nicht festnageln.“ Er zeigte auf Maries Smartphone: „Bitte rausschneiden, wenn Sie meine Aussage zu Papier bringen.“

„Ja, machen wir. Wirklich verwertbar ist nur das, wobei Sie sich hundertprozentig sicher sind“, beruhigte ihn Gottfried. „Nur noch zwei Fragen: Wieviel Uhr war es und wie viele Autos standen zu dieser Zeit auf dem Parkplatz?“

„Nach zehn auf jeden Fall, vielleicht auch schon halb elf. Der Kranz ist nach dem Essen echt lange sitzen geblieben. Wie ich schon sagte, er war einer der letzten Gäste im Restaurant.“

„Und die Wagen auf dem Platz?“

„Zehn, fünfzehn vielleicht. Nein, mehr standen da nicht. Die meisten Autos um diese Uhrzeit gehören Wanderern, die den Sonnenuntergang und die Dämmerung oben auf der Hornisgrinde erleben wollen. Die haben dann Stirnlampen dabei und kommen oft erst bei völliger Dunkelheit zurück.“

Gottfried reichte dem Hotelkellner die Hand: „Danke. Ihre Aussage hat eine sehr große Bedeutung. Wir kommen demnächst wieder auf Sie zu."

Kai Telczik begann, rumzudrucksen: „Ist der Kranz denn …?"

„Tot?", antwortete Marie. „Tja, wenn wir diese Frage beantworten könnten, dann wären unsere Ermittlungen schon ein entscheidendes Stück weiter. Aber bitte …" Sie beugte sich leicht vor und schaute ihrem Gegenüber ganz tief in die Augen: „… kein Wort zu niemandem. Alles streng vertraulich."

4

„Tot oder nicht?“, überlegte Kriminalhauptkommissar Gottfried Wald und sah dem aufmerksamen kleinen Kellner nach, der mit flinken Schritten wieder zurück zu seiner Arbeit ins Berghotel eilte. „Wenn ich an das Loch im Jackett denke, habe ich kaum Hoffnung, ihn irgendwo quicklebendig anzutreffen.“

„Herz oder Lunge“, gab ihm Marie recht. „Vielleicht auch die Schlagader.“

Gottfried wiegte den Kopf hin und her: „Dafür reicht mir die Blutmenge nicht aus.“

„Lass uns die Technik fragen, was sie sonst noch im Angebot haben“, meinte Marie. „Sieht so aus, als wären die schon fertig.“

„In der direkten Umgebung haben wir nur Schuhabdrücke und ein paar Faserspuren gesichert“, berichtete einer der Kollegen.

„Kein weiteres Blut?“

„Nullkommanull, ehrlich. Nicht der kleinste Tropfen. Wir lassen als nächstes die Hunde suchen.“

Gottfried strich sich über das Kinn. „Hmm, also wird der Fundort nicht der Tatort sein.“

Der Techniker stimmte zu: „Spricht einiges dafür, dass der Brioni-Träger nicht hier sein Leben ausgehaucht hat. Wir nehmen das Jackett jetzt im Labor genauer unter die Lupe. Schmauchspuren, DNA und so weiter."

„Haltet uns auf dem Laufenden. Ihr wisst ja, um wen es sich dreht. Wenn die Öffentlichkeit davon Wind bekommt, sitzen uns die Journalisten wie Geier im Nacken."

„Nachrichtensperre", schlug Marie vor.

„Einverstanden. Dann bekommen wir etwas Luft, aber wenn ich an Stuttgart denke, wird mir jetzt schon übel."

„Diese Anfragen muss uns eben der Ludwig vom Hals halten. Ich ruf ihn gleich mal an." Marie nahm ihr Smartphone und ging nach oben in den Wald hinein, um ungestört zu telefonieren.

„Du hast recht", sagte sie, als sie zurückkam. „Die Oberen machen Druck, ganz gewaltig sogar."

Gottfried hob die Schultern. „Wir tun, was wir können. Wir lassen nach dem Range-Rover fahnden, wir suchen nach weitcren Zeugen, wir schicken die Hunde in die Umgebung, das muss doch reichen."

Marie zeigte zum Wasser: „Und dort?"

„Du willst doch nicht allen Ernstes …?"

„Man könnte uns einen Strick draus drehen, wenn wir es nicht tun!"

Gottfried schüttelte den Kopf. „Hast Du eine Ahnung, was das kostet, Taucher einzusetzen? Und wenn wir Froschmänner in dieses dunkle Wasser schicken, machen wir die Öffentlichkeit erst recht darauf aufmerksam."

„Zu spät“, antwortete Marie, „Sie sind schon da, die Geier.“

„Zum Kuckuck aber auch! Wo kommen die denn her?“, erregte sich Gottfried ganz gegen seine sonstige Gewohnheit. Zwei kamerabewaffnete Gestalten standen direkt am Absperrband, mit dabei eine dritte Person in Anzug und Krawatte.

Auf Gottfrieds Stirn zeigte sich eine tiefe Zornesfurche. „Und der Roth gibt denen auch noch ein Interview. Jetzt knallts aber. Den kauf ich mir. Kümmere Du Dich so lange um die Pressefritzen. Du weißt schon, viel reden, aber nichts sagen.“

Er marschierte schnurstracks auf die Dreiergruppe zu. „Einen kleinen Moment bitte, meine Kollegin wird Ihre Fragen beantworten“, wandte er sich an die beiden Journalisten, fasste Harald Roth kurz am Ärmel seiner Anzugjacke und zog ihn einige Meter zur Seite.

„Was soll das?“, empörte sich der Offenburger Kommissar.

„Erklär mir bitte sofort, was Du hier tust“, forderte ihn Gottfried auf und achtete darauf, den Reportern den Rücken zuzudrehen. „Hast Du überhaupt eine Ahnung, wie sensibel man in diesem Fall vorgehen muss?“

Roth war auf hundertachtzig. „Sensibel nennst Du das, mich vor den Augen der Presse wegzuzerren.“

„Jedes Wort ist zuviel, vor allem, wenn man, so wie Du, die Hintergründe nicht kennt.“

„Wieso, wegen dem Kranz? Darüber musste ich denen gar nichts sagen. Die waren bereits bestens informiert.“

„Was?“ Gottfried riss die Augen auf. Schlagartig hatte er das Gefühl, als würde sich unter ihm ein Loch im Boden auftun. „Wer hat gequatscht?“

„Keiner von uns, aber vielleicht jemand vom Hotel? Die Kollegen mussten ja dort nach dem Gast von gestern Abend fragen.“

„Und ihr habt dem Personal nicht eingeschärft, dass sie die Klappe halten müssen?“

„Selbstverständlich“, zischte Roth seinen LKA-Kollegen an. „Denkst Du vielleicht, wir sind Anfänger? Aber sollen wir etwa allen, die wir angesprochen haben, die Handys abnehmen und sie irgendwo einsperren?“

„Oh, Mann“, rieb sich Gottfried die Stirn und fühlte, dass ihm die Ermittlungen gerade völlig entglitten. „Marie hat vor ein paar Minuten mit Stuttgart telefoniert und denen versichert, dass garantiert nichts durchsickert.“

„Also Flucht nach vorne“, antwortete Harald Roth. „Am besten, die Öffentlichkeit gleich mit einbinden.“

„Wahrscheinlich bleibt uns jetzt gar nichts anderes mehr übrig. Was sagen denn die Kollegen, die in Achern ermitteln?“

„Beim Kranz zuhause?“

Gottfried nickte. „Und in der Firma.“

Roth zuckte die Achseln: „Im Büro haben sie mit zwei Prokuristen gesprochen und davor mit der Haushälterin.“

„Ehefrau?“

„Der hat er anscheinend bereits vor zwei Jahren den Laufpass gegeben."

„Und diese Haushälterin war es, die ihn als vermisst gemeldet hat? Ist das nicht ein wenig merkwürdig?"

„Sieht so aus, als ob die sich nicht nur um Küche und Wäsche kümmert. Das meinen zumindest die Kollegen. Sie war völlig aufgelöst."

„Manche freuen sich ja, wenn der Chef verschwindet."

„Das war hier anders, auffällig anders."

In diesem Moment fing Gottfried Maries Blick auf – eindeutig hilfesuchend!

Er machte kehrt und ging auf die Journalisten zu. „Ich denke, meine Kollegin hat Sie bereits umfassend informiert. Gibt es noch Fragen?"

„Wie nennen Sie das? Information?" Der lange schlaksige Zeitungsjournalist, dem die ausgeprägt große Nase etwas Greifvogelartiges gab, versuchte es mit Aggressivität. „Es geht um Konrad Kranz, Inhaber der Kranz-Werke, millionenschwer. In den letzten Wochen hat er durch den Skandal in seinem Betrieb wiederholt Schlagzeilen gemacht. So jemand ist eine öffentliche Person. Da können Sie uns nicht einfach mit ein paar nichtssagenden Floskeln abspeisen!"

Gottfried atmete tief durch – eins … zwei … drei … – erst dann antwortete er und versuchte sogar, dabei zu lächeln: „Wie Sie sehen, führt die Polizei hier Ermittlungen durch. Ergebnisse unserer Arbeit teilen wir Ihnen zu gegebener Zeit mit und falls es eine Pressekonferenz gibt, werden wir Sie selbstverständlich gerne dazu einladen. Das tun wir aber genau dann, wenn es Sinn macht. Bis dahin liegt die Berichterstattung aber ganz in Ihrer eigenen Verantwortung. Überlegen Sie sich also gut, ob Sie etwas schreiben."

„*Ob* wir etwas schreiben? *Ob*?", höhnte der Adlernasige. „Da können Sie Gift drauf nehmen. ‚Hat ihn der Mummelsee verschluckt? Schwerreicher Industrieller nach Besuch des Berghotels verschwunden. Ermittler tappen im Dunkeln'. Na, wie gefällt Ihnen das?"

„Gut, wirklich gut." Gottfried verzog keine Miene. „Es wird Ihnen sicherlich nichts ausmachen, dann tags darauf zu bekennen, dass Sie lediglich irgendwelche Spekulationen gedruckt haben."

„Wieso?", wollte der andere Journalist, ein aufgrund seines enormen Übergewichts stark schwitzender, kahlgeschorener Fünfzigjähriger, wissen. „Was ist mit Kranz? Ist er tot?" Er zeigte auf den Bereich unten am See. „Wieso ist da abgesperrt? Lag dort seine Leiche? Sie haben doch das gesamte Personal des Hotels nach Kranz ausgefragt. Und gestern Abend war er hier. Das wissen wir genau."

„Na dann", antwortete Gottfried trocken. „Schreiben Sie ruhig, was Sie zu wissen glauben. Am besten gleich als Sofortmeldung in den Internetportalen Ihrer Blätter. Wenn Sie aber an Fakten interessiert sind, an Tatsachen, die wirklich stimmen, müssen Sie sich leider noch ein wenig gedulden."

„Fakten“, spie der lange Reporter aus. „Die sehen wir ja hier unmittelbar vor uns. So eine Absperrung machen Sie doch nur bei einem Tatort. Und wenn wir eins und eins zusammenzählen …“

„Dann?“ Gottfried machte einen Schritt auf ihn zu und schaute ihn durchdringend an.

„Dann …, dann …“, stotterte der Journalist.

„Dann spekulieren Sie mal schön. Tatort? Vielleicht? Leiche? Vielleicht? Vielleicht auch nicht? Vielleicht haben Sie ja recht mit Ihren Vermutungen, vielleicht liegen Sie auch voll daneben. Berufsrisiko, würde ich sagen.“

Er drehte sich um und gab den Technikern ein Zeichen: „Das Band könnt Ihr aufrollen. Die beiden Herren hier möchten den See fotografieren und daran wollen wir sie ganz bestimmt nicht hindern.“ Er ließ die Reporter einfach stehen und winkte Marie und Harald Roth, ihm zu folgen.

„Wir verschwinden jetzt so schnell wie möglich, bevor noch mehr von dieser Sorte eintreffen. Die Technik soll sich zurückziehen, nur die Hundeführer können weitermachen. Falls die etwas finden, unauffällig markieren.“

Dann warf er den beiden perplexen Journalisten einen letzten Blick zu: „Ich hoffe, diese Pressefritzen sind jetzt so weit verunsichert, dass sie sich nicht getrauen, unsere Ermittlungen zu gefährden.“

5

„Jetzt erst mal langsam“, sagte Gottfried Wald, als er und Marie wieder zuhause in Baden-Baden eintrafen. Wenn sie irgendwo im Schwarzwald unterwegs waren, konnten die zwei der Ermittlungsgruppe Schwarzwald über ihre Notebooks auf alle nötigen Daten mobil zugreifen. Ansonsten nutzten sie das großzügige Gartengeschoss von Gottfrieds Villa als Büro.

„Ich brauche sicherlich gar nicht erst zu fragen“, meinte der Kommissar zu seiner Kollegin, „Du ziehst garantiert die Terrasse den geschlossenen Räumen vor.“

„Bei diesem sagenhaften Wetter? Auf jeden Fall! Für Dich kannst Du ja den Sonnenschirm aufspannen“, lächelte Marie. Sie legte Weste, Strümpfe und Laufschuhe ab, ebenso die Dienstpistole samt Gürtelholster und streifte ihre rote Jeans ab. Darunter kam eine kurze schwarze Sporthose zum Vorschein. So machte sie es sich auf einer der Liegen bequem, zog ihre Sportsonnenbrille über die Stirn herunter und klappte den Rechner auf. Auf dem Gartentisch daneben breitete Gottfried seine Utensilien aus. „Willst Du schreiben?“, fragte er.

Marie schaute ihn an: „Wie immer. Beim Laufen, Autofahren und Tippen bin ich schneller.“

„Dafür hat der Langsame mehr Zeit, um Abkürzungen zu finden“, frotzelte ihr Kollege, dann begann er laut zu denken: „Lass uns planen, wie wir vorgehen wollen. Zuerst – was haben wir?“

„Sakko, Loch, Blut“, formulierte Marie und gab diese Worte gleichzeitig in ihr Notebook ein.

„Kranz wartet, Kranz streitet, Kranz verschwindet“, ergänzte ihr Kollege und überlegte weiter: „Und worauf warten wir? – Hauptsächlich auf die Technik und ihr Labor: Ergebnisse vom Handy, Ergebnisse vom Jackett, Ergebnisse vom Seeufer.“

„Gut, das hab ich“, nickte Marie, jetzt aber die entscheidende Frage: „Was können wir tun? Kranz suchen?“

„Nein, das macht die Fahndung.“

„Auto von Kranz suchen?“

„Macht auch die Fahndung.“

„Aber wir müssen über Konrad Kranz recherchieren“, meinte Marie. „Ich such im Netz und Du gehst Deine früheren Ermittlungen nochmal durch.“

„Exakt“, stimmte Gottfried zu. „Diese Akten werde ich jetzt gleich aufrufen. Du wirst Dich wundern, aber mehr verrate ich nicht. Bitte, lies selbst.“

Modernste Technik befähigte die erst vor Kurzem eingerichtete ‚Ermittlungsgruppe Schwarzwald‘, von überall her auf sämtliche polizeilichen Datenbanken zuzugreifen. Ihre Codes berechtigten Marie und Gottfried sogar dazu, streng geheime Dokumente auf dem maximal gesicherten Server des Landeskriminalamtes einzusehen.

Marie fand dort mehrere Dossiers über die Kranz-Werke. Ihre Augen wurden größer und größer, je mehr sie sich mit den Interna vertraut machte.

„Unglaublich“, stieß sie hervor und drehte sich zu Gottfried. „Hast Du das gewusst?“

„Hab ich“, antwortete der, ohne von seinem Bildschirm aufzusehen. „Da staunst Du, was?“

„Diese Fasern, Mann, die sind ja eine bahnbrechende Entwicklung.“

„Ich hätte auch schon unterwegs davon berichten können, aber die Überraschung wollte ich Dir nicht nehmen. Jetzt weißt Du, weshalb ich damals mehrere Hausbesuche bei dem Kranz machen musste. Höchste Geheimhaltungsstufe!“

„Das ist der Wahnsinn“, rief Marie aus. „Zukünftig brauchen wir keine separaten Schutzwesten mehr. Hemden aus diesem Stoff genügen vollkommen. Gleiche Schutzklasse, aber nur noch ein Zehntel so dick!“

„Wahrscheinlich wirst Du Deine Marathons bald in solcher Hightech-Bekleidung laufen. Ich hab mal einen Prototyp getragen, der war nur noch minimal dicker als ein übliches Funktionsshirt, außerdem absolut reißfest und im Sommer sogar kühlend.“

„Ääh, wenn ich mal fragen darf“, zögerte Marie. „Bei einem Beschusstest hast Du es sicherlich nicht getragen?“

Gottfried lachte lauthals hinaus: „Garantiert nicht. Dafür hab ich mich dann doch nicht hergegeben. Aber bei mehreren Versuchen war ich dabei. Unglaublich, wieviel Energie diese Fasern absorbieren und ableiten können. Einem Kurzwaffenprojektil halten sie stand, solange kein Hartgeschoss im Spiel ist. Die normale 9-Millimeter wirft Dich zwar um, aber sie dringt nicht ein."

„Kein Wunder, dass der Name Kranz beim LKA sofort Vollalarm auslöst. Ist das Gewebe denn schon serienreif?"

„Die Versuche sind wohl im Endstadium, wie mir die ‚gewöhnlich gut unterrichteten Kreise' geflüstert haben."

„Und jetzt ist der Kranz verschwunden – volle Katastrophe."

„Du bringst es auf den Punkt. Dieser Kerl weiß genau, welchen Wert sein Wissen darstellt. Deshalb ist er auch derartig arrogant. Ich hab damals herausgefunden, dass selbst in seiner Firma niemand sämtliche Kenntnisse hat, um die Fasern herzustellen, niemand außer ihm. Er traut keinem."

„Aus gutem Grund, sonnenklar." Marie scrollte weiter durch die Dokumente: „Chemie und Physik hat er studiert, in Karlsruhe und in den USA, ja und hier steht sein akademischer Grad: *Dr. Dr. Ing.*, also ein doppelter Doktor, der muss ja ganz schön was auf dem Kasten haben."

„Den Betrieb hat er vor knapp zwanzig Jahren von seinem Vater übernommen, so viel weiß ich noch aus den Gesprächen, als ich ihn besucht habe. Die Kranz-Werke waren lange Zeit führend in der Herstellung von

Teppichfußböden, aber das ist längst passé. Heute wird so was Einfaches ja kaum noch im Hochlohnland Deutschland produziert. Höchstens in Osteuropa oder der Türkei und selbst dort nur die Spitzenqualitäten. Sonst kommt alles als Containerware aus Billig-Fernost."

„Dann hat der Herr Doppeldoktor die Zeichen der Zeit anscheinend früh genug erkannt und umgesattelt", vermutete Marie.

„Ein schlauer Kopf, zweifellos, dieser Konrad Kranz. In den letzten Jahren hat er einige internationale Patente angemeldet. In der Herstellung von Hightech-Bekleidungsstoffen liegt heute der Schwerpunkt. Rohmaterial für die Sportartikelhersteller zum Beispiel."

„Und jetzt ist er weg – vielleicht sogar tot und mit ihm fehlt das ganze Wissen. Das Desaster ist perfekt!"

„Im Kopf kann er natürlich nicht alles haben. Das, was seine Werke bereits produzieren, musste er ja zumindest im Kreis der engsten Mitarbeiter weitergeben. Nur die Geheimnisse dieser allerneuesten Faser hat er absolut für sich behalten. Damals, vor einigen Wochen, war seine Aussage, dass die Zutaten für die einzelnen Spinnfäden nur von ihm persönlich zusammengemischt werden. Dazu wurde schon vor längerer Zeit extra ein Labor im Keller seines Privathauses eingerichtet. Außer ihm kommt dort überhaupt niemand rein. Ich habe es zwar versucht, aber er hat mich bloß milde lächelnd abblitzen lassen."

Marie stöberte weiter in den Datenbanken. Aufs Mal hielt sie inne: „Diese neue Faser – es scheint so, als würde er die aber auch sehr dringend brauchen. Hier gibt es mehrere interne Berichte, dass er große Bereiche seiner Produktion deutlich zurückfahren musste."

„Die Konkurrenz schläft natürlich nicht. Sobald ein Produkt auf dem Markt ist, wird es auch schon kopiert. Industriespionage ist ein sehr unterschätztes Kriminalitätsfeld. Hier lies selbst, was er uns gesagt hat." Gottfried nahm sein Notebook vom Gartentisch und reichte es Marie. „Schon vor einigen Monaten musste er Kurzarbeit anmelden, so stark haben die Übersee-Konkurrenten in den Markt gedrängt. Wichtige Abnehmer sind weggebrochen, innerhalb weniger Wochen, also quasi über Nacht."

Marie verstand: „Deshalb auch die Entlassungswelle. Einer der Journalisten oben am Mummelsee hat doch von einem Skandal gesprochen."

„Es war wohl eher die Art und Weise, wie es der Kranz durchgezogen hat. Ohne Vorankündigung fast 300 Leuten die Kündigungsschreiben hinzuwerfen und sie am selben Tag noch freizustellen, ist wirklich unter aller Kanone."

Marie richtete sich auf und schaute ihren Kollegen empört an. „Krass! 300 Menschen! Wer so was macht, der gehört doch …", sie stockte, „soll das etwa heißen, Du siehst da ein Motiv?"

„Motiv?", gab Gottfried zurück. „Motiv wofür?"

„Mord natürlich, was sonst?"

„Und Du glaubst, die Arbeitsplätze werden erhalten, wenn der arrogante Chef beseitigt ist?“

„Na ja“, zögerte Marie. „Das natürlich nicht, aber garantiert schieben die Entlassenen einen Mordszorn. Wenn da einer die Kontrolle verliert und spontan …“

„Die Entlassungen sind jetzt schon einige Zeit her und der Kranz ist erst seit gestern verschwunden. Da scheidet eine Affekthandlung doch wohl aus.“

„Aber der Streit auf dem Parkplatz, von dem uns dieser Kellner berichtet hat?“

„Der könnte sehr wohl damit im Zusammenhang stehen“, musste Gottfried zugeben.

„Und wenn sich diese Situation noch zugespitzt hat, vielleicht an einem anderen Ort? Eine Eskalation, in der Nacht, tief im dunklen Schwarzwald …“ Marie schaute ihn herausfordernd an.

„Du hast recht, den Streit dürfen wir nicht einfach so abtun.“, Gottfried hob beschwichtigend die Hände: „Aber wir müssen die gesamte Situation bedenken. Fakt ist, die Kranz-Werke befinden sich in einer existenziellen Krise, von der bisher nur die Spitze des Eisbergs zu sehen ist. Die ganze Hoffnung des Chefs liegt auf der neuen Faser für Schutzkleidung. Das hat er mir damals klipp und klar ins Gesicht gesagt. Er braucht einen Staatsauftrag, sonst steht die gesamte Firma auf der Kippe.“

„Staatsauftrag, dann ist garantiert nicht nur die Polizei von Baden-Württemberg mit im Boot. Vielleicht sogar das Militär?“

„Logisch, das vermute ich auch. Das Interesse an dieser Faser dürfte weltweit sein. Die Gespräche laufen aber auf höchster Ebene. Da kommen wir kleinen Ermittler nicht mehr mit. Wir werden nur als Läufer gebraucht, um vor Ort zu gehen.“

„Über tausend Beschäftigte“, las Marie weiter. „Das ist natürlich auch ein Argument, um öffentliche Aufträge zu ergattern.“

„Das Druckmittel Arbeitsplätze zieht immer und meines Wissens war der Kranz seit vielen Monaten andauernd unterwegs, um Druck zu machen. Ich weiß von Verhandlungen in Stuttgart, aber an welche Türen er sonst noch geklopft hat, können wir nur vermuten.“

„Etwa in der Art: Gebt mir zügig den Auftrag, sonst sitze ich im Flieger nach Moskau?“

Gottfried nickte: „Oder Peking oder, oder …!“ Er fuhr sich mit der Hand über die Stirn: „Manchmal glaube ich, das ist ein paar Nummern zu groß für uns. Für mich gibt es ’zig verschiedene Szenarien, wieso der Kranz plötzlich nicht mehr da ist.“

„Tot oder lebendig, wir wissen es immer noch nicht“, antwortete Marie nachdenklich.

„Ich habe das Labor angewiesen, alles stehen und liegen zu lassen, um dieses Jackett zu untersuchen. Eigentlich warte ich jede Minute auf ein Ergebnis.“

Er musste nicht mehr lange warten. Bald darauf zeigte ein Signalton den Eingang einer neuen Mail an. Marie, die das Notebook ihres Kollegen noch auf dem Schoß hatte, las laut: „DNA stimmt überein. Vergleichsproben wurden bei ihm zuhause genommen. Das Blut stammt zu 99,9% von Kranz.“

„Das Loch?“, wollte Gottfried wissen.

„Schusswaffenprojektil, acht bis neun Millimeter. Schmauchspuren auf dem Stoff deuten auf einen Schuss aus nächster Nähe hin. In den Rücken. Herztreffer wahrscheinlich.“

„Ins Herz? Von hinten? Wie begründet die Technik das denn?“, hakte Gottfried nach.

„Im Labor haben sie eine Schaufensterpuppe benutzt, ihr das Jackett angezogen und so den Weg der Kugel rekonstruiert.“ Marie ballte die Fäuste: „Mist!“, rief sie aus. „Der Kranz ist tot! Lebend finden wir den nicht mehr.“

6

„Nicht so vorschnell“, wiegte Gottfried Wald seinen Kopf. „Zu einem Toten gehört immer noch eine Leiche und erst, wenn die in der Rechtsmedizin auf dem Tisch liegt, kann ich Dir zustimmen.“

„Also doch Taucher für den Mummelsee“, stellte Marie fest. „Wir haben gar keine andere Wahl. Wie ich gesagt habe, den hat der Seegeist geholt.“

„Quatsch doch nicht“, sagte Gottfried. „Seit wann hat der Alte vom Seegrund denn eine Pistole und schießt jemandem in den Rücken?“

„Dann hat eben irgendein krimineller Landbewohner für ihn die Drecksarbeit erledigt.“

Gottfried schaute ihr tief in die Augen: „Die Marie und die Sagen des Schwarzwaldes. Die Märchen und Mythen haben sie Dir in der Kindheit wohl besonders oft vorgelesen.“

„Ja und? Mach Dich nur nicht über mich lustig. Und spotte nicht über den alten Nix. Wer ihn nicht respektiert, wird sein nächstes Opfer.“

„Huhuuh“, lachte Gottfried und schüttelte sich, „jetzt läuft mir aber ein eiskalter Schauer über den Rücken.“

„Sei bloß vorsichtig“, sagte Marie mit großem Ernst und zog die Augenbrauen verärgert zusammen.

„Okay, ich muss jetzt halt auf Manches verzichten“, grinste Gottfried. „Nie mehr Bootfahren auf dem Mummelsee und nie mehr mit einem Seefräulein in einer lauen Sommernacht am Ufer sitzen. Aber erklär mir doch bitte: Wie passt denn dieser uralte Neptun im muschelbesetzten Schilfgewand zu Brioni-Sakko und Smartphone?“

„Ist doch gar keine Frage. Von denen, die er vor ein paar Jahrhunderten in die Tiefe gezogen hat, blieben vielleicht ein kratziges Leinenhemd, ein gewalktes Wams oder eine scharf geschliffene Waldaxt an Land zurück. Heutzutage eben feinster italienischer Stoff und modernste internationale Technik.“

„Du meinst also allen Ernstes, der Seegeist lässt immer etwas von seinen Opfern am Ufer liegen, um zu zeigen, wen er sich geholt hat.“

„Genau so stelle ich mir das vor. Das macht doch Sinn. Ohne ein solches Zeichen müsste man ja die ganze Welt nach einem Verschwundenen absuchen.“

„Und der Nix hängt dieses Jackett fein säuberlich an einen Baum?“

„Jetzt nerv mich nicht“, wurde Marie ungehalten. „Der Kranz liegt im See und ich hol ihn da raus! Basta.“

„Was?“ entsetzte sich Gottfried, „Du möchtest selbst da runtertauchen?“

„Wieso nicht? Denkst Du vielleicht, ich war noch nie unter Wasser?“

„Tauchen? Du? Das auch noch?“

„Ich kann nicht nur Laufen, Rad fahren und Gleitschirmfliegen. Im Mittelmeer, im Roten Meer und am Great Barrier Reef war ich schon.“

„Ach so, ein wenig schnorcheln im warmen Meerwasser!“, stieß Gottfried aus.

„Nix da, Presslufttauchen mit Ausbildung und Schein. Wenn ich was anpacke, dann professionell.“

Der Kommissar schlug sich die Hände vors Gesicht. ‚Die lässt nicht locker‘, schoss ihm durch den Kopf. ‚Ich brauch jetzt ganz schnell eine Eingebung, wie ich sie davon abbringen kann‘.

„Kein Vergleich mit Deinen Urlaubsabenteuern“, sagte er. „Trübes Seewasser im Schwarzwald, das ist kalt, dunkel und gefährlich. Und außerdem würde es den Geist hundertprozentig verärgern, wenn man ihn stört.“

„Nicht bei mir“, schüttelte Marie den Kopf und verschränkte demonstrativ ihre Arme. „Ich spür das. Du weißt, welche Gabe mir meine Großmutter vererbt hat. Solchen Menschen tut er nichts.“

„… tut er nix, der Nix!“, echote Gottfried und verzog grinsend sein Gesicht. „Der behält Dich gleich da und macht Dich selbst zur Nixe mit Fischschuppen und Flossenschwanz.“

Marie sprang mit einem Satz von der Liege, stellte sich dicht vor ihren Kollegen hin und stemmte die Hände in die Hüften: „Ich will Taucher!“, stieß sie entschlossen aus. „Und ja, ich will mit denen runter!“

Gottfried rollte die Augen: „Bin ich denn hier im falschen Film? Das ist doch nicht Dein Ernst?“

„Mein absoluter, blutiger Ernst!“

„Au Mann“, fuhr er sich durch die Haare. „Wir werden uns blamieren bis auf die Knochen. Stell Dir nur vor, die Presse bekommt davon Wind.“

„Vor denen hast Du Angst? Wird wohl an der unhöflichen Abfuhr liegen, die Du den zwei Reportern verpasst hast. Die war fast so arrogant, wie das Verhalten vom Kranz.“

Jetzt schoss Gottfried in die Höhe: „So ein Quatsch! Also bitte! Wenn ich denen nicht ganz direkt die Meinung gesagt hätte, könnten wir jetzt bereits hier drin …“ – er klopfte auf sein Notebook – „… als brandeilige Sofortmeldung nachlesen, dass die Polizei am Mummelsee nach der Leiche von Konrad Kranz sucht.“

Marie drehte sich weg: „Na und? Was wäre falsch daran? Ich bin dafür, dass wir genau das tun.“

„Drei Fernsehkameras, fünf Radioreporter und siebzehn Zeitungsfotografen, alle stehen am Uferweg und warten gebannt, bis Hauptkommissarin Marie Schwarz im schwarzen Gummianzug eine Leiche aus den schwarzen Fluten zieht und am Ufer anlandet. Dazu noch zweihundert Tagestouristen, die das Spektakel von der Hotelterrasse oder vom Spazierweg aus beobachten. Ist es das, was Du willst?“

„Taucher will ich und sonst nichts. Schicken wir die halt nachts runter, wenn die Journalisten schlafen. Im See geht ohne künstliches Licht sowieso nichts. Und beim LKA können wir einen solchen Einsatz problemlos rechtfertigen. Wenn es um eine Persönlichkeit wie

Konrad Kranz geht, muss das maximale Aufgebot her. Das können die gar nicht ablehnen.“ Sie nahm ihr Smartphone tippte Kurzwahl ‚2‘ ein. „Ich frag jetzt den Ludwig selbst!“ Trotzig entfernte sie sich einige Meter barfuss auf dem gepflegten Rasen. So weit, dass Gottfried nicht mithören konnte.

„Heute Nacht schon“, sagte Marie triumphierend, als sie zurückkehrte und sich wieder im Sonnenschein auf der Liege ausstreckte. „Alles genehmigt. War überhaupt kein Problem. Die stehen Kopf in Stuttgart, wenn sie nur den Namen Kranz hören. Da geht alles, was sonst niemals möglich wäre.“

„Und Du kannst mit abtauchen?“, fragte Gottfried resigniert.

„Auf jeden Fall“, zwinkert Marie. „Das wird ein Spaß! Ich freu mich jetzt schon drauf.“

„Okay, dann muss ich mich wohl geschlagen geben. 1:0 für Dich. Hoffentlich lässt der Seegeist Dich wieder nach oben.“

„Weinend blieb er am Ufer zurück. Oje, was für eine dramatische Szene … aber bitte keine Tränen“, lachte Marie ihren Kollegen an. „Schön, dass Du Dir Sorgen um mich machst. Aber ich kann Dich beruhigen. Die Jungs von der Taucherstaffel werden mich beschützen. Sind ja schließlich absolute Unterwasserprofis.“

„Sollen Harpunen mitnehmen, zur Selbstverteidigung“, stieß Gottfried hervor und stand auf. „Ich kümmere mich jetzt mal ums Essen. Wenn Du Dich nicht ordentlich stärkst, bleibst Du vor Entkräftung auf dem Seegrund zurück."

„Prima Idee", freute sich Marie. „Gibts wieder was aus eigener Jagd? Hirsch oder Wildschwein?"

„Wahrscheinlich hab ich schon geahnt, dass es Dich heute noch ins Wasser zieht", antwortete er und zeigte wieder einen Anflug von Lächeln, „Gunda macht uns Zander. Prächtiger Bursche, natürlich selbst gefangen!"

‚Was für ein Mann, dieser Gottfried', dachte Marie, schloss die Augen, lehnte sich zurück und genoss die Sonne. ‚Wohnt in einer Villa mit Haushälterin und Gärtner. Mehr als bequem könnte er von den Einnahmen seiner Mietshäuser leben. Stattdessen plagt er sich mit mir und dem Verbrechen rum. Das muss man auch wirklich wollen.'

Die Kommissarin erwachte, als neben ihr auf dem Gartentisch Geschirrklappern zu hören war. Gottfried tischte auf.

„Heute gehts mir wieder richtig gut", blinzelte Marie durch die Sonnenbrille. „Wellness in Baden-Baden und das auch noch im Dienst. Dazu ein Drei-Sterne-Menü – wie kann ich das nur wieder gut machen?"

„Ein rechtes Speckvesper mit Heidelbeermost bei Dir zuhause auf dem Hof, das steht noch aus", zwinkerte ihr Kollege. „Und ansonsten weißt Du ja, ich freue mich, wenn ich nicht alleine essen muss."

Marie stand auf und nahm am Tisch Platz. „Alleine essen? Das war bestimmt nicht immer so …?“, fragte sie vorsichtig.

Gottfried setzte sich ebenfalls und sagte ein paar Sekunden lang nichts. „Nein, nicht immer. Doch es ist vielleicht besser so. Bisher hab ich noch keiner Frau Glück gebracht.“

„Der einsame Wolf“, sagte Marie nachdenklich und legte ihre Hand auf die seine. „Streift durch die Wälder und erlegt das wilde Schwein, wirft seine Angel ins raue Wasser und zieht die kapitalen Forellen heraus.“

„Zander“, korrigierte Gottfried. „Der ist aus dem Baggersee draußen Richtung Rhein.“ Dann hörte er Schritte auf dem Kies und zog schnell seine Hand weg.

„Hmm, sieht ja wieder toll aus“, rief Marie begeistert und begrüßte Gunda, die gute Seele von Gottfrieds Anwesen.

„Wirklich ein schöner Kerl, der dem Gottfried da an den Haken ging“, antwortete die Haushälterin lächelnd und stellte die Fischplatte ab.

„Zander ist einer meiner absoluten Lieblingsfische“, sagte der Hausherr. „Erwische ich nur selten und wird für besondere Gelegenheiten aufgehoben.“

„Du meinst, das sei meine Henkersmahlzeit, falls mich der Mummelsee heute Nacht nicht mehr hergibt?“

„So ähnlich darfst Du das verstehen. Aber mit Fisch im Bauch bist Du schon eine halbe Nixe!“, lachte Gottfried. „Da halten Dich die Bewohner der Tiefe bestimmt für Ihresgleichen.“

„Schön, dass Du Dich endlich mit dieser Aktion abgefunden hast."

„Unter Zurückstellung größter Bedenken und außerdem hatte ich nach Deinem Anruf bei Ludwig ja gar keine andere Wahl mehr – aber jetzt bitte, greif zu!"

„Ja, der Ludwig", begann Marie nachdenklich, nachdem sie sich den Teller kräftig mit gebratenem Zander und Salat gefüllt hatte. „Zu dem bin ich Dir auch noch eine Erklärung schuldig."

Ihr Kollege schaute sie gespannt an. Schon häufig hatte er gerätselt, was eine junge sportliche Kommissarin wohl mit diesem gesundheitlich angeschlagenen, fülligen Mittfünfziger verbinden mochte. Eine Beziehung? Manchmal nahm das Leben ja eigenartige Wege …, Gottfried hütete sich aber davor, nachzufragen oder seine Gedanken offen auszusprechen.

„Er hat ein Herz aus Gold, unser Kriminaldirektor", begann Marie und Gottfried stimmte ihr vorbehaltlos zu: „Solche Chefs musst Du mit der Lupe suchen."

„Na ja, ich finde, Du solltest es wissen und ich will auch nicht lange drumrum reden …"

‚Tust Du aber', dachte Gottfried und schob sich schnell eine Gabel voll Zander in den Mund.

„Es gab eine Zeit, vor einige Jahren, da …"

Das Klingeln ihres Smartphones schnitt abrupt ab, wozu sie gerade angesetzt hatte.

„Harald, hast Du den Kranz schon alleine aus dem See gezogen?", sagte Marie, als sie die Nummer des

Offenburgers erkannte. Sie hörte kurz zu, dann sprach sie wieder in das Gerät. „Was soll das heißen, Du bringst keine Taucher bei? Die sind doch bei Euch dauernd im Einsatz, im Rhein, in der Kinzig oder in den Baggerseen."

„... Wieso krank?", wurde Marie jetzt deutlich erregter und ihr Gesicht verfinsterte sich. „Gibs zu, Du willst nicht! Es werden ja nicht alle Taucher aufs Mal erkältet sein. Schon gar nicht jetzt im Juni."

...

„Kein Problem, Harald. Richte ihnen schöne Grüße aus. Wir bringen das auch ohne Deine Memmen auf die Reihe. Aber drei Techniker erwarten wir Punkt Mitternacht am Mummelsee! Und mach' Deinen Fahndern Beine. Findet endlich mal dieses Auto. Irgendwo muss es doch rumstehen."

Ohne sich weitere Erklärungen anzuhören, beendete Marie das Telefonat. „Schnapsidee, hat er gesagt!", drehte sie sich wieder zu Gottfried. „Der kann sich auf was gefasst machen. Stuttgart erhält umgehend einen Bericht. Müssen die uns halt eine Unterwassermannschaft schicken."

„Und wenn die Männer einfach Angst haben?"

„Wovor? Vor dem Mummelsee und dem alten Nix? So ein Quatsch! Alles nur Ausreden."

„Wieso? Wo bleibt Dein Respekt? Du bist doch sonst mit den Sagen unserer Heimat sehr verbunden. Wenn ich bloß an das Mariele denk, das im Wald von Fischerbach umgeht."

Gottfrieds Kollegin ließ die Gabel sinken, beugte sich vor und sah ihm ganz direkt in die Augen: „Ich weiß ja nicht, was Du damit sagen willst“, zischte sie, „aber ich bin Marie und kein Mariele! Komm ja nie auf den Gedanken, mich so zu nennen.“

Der Hauptkommissar hob abwehrend die Hände: „Keinesfalls, das war nur ein Beispiel. Ich weiß schon, was es bedeutet, wenn man über eine sagt, sie sei ein Mariele.“

„Und? Was?“ Herausfordernd blickte ihn seine Partnerin an.

„Na ja“, meinte Gottfried, „ein Mariele ist meistens nicht besonders hell im Kopf.“

„Oder noch ein Kind. Bis zu meiner Konfirmation war ich immer ’s Mariele vom Oberen Schulzenhof, aber das hab ich abgestellt. Jedem, der mich später noch so genannt hat, bin ich derart gefahren, dass er sich’s kein zweites Mal getraut hat“, funkelte sie ihn kampflustig aus ihren dunklen Augen an.

Gottfried erwiderte den tiefen Blick: „Kann ich mir lebhaft vorstellen.“ Dann gabelte er schnell ein Salatblatt in den Mund. „Außerdem macht das Fischerbacher Mariele ja den Leuten das Leben schwer und so was kann ich von Dir nun wirklich nicht behaupten, eher im Gegenteil.“

Maries Blick hellte sich auf. „Echt? Willst Du damit etwa sagen …?“

Gottfrieds Gesicht bekam den Anflug einer rötlichen Färbung. „Ja …, nein …, also …“, stammelte er und widmete sich auffällig intensiv dem Fisch auf seinem Teller. „Ach, ich mein halt“, stieß er dann hervor, „es macht Spaß, mit Dir zusammen zu arbeiten. Ich tus gern!“

„Trotz meines Alleingangs in Sachen Mummelsee-tauchen?“

Der Kommissar atmete tief durch: „Sie muss ja nicht immer einfach sein, unsere gemeinsame Zeit.“ Er schluckte kurz, um dann nachzusetzen: „Oder sagt der Ludwig was Anderes zu diesem Thema?“

Nun lächelte Marie: „Aha, der Ludwig. Jetzt willst Du es wohl genau wissen.“

Gottfried zuckte die Schultern: „Du hast vorhin damit angefangen.“

„Stimmt allerdings. Und bei unserer ersten Begegnung hat er ja auch gesagt, ich solls Dir gelegentlich mal erzählen.“

„Nur, wenn Du willst“, fiel ihr Gottfried ins Wort.

„Ja, jetzt ist ein guter Moment dafür, bei einem so schönen Essen.“

„Also wart Ihr mal …?“

„Zusammen?“

Gottfried nickte, doch Marie schüttelte den Kopf. „Nein, nicht wie Du denkst. Der Ludwig ist zwar ein wirklich lieber Kerl, aber privat lief da nichts zwischen uns. Nur dienstlich, das dafür sehr intensiv.“

„Intensiv?“

„Ja, vor ein paar Jahren wollten sie ihm nämlich ans Leder.“

„Echt? Dem Ludwig?"

„Ganz massiv", nickte Marie. „Eine böse Neidhammelei, als überraschend er Abteilungsleiter geworden war und nicht ein anderer, der sich auf der politischen Schiene schon ziemlich profiliert hatte."

„Der Brandt?"

„Ah, Du hast also doch was mitgekriegt."

„Ja, der galt als Favorit. Damals haben sich alle gewundert."

„Leider ist dem die Landtagswahl dazwischengekommen. Ein neuer Wind im Innenministerium und aus der Traum. Vorher waren Auswahlverfahren für Führungspositionen ja zweifellos eine Farce."

„Parteibuch", warf Gottfried ein. „Auch, wenn es nie jemand zugeben würde."

Marie nickte: „Das machen zwar alle so und ganz oben ist es auch völlig logisch, aber in diesem Fall hatte der gute Ludwig einfach Glück. Der Brandt als Favorit war im wahrsten Sinne des Wortes ‚verbrannt' und da kamen die Verantwortlichen an Ludwigs Leistungen eben nicht vorbei. Doch danach gings los."

Gottfried schaute gespannt. „Wurde an seinem Stuhl gesägt?"

„Massiv und zwar mit absolut üblen Methoden. Ein ganz tiefer Griff in den Dreckeimer. Gezielt wurden Gerüchte gestreut, der Ludwig hätte die Hand aufgehalten und wie heißt es so schön – schon der böse Schein genügt."

„Wie haben die das angestellt?"

„Nur ein Foto, ein einziges Foto hat gereicht. Auf dem war er gemeinsam mit einem stadtbekannten Kosovo-Albaner zu sehen. Ein Kerl aus dem Rotlichtmilieu. Irgendwo im Wald wars, nahe bei Böblingen."

„Falle?"

„Beweismaterial wurde versprochen, um einen anderen Clan ans Messer zu liefern und es war wirklich leichtsinnig von Ludwig, dort alleine hinzugehen. Am vereinbarten Ort hat ihm dieser Kerl einen Umschlag hingehalten. Ludwig greift rein und zieht statt der Unterlagen ein dickes Geldbündel raus … Den Rest kannst Du Dir denken."

„Ein starkes Teleobjektiv, eine gute Tarnung, klick, klick, klick im Gebüsch und die Fotos waren im Kasten."

„Exakt und fast wäre das Ganze gründlich schiefgegangen, denn der Kerl hat sich blitzartig verzogen und unser lieber Ludwig stand da mit den Scheinen in der Hand. Natürlich hat er sofort gecheckt, was Sache war und sich gleich bei uns, bei der Internen gemeldet, aber die Fotos nahmen ihren Lauf. Anonym, direkt an den LKA-Chef. Kriminaldirektor lässt sich schmieren, Du kannst Dir denken, was da los war."

„Aber am Schluss ging es ja wohl gut aus, sonst wäre er doch umgehend geflogen."

Marie nickte: „Ihn da rauszuhauen war mit das Schwierigste, was ich während meiner bisherigen Dienstzeit geschafft hab. Zum Glück hatte er einiges im Vorfeld dokumentiert. Das hat ihm den Kopf gerettet."

„Und die Hintermänner? Dieser Brandt ist ja immer noch im LKA.“

„War leider nicht zu beweisen, dass er dahintergesteckt hat.“

„Also habt Ihr mit ihm noch eine Rechnung offen, der Ludwig und Du.“

„Mit dem Brandt und mit allen seinen Helfershelfern. Die Gelegenheit wird kommen“, entgegnete Marie grimmig und widmete sich wieder dem Zander auf ihrem Teller. „Sie wird kommen, so wahr ich Marie Schwarz heiße und hier bin, um der Gerechtigkeit zum Sieg zu verhelfen.“

„So wahr wir Ermittlungsgruppe Schwarzwald heißen“, antwortete Gottfried. „Dein Fall ist selbstverständlich auch mein Fall!“

„Schön hast Du das gesagt“, meinte Marie und tastete aufs Neue mit ihrer Hand zu Gottfrieds Hand, doch der zog sie sofort weg.

„Lass uns einfach Dienstliches und Privates trennen, dann klappts garantiert mit uns.“

„Mit uns?“

„Mit der gemeinsamen Arbeit natürlich. Besser nichts vermischen. Ich hab in der Hinsicht keine so guten Erinnerungen an meine eigene Vergangenheit, aber das erzähle ich Dir irgendwann einmal.“

„Eine gute Grundlage“, lächelte Marie. „Solange ich weiterhin bei Dir hier in der Sonne liegen und mich von Gunda verpflegen lassen darf, habe ich nichts dagegen.“

„Wenn Du da bist, legt sie sich noch mehr ins Zeug als sonst," antwortete Gottfried und leckte sich genießerisch die Lippen. „Als Dessert gibts Crème brûlée."

Nach dem Essen verzog sich Marie ins Büro und führte einige Telefonate. Eine halbe Stunde später kehrte sie zu Gottfried auf die Terrasse zurück und konnte Erfolg melden. „Der Ludwig hat tatsächlich eine Tauchergruppe aufgetrieben. Direkt aus Stuttgart. Gehen sonst zwischen Heilbronn und Plochingen in die Tiefe."

„Am besten, Du erzählst ihnen die Mummelsee-Sage erst nach dem Einsatz. Nicht, dass die gleich wieder abdrehen."

Marie zwinkerte: „Worauf Du Dich verlassen kannst."

7

Es war ein seltsames Licht in dieser Juni-Nacht. Über dem Wald lag ein gelblicher Schimmer, der die Schatten weich zeichnete und sie leicht verschwimmen ließ. Am Himmel stand ein halber Mond und einzelne Wolkenfetzen jagten, getrieben von einem böigen Wind, an ihm vorbei. Auch in die Fichtenkronen am Rand des dunklen Sees fuhr er, manchmal kräftig rauschend, danach wieder abschwellend, wie ein lauer Hauch.

„Bringt er Regen?“, fragte Marie und zog leicht fröstelnd den Reißverschluss ihrer roten Outdoorjacke zu.

Gottfried schüttelte den Kopf und sagte leise: „Ich glaube, die Seegeister sind schon in Aufruhr. Sie ahnen etwas von der Störung heute Nacht.“

Marie antwortete nicht, ging vorsichtig voraus auf dem Fußweg und ließ ihre Taschenlampe absichtlich ausgeschaltet, um die mystische Stimmung ganz in sich aufzunehmen. Sie zuckte zusammen, als Gottfried ihr seine Hand auf die Schulter legte: „Schau, dort drüben.“

Sie blieb stehen. „Was meinst Du?“

„Da, der flache Findling im Mondlicht.“

„Direkt am Wasser?“

„Ja, genau. Man könnte doch fast meinen, da sitzt eine Gestalt.“

„Ein Mümmlein? Ein Seeweible?“

„Es wartet auf uns.“

Marie machte einen halben Schritt rückwärts, drückte sich an Gottfried und spürte nun seine zweite Hand auf ihrer anderen Schulter. „Irgendwie wird mir kalt.“

„Willst Du wirklich mit abtauchen? Im Wasser ist es garantiert nicht wärmer.“

Marie schwieg eine Zeitlang und starrte zum Stein hinüber. „Nur ein Busch, der Schatten wirft, oder?“

„Oder?“

„Oder doch ein Seegeist?“

Ein weiterer Schauer fuhr durch Maries Körper und Gottfried konnte ihn spüren. „Wollen wir wirklich stören, jetzt in dieser Nacht?“, fragte er tonlos.

Eine Zeitlang standen beide einfach nur da und rührten sich nicht.

„Ob sie es uns übelnehmen? Die, die da unten wohnen?“, hauchte Marie und fuhr erneut zusammen, als der Wind eine Welle klatschend ans Ufer warf.

„Das war die Antwort. Es wird ihnen nicht gefallen, was wir vorhaben. Mir zieht gerade eine richtige Gänsehaut über den Rücken“, gab Gottfried zurück.

Marie wand sich aus seinem Griff: „Jetzt mach Dir mal nicht ins Hemd. Bist Du nicht der Jäger, der sich andauernd nachts alleine im Wald rumtreibt?“

„Hier ist es anders“, kam als Antwort. „Ganz anders.“

„Wir haben eh keine Wahl“, meinte Marie. „Die Kollegen werden demnächst eintreffen.“

Gottfried zuckte die Schultern und schaute wieder zum mondlichtbeschienenen Stein hinüber: „Vielleicht sollten wir schon vorab um Entschuldigung bitten.“

„Damit uns die Geister gnädig sind?“

„Damit sie Dich wieder auftauchen lassen.“

Marie wandte sich in Richtung Berghotel. „Komm jetzt, wir müssen zurück. Nicht, dass ich es mir doch noch anders überlege.“

Die Techniker aus Offenburg kamen zuerst. Zwei Frauen und ein Mann. Gottfried und Marie erkannten sie wieder. Auch bei der Spurensicherung rund um das blutige und durchlöcherte Sakko waren sie hier im Einsatz gewesen.

„Überstunden?“, wollte Marie wissen. „Hat Euch der schöne Harald verdonnert?“

Alle drei schüttelten synchron die Köpfe. „Mummelsee in lauer Sommernacht – wer kann da schon widerstehen?“, meinte eine der Kolleginnen.

„Lau?“, fragte Marie. „Vielleicht bei Euch unten in Offenburg. Hier oben ist es jetzt doch ganz nett frisch.“

Die Frau nickte und angelte sich eine Fleece Jacke aus dem Wagen: „Der Wind vor allem – richtig kräftige Böen. Aber trotzdem, dieser Fall ist ja garantiert etwas ganz Besonderes. Da waren wir uns sofort einig, auch weiter mitzumischen.“

„Eure Taucherkollegen hatten wohl keine Lust?“, bohrte Marie nach.

Die Technikerin, eine etwas zu kurz geratene Vierzigjährige mit rotblondem Stehhaar verzog ihr Gesicht: „Ich glaube, in Taucherkreisen hat der Mummelsee schon einen besonderen Ruf. Vor allem, wenn man aus der Gegend kommt und mit diesen ganzen Legenden aufgewachsen ist."

„Also können wir froh sein, dass uns die Stuttgarter unterstützen", meinte Gottfried und winkte dem gerade eintreffenden Kastenwagen. „Die wissen hoffentlich nichts davon." Er sollte sich schwer täuschen.

„Morituri te salutant – die Totgeweihten grüßen Dich!", war zu hören. Ein kahlgeschorener eiförmiger Schädel lugte aus dem heruntergekurbelten Fenster der Beifahrertür und ein muskulöser, vollständig tätowierter Arm streckte sich dem Kommissar entgegen. „Gottfried, alte Hütte, hier hast Du Dich also versteckt!"

Ein gequältes Lächeln huschte über dessen Gesicht, als er erkennte, wen Ludwig Lanz da auf den Weg geschickt hatte. Marie allerdings trat ein paar Schritte zurück ins Halbdunkel.

„Der Gregor, unfassbar", begrüßte ihn Gottfried. „Wo haben sie Dich denn ausgegraben?"

„Die Unterwelt hats mir ja schon immer angetan, jetzt geh' ich halt unter Wasser."

Gottfried verkniff sich eine Antwort, denn er kannte die Gerüchte über zweifelhafte Verbindungen von Gregor Krall zum Stuttgarter Rotlichtmilieu.

„Wir bieten Euch was ganz Exklusives: Nachttauchen im Schwarzwald", sagte er stattdessen schnell, „die allerneuste Form von Outdoor-Sport."

„Mach keine Sprüche", antwortete der athletisch gebaute Mann, sprang aus dem Transporter, an Gottfried vorbei und streckte als erstes Marie seine Hand hin.

Die musste kurz schlucken und fragte sich, wann er sie wohl erkennen würde, dieser Kerl, der sich da gerade schemenhaft vor ihr aufbaute. Außer einer kurzen Sporthose, Flip-Flops und Tätowierungen, die sicherlich die Hälfte seines Körpers bedeckten, trug er absolut nichts.

„Muss ja heiß sein im Stuttgarter Kessel“, entfuhr Marie spontan.

Kralls Blick glitt an der schlanken großgewachsenen Kommissarin hoch und runter. „Schon mal was von Hitze der Nacht gehört?“ Im selben Moment rauschte eine frische Windböe durch die Gipfel der Bäume. Der Taucher schüttelte sich. „Oha, die Geister vom Mummelsee begrüßen uns.“

Marie zog den Reißverschluss ihrer Jacke noch ein wenig höher und zeigte zum dunklen Wasser: „Jetzt gibt es kein Zurück mehr. Dort hinten gehts rein.“

„Und Du willst mit, hab ich gehört?“, antwortete Krall. Dabei sah er die Kommissarin prüfend an und plötzlich verengten sich seine Augen zu schmalen Schlitzen. Eine steile Falte stieg über der Nasenwurzel auf. „Ich kenn Dich doch, ich …, ja genau, Du …, Du …“

Er stockte, dann trat er ganz dicht vor Marie hin: „Du Miststück, Du elendes!“, zischte er. „Am Arsch wolltest Du mich kriegen! Das bist doch Du …, Du …!“

Marie reagierte blitzschnell und stieß ihn von sich. „Reiß Dich zusammen!“

Gottfried ging sofort dazwischen: „Stopp, was wird das hier?“ Dann sah er Marie an: „Hast Du gegen ihn …?“

Sie nickte nur.

„Dann bleibst Du oben!“, entschied er. „Nicht, dass da unten noch alte Rechnungen beglichen werden.“

Marie drehte sich wortlos um, ging zu ihrem Wagen, riss die Tür auf und ließ sich auf den Fahrersitz fallen.

Gregor Krall konnte kaum noch an sich halten: „Mann“, herrschte er Gottfried an. „Wegen dieser Tussi haben die mich versetzt! Die hat gebohrt und gebohrt.“

„Interessiert mich jetzt überhaupt nicht. Du bist als Taucher hier, nicht als Ex-Fahnder. Und jetzt ans Werk! Fahrt Eure Karre dort rüber und macht Euch fertig. Wir haben nur Zeit bis zum Hellwerden.“

Ohne ein weiteres Wort stieg Krall in den Transporter, Gottfried folgte ihm und begrüßte die anderen beiden Taucher, dann jedoch ging er zu Marie, die sich in ihrem Dienstwagen zurückgelehnt und die Augen geschlossen hatte.

Er klopfte an die Scheibe der Fahrertür. „Mach auf, ich will alles wissen.“

Sie betätigte den Fensterheber. „Es gibt nicht viel, was ich Dir sagen darf.“

„Die Gerüchte kenn ich.“

„Die Beweislage war einfach zu dünn. Wir konnten nicht mehr beibringen. Zwei Zeugen sind umgefallen.

Wenn die ausgesagt hätten, wäre dieser Kerl jetzt eingelocht, aber ganz tief drin."

„Dass sie ihn zu den Tauchern versetzt haben, wusste ich nicht", sagte Gottfried.

„Ich auch nicht, das muss erst vor Kurzem passiert sein. Dass er allerdings schon seit Ewigkeiten professioneller Freizeittaucher ist, hab ich mitbekommen. Vielleicht war das sein Glück. Da gab es wenigstens einen Bereich, wohin er abgeschoben werden konnte." Marie haute mit beiden Händen gleichzeitig auf das Lenkrad: „Mist, Mist, Mist", rief sie aus. „Der hat so was von Dreck am Stecken und wir haben ihn nicht gekriegt."

„Das gibt es nicht nur bei der Internen", nickte Gottfried. „Ich weiß genau, wie Du Dich fühlst. Auch ich war mal so dicht dran."

„Und dann?"

„In Flammen aufgegangen, die Beweise, deshalb musste ich ja weg."

„Sei froh", lächelte Marie. „Schwarzwald ist viel besser. Vor allem besser, als gegen eigene Kollegen zu ermitteln."

Gottfried wandte sich zum Gehen. „Bleib vorerst mal hier. Ich sag Dir Bescheid, wenn er sich beruhigt hat."

Es dauerte eine Zeit, bis die drei Unterwasser-Kollegen aus der Landeshauptstadt für das nächtliche Abenteuer gerichtet waren. Zwei bereiteten sich direkt zum Tauchgang vor, einer übernahm die Sicherung vom Schlauchboot aus und würde später ablösen. Auch die kleine Offenburger Kriminaltechnikerin legte eine Rettungsweste an. Ihre Aufgabe war es, mit Hilfe modernster Satellitennavigation, die Suche in den einzelnen Sektoren zu steuern.

Auf eine flächige Ausleuchtung wurde verzichtet, um nicht ungebetene Beobachter aus dem Berghotel anzulocken. Die starken Lampen der Taucher, mehrere Arbeitslichter am Boot und eine Leuchte bei den Technikern an Land mussten genügen.

Die Einsatzbesprechung für alle Beteiligten fiel knapp aus. Dann gab Gottfried den Startschuss für die Aktion, das graue Schlauchboot glitt ins Wasser. Passend zur Szenerie fuhr – wie aus dem Nichts – ein starker Windstoß über den See.

Der Kommissar zuckte zusammen, denn Marie stand plötzlich hinter ihm. Sie hatte eine dicke Wolldecke dabei, breitete sie über einem der großen Ufersteine aus und nahm darauf Platz. Gottfried setzte sich neben sie.

Ohne ein Wort zu verlieren, betrachteten die zwei Ermittler der Gruppe Schwarzwald, wie sich das Boot, nur von Paddeln bewegt, immer weiter vom Ufer entfernte. Der am Heck montierte Außenborder sollte vorerst nicht gestartet werden.

Dann zwei Platscher, die beiden Froschmänner in ihren schwarzen Neoprenhüllen ließen sich rücklings ins Wasser kippen. Sicherungsleinen bildeten nun die einzige Verbindung zwischen ihnen und der Oberfläche.

Nachdenklich betrachteten Ermittler und Techniker die Szene vom Ufer aus. Erstaunlicherweise lag die Wasseroberfläche jetzt völlig glatt da. Kein Lüftchen war mehr zu spüren. Auch am Himmel hatte das Jagen der Wolken vor der halben Mondscheibe aufgehört.

„Der Wind hat sich schlafen gelegt“, flüsterte Marie. „Schau mal, wie klar der Nachthimmel jetzt ist.“

„Extrem saubere Luft hier oben“, bestätigte Gottfried. „Man könnte fast meinen, der letzte Windstoß vorhin hätte den restlichen Dreck vollends weggepustet.“

„Die wollen zusehen“, zeigte Marie in die Höhe zum Firmament. „Alle Sterne blicken jetzt auf uns herunter. Nur auf uns.“

„Auf uns und auf die zwei Lichter dort“, nickte Gottfried und betrachtete den Schein der Unterwasserlam-

pen. Hin und her zwischen Boot und Ufer, Streifen für Streifen wurde planmäßig abgesucht. Eindeutig, dass hier Profis am Werk waren, die ihre Arbeit beherrschten.

Nach genau festgelegten Zeiten wurde gewechselt. Der dritte Taucher half seinem Kollegen ins Boot und ließ sich dann selbst in die Tiefe gleiten. Gelegentlich unterbrachen Meldungen aus den Sprechfunkgeräten die Stille, doch vom Boot aus kam immer nur die selbe Meldung: „Nichts Neues!"

Zwischendurch ging Marie zum Auto und kam mit ihrem Rucksack zurück. Sie stellte eine Thermoskanne zwischen sich und Gottfried, goss Kaffee ein und reichte ihrem Kollegen die geöffnete Vesperdose. Gunda hatte sie reichlich mit hartgekochten Eiern, Gewürzgurken, Möhren und Paprikastreifen gefüllt. Brezeln und Laugenbrötchen warteten in einer Tüte und auch dünne geräucherte Würstchen förderte Marie aus den Tiefen des Rucksacks hervor. „Rauchpeitschen", sagte sie. „Hausschlachtung. Von denen habe ich immer welche dabei."

Gottfried biss kräftig ab: „Hmm, richtig fest, so mag ich sie am liebsten."

„Trocken müssen sie sein", stimmte ihm Marie zu, „auch wenn wir hier direkt am Wasser sitzen." Ganz leicht plätscherten Wellen ans Ufer, wenn das Schlauchboot wieder ein paar Meter umgesetzt wurde oder die Taucher wechselten. Sonst war Ruhe, völlige Ruhe. Selbst die Geräusche der wenigen Autos, die in der tiefen Dunkelheit auf der Bundesstraße unterwegs waren oder der Nachtflugzeuge, die am Himmel blinkend vorüberzogen, kamen nur sehr gedämpft bei den Kommissaren an. Friedliche Stille im Mondlicht.

„Irgendwie warte ich darauf, dass jetzt mal so ein Seefräulein aus den Fluten steigt und sich zu uns setzt", meinte Gottfried. „Sollen ja sehr freundlich sein und den Menschen nachts sogar die Arbeit machen."

„Du meinst wohl, den Kopf verdrehen", lachte Marie leise.

„Egal. Jedenfalls würden wir etwas von unserem Proviant anbieten."

Marie stieß ihn leicht in die Seite. „Die Mümmlein zeigen sich bestimmt nur Männern, einzelnen Männern, ohne weibliche Begleitung. Ich kann mich gerne ins Auto zurückziehen, wenn Du es unbedingt wissen willst."

„Ach …", zögerte er. „Diese Begegnungen sind nie gut ausgegangen. Der alte Nix hat ja bekanntlich was dagegen."

„Erstaunlich, aber an unserer Aktion hat er sich bis jetzt noch nicht gestört."

„Sei doch froh", antwortete Gottfried, „oder willst Du zusehen, wie das Schlauchboot da draußen plötzlich von einem Strudel nach unten gezogen wird?"

„Den Krall kann er sich von mir aus ruhig holen", erwiderte Marie grimmig, „den tät ich nicht vermissen."

„Wahrscheinlich steht der Seegeist nicht auf Ganzkörpertatoos", lachte Gottfried. „Außerdem bin ich mir sicher, dass dieser Gregor sich im Moment ganz unauffällig verhält, wenn er so knapp am Knast vorbeigeschrammt ist."

Plötzlich nahmen die beiden eine Bewegung draußen auf dem Wasser wahr. Einer der schwarzen Froschmänner war aufgetaucht, schwenkte etwas in seiner Hand und warf es dann ins Boot.

Gottfried griff sich das Funkgerät: „Was hat er?"

„Fund", antwortete die Technikerin vom Schlauchboot aus. „Pistole …, eine Glock …, sieht nach Neun Millimeter aus."

„Bingo!", rief Marie und sprang auf. „Dann war der Einsatz doch nicht für die Katz."

Gottfried drückte wieder die Sprechtaste: „Bravo, gute Arbeit."

Die Stimme des Tauchers, der im Boot saß, kam jetzt aus dem Gerät. „Ich werds dem Kollegen ausrichten, wenn er wieder hochkommt. War garantiert nicht einfach, die zu erkennen. Schwarze Waffe zwischen den ganzen dunklen Steinen und außerdem ist da unten alles voller Algen."

„Wer hat sie gefunden?", wollte Gottfried wissen.

„Na wer schon", tönte es zurück. „Unser glatzköpfiger Ironman natürlich."

„Das lass ihn bloß nicht hören", antwortete der Kommissar. „Aber sag, könnt Ihr denn noch? Es wird jetzt auch schon bald hell."

„Luft geht langsam zu Neige. Eine gute halbe Stunde, länger reicht sie nicht mehr."

„Okay, nutzt diese Zeit. Aber auch jetzt schon sind wir sehr zufrieden. Erfolg am Mummelsee. Wir können was vorweisen und das alleine zählt."

Vom Ufer aus war zu sehen, wie erneut ein Taucher an die Oberfläche kam und sich im Schein der Bootslampen an der Bordwandleine festhielt. Sein Arm reckte sich mit geballter Faust in die Höhe, dann verschwand er wieder in den dunklen Fluten.

Marie sah ihren Kollegen sorgenvoll an: „War das der Krall? Ob der sich schon beruhigt hat?"

Gottfried runzelte die Stirn: „Ich hatte öfter mit ihm zu tun, als er noch in der Fahndung war. Sein Ruf war nicht der beste."

„Schon bevor …?"

„Ja, auch schon bevor man ihm auf die Schliche kam. Er hat vieles alleine erledigt und sich nicht an Absprachen gehalten. Immer so knapp an der Grenze zur Diszi."

„Erfolge?"

„Einige schwere Jungs hat er geschnappt. Aber jetzt im Nachhinein frage ich mich natürlich, ob sie ihm nicht einfach bei seinen dubiosen Verbindungen im Weg waren."

„Du meinst, er hat denen was angehängt, um sie einzubuchten?"

Gottfried zuckte die Schultern. „Weiß man's?"

„Die Zeugen in seinem Fall standen jedenfalls unter brutalem Druck, sonst hätten die ihre Aussagen nicht so plötzlich zurückgezogen."

Maries Kollege rieb sich die Stirn: „Trotzdem müssen wir das ausblenden. Mit unserem Fall hier hat die Vergangenheit eines Gregor Krall nun wirklich überhaupt nichts zu tun. Hier geht es einzig und allein um Konrad Kranz. Verschwunden seit gestern und vermutlich tot. Sakko am Ufer, Tatwaffe im Wasser, also für mich verdichtet sich die Indizienlage.“

„Im Prinzip gebe ich Dir recht“, meinte Marie, „aber welchen Sinn ergibt es denn, ein blutiges, durchlöchertes Sakko hier aufzuhängen, hier am Rand des Mummelsees, zudem noch mit dem iPhone in der Tasche?“

„Sinn ..., Sinn ..., wieso Sinn? Ich halte mich an die Fakten und die sind eindeutig. Der Kranz wurde erschossen, und zwar von hinten. Ein Geschoss im Oberkörper bedeutet immer noch Exitus. Zumindest in 99% aller Fälle. Herz, Lunge, Schlagader, da gehts doch dahin mit einem Menschenleben und zwar ganz flott.“

„Ist klar“, antwortete Marie. „Daran zweifle ich ja auch nicht.“

„Aber? Woran dann?“

„Na, an der Art, wie die Beweismittel hier drapiert wurden. Da will uns doch jemand mit der Nase drauf stoßen, dass der Kranz tot ist. So offensichtlich, wie diese Jacke hier hingehängt wurde, an einem Ort, den jetzt im Sommer Hunderte, wenn nicht gar Tausende von Touristen tagtäglich besuchen. Das riecht doch.“

„Natürlich“, nickte Gottfried. „Der Mörder von Kranz will, dass seine Tat bekannt wird und zwar schnellstmöglich. Das ändert aber nichts an der hohen Wahrscheinlichkeit, dass dieser Industrielle tot ist. Mausetot. Alles spricht dafür."

Marie schaute ihren Partner nachdenklich an: „Warst Du es nicht, der heute Mittag beim Essen an einem Mord gezweifelt hat?"

„Ja", nickte Gottfried, „aber nur, weil Du so überzeugt warst, dass er tot ist. In einem Team muss einer immer das Korrektiv des Anderen sein."

„Und dann hat Dich der Bericht der Technik überzeugt?"

„Zwischenzeitlich schon. Schuss von hinten in den Thorax. Wer soll den überleben?"

Marie schüttelte den Kopf: „Jetzt hab ich Zweifel. Jetzt bin ich es, der die Leiche sehen will. Warum liegt der Kranz nicht hier? Warum nur sein Sakko?"

„Na, weil er irgendwo anders erschossen wurde. Vielleicht an einem Ort, der Rückschluss auf den Täter geben würde. Kranz ist tot, das soll bekannt werden. Wer ihn auf dem Gewissen hat, natürlich nicht. Also für mich ist das völlig logisch."

„Ich weiß nicht", seufzte Marie. „Zu glatt, alles zu einfach. Ich bleib dabei, die Leiche muss her."

Gottfried zeigte zum Schlauchboot, das sich nun mit seiner vollen Besatzung wieder dem Ufer näherte. „Da kommt die Tatwaffe. Das Labor wird mit Hochdruck an der Analyse arbeiten. Und das Auto finden wir auch noch. Garantiert!"

Marie war nach wie vor nicht zu überzeugen: „Mein Gefühl sagt mir …“

„Ach was“, meinte Gottfried. „Jetzt brauchst Du erst mal ein paar Stunden Schlaf und danach einen Zehn-Kilometer-Lauf, dann werden die Zweifel schon verschwinden.“

„Du scheinst mich schon recht gut zu kennen“, gab Marie zurück. „Beim Laufen bekomme ich tatsächlich immer die besten Ideen.“

„Also lass uns fahren“, ermunterte sie ihr Partner. „Du weißt ja, mein Gästezimmer steht Dir offen. Erst pennen, dann rennen.“

„Umgekehrt werde ich es machen“, lächelte ihn die Kommissarin an, griff nach ihrem Rucksack und zeigte in die Steilwand oberhalb des Sees. „Hornisgrinde bei Sonnenaufgang. Die nehme ich jetzt in Angriff und zwar sofort, dann sieht mich der Krall gar nicht mehr, wenn er aus dem Boot steigt.“

Ohne ein weiteres Wort verschwand sie in Richtung ihres Wagens.

„Gut gemacht“, lobte Kriminalhauptkommissar Gottfried Wald die Besatzung des anlandenden Schlauchbootes.

„Lange war die noch nicht im Wasser“, antwortete Gregor Krall, sprang mit einem Satz ans Ufer und reichte ihm die Klarsichttüte mit der Pistole darin. „Keine Algen dran, sonst hätte ich sie vermutlich gar nicht entdeckt.“ Er zeigte zurück zum Wasser: „Da drin ist es ja so was von duster. Und alles tot. Nicht ein einziger Fisch ist vor uns weggeschwommen."

„Sauer", antwortete Gottfried. „Das Wasser ist derart sauer, dass kaum was drin leben kann. Kommt wahrscheinlich vom Moor, droben auf der Hochfläche." Dann reichte er die Waffe an die Technikerin, die jetzt ebenfalls aus dem Boot geklettert war. „Der Rest ist euer Part. Hoffentlich hat die Säure nicht bereits alle Spuren weggefressen."

„Wir machen uns umgehend dran", versprach die Frau und präsentierte ihren KTU-Kollegen das Fundstück. „Zwei Stunden Schlaf, dann gehts los."

„Ich hab nichts dagegen, wenn Ihr die Untersuchung denen überlasst, die sich nicht die Nacht um die Ohren geschlagen haben", zwinkerte Gottfried.

„Nein, nein", schüttelte die Technikerin den Kopf. „Unsere Baustelle! Ehrensache, dass wir die Tests selbst machen."

Gregor Krall zeigte hinüber zum Berghotel, das in der zunehmenden Helligkeit jetzt bereits deutlich zu sehen war: „Dusche und Frühstück? Hast Du was für uns organisiert?"

Gottfried schüttelte den Kopf. „Nicht dort drin, sonst landet die Info vom nächtlichen Tauchgang umgehend bei der Presse. Wir können froh sein, dass uns bis jetzt niemand entdeckt hat. Packt lieber zügig zusammen und schaut, dass Ihr fortkommt."

Leider war die Aktion nicht so unbemerkt geblieben, wie sich das der Kommissar gewünscht hatte. Bereits auf seiner Heimfahrt nach Baden-Baden erreichte ihn ein Telefonat aus Stuttgart. „Im Internet geht es schon hoch her", tönte die erregte Stimme von Ludwig Lanz aus der Freisprecheinrichtung. „Seit halb sechs sind eindeutige Bilder online. Unsere Kollegen haben mich extra aus dem Bett geklingelt."

Gottfried bremste und stoppte in einer Bushaltestelle kurz vor seiner Heimatstadt. „Gibts ja wohl nicht! Wir hatten alles abgesperrt und keinerlei Publikum bemerkt."

„Nachtsichtoptik und starkes Teleobjektiv", kam als Antwort. „Anders kann ich mir das nicht erklären. Da hat wohl jemand vom Hotel aus über den See fotografiert."

„Was ist denn zu sehen?"

„Schlauchboot der Polizeitaucher auf nächtlichem Mummelsee, steht drunter. Ziemlich scharf, alle Personen deutlich zu sehen. Auf einem Bild ist auch zu erkennen, wie einer im Wasser den Arm mit geballter Faust in die Höhe streckt."

„Der Krall!", entfuhr es Gottfried. „Hast Du gewusst, dass sie den bei den Tauchern geparkt haben?"

Für wenige Sekunden war Stille in der Leitung, dann antwortete Ludwig Lanz: „Krall? Gregor Krall, unser Ex-Fahnder? Äh …, ja …, also …, ich war froh, dass ich Euch überhaupt eine Tauchergruppe schicken konnte." Er machte wieder eine kurze Pause und sagte dann: „Hat er die Marie …?"

„Ja“, gab Gottfried gereizt zurück. „Ja, er hat sie erkannt! Mann! Ein richtiger Eklat. Fast hätte er sie am Kragen gepackt und geschüttelt. Ich musste sofort dazwischen gehen.“

„Tut mir wirklich leid“, war alles, was Lanz dazu sagte.

Gottfried verdrängte einen Gedanken, der während dieses Wortwechsels kurz in ihm aufgestiegen war, dann besann er sich: „Wenigstens war die Aktion erfolgreich. Der Krall hat eine Glock hochgebracht.“

„Ich weiß“, sagte Ludwig Lanz und seine Stimme klang alles andere als erfreut. „Auf einem der Bilder ist überdeutlich zu erkennen, wie jemand im Boot die Tüte mit der Pistole drin hochhält.“

„So eine Scheiße“, entfuhr Gottfried. „Da muss einer vom Hotel aus die Lichter gesehen und gleich bei der Presse angerufen haben.“

„Wir wissen noch nicht, von wo die Fotos stammen. Die stehen zwar auf den Online-Plattformen von zwei Zeitungen, aber dort sagt uns niemand, wie die zu den Bildern gekommen sind.“

„Pressegeheimnis“, seufzte Gottfried Wald und schloss die Augen. „Du wirst sehen, jetzt beginnt die Hetzjagd auf uns. Eine Spekulation wird die andere jagen und diese Hunde von Journalisten geben keine Ruhe mehr.“

„Die Staatsanwaltschaft ist bereits informiert“, kam die Antwort von Ludwig Lanz. „Ich möchte nur hoffen, dass die sich geschickt anstellen.“

„Wenn einer wie Konrad Kranz verschwindet?“, wurde Gottfried heftig. „Das glaubst Du ja wohl selbst nicht. Da schalten sich gleich die Allerhöchsten ein. Warte ab, wir können uns auf was gefasst machen.“

8

Trotz völliger Verdunkelung seines Schlafzimmers dauerte es eine halbe Ewigkeit, bis der Kommissar endlich wegdämmerte. Eigentlich hatte er nach dieser schockierenden Nachricht überhaupt keine Müdigkeit mehr verspürt. Zuviel Adrenalin zirkulierte noch in seinen Blutbahnen. Was war falsch gelaufen? Wieso hatte niemand den nächtlichen Fotografen entdeckt?

Er musste schlafen, das wusste Gottfried. Wenn er es jetzt nicht tat, würde ihm irgendwann am Tag eine bleierne Erschöpfung die Beine wegziehen.

Doch er schlief äußerst unruhig. Wirre Traumbilder jagten ihn.

Er fühlte brausende Windböen, spürte die spritzende Gischt hoher Wellen, dann wieder völlige Windstille und einen Halbmond in unwirklich gelblichem Licht. Plötzlich jedoch hörte Gottfried ein unterirdisch grollendes Lachen aus schwarzem Wasser und sah dabei einen riesigen Dreizack aus der Mitte des Sees aufsteigen. Grüne, braune und gelbe Schilfhalme hingen wirr über dem blitzenden Metall, das sich immer weiter in die Höhe hob, immer größer, immer bedrohlicher, immer mehr gegen blutrot leuchtende Sterne eines unendlich großen nächtlichen Firmaments.

Dann kippte der Dreizack! Mit der flachen Seite direkt gegen ihn. Gegen ihn, diesen verschwindend kleinen Menschen, der am Ufer stand und sich nicht rühren konnte. Vergeblich versuchte er zu fliehen. Panik legte sich wie ein enger eiserner Reif um seinen Brustkorb, doch die Beine gehorchten ihm nicht. So sehr er sich auch abmühte, er schaffte keinen Schritt und der fallende Dreizack näherte sich ihm vom hohen schwarzen Himmel her. Eine riesige Fliegenklatsche, der er nicht entrinnen konnte! In Zeitlupe, aber dennoch mit stürmischem Rauschen, sah er ihn auf sich zukommen.

Eine Flucht war unmöglich. In Todesangst versuchte er, seine Beine zu bewegen – keine Chance. Er sah an sich hinunter. Jetzt wuchsen sogar Schilfhalme aus dem Boden, schlangen sich in Windeseile um seine Waden und bannten ihn an den Ort.

Näher und immer näher kam das riesige Todeswerkzeug des Neptuns. Brausende Windböen trieb es vor sich her.

Jetzt drehte es sich, die drei blitzblank geschliffen scharfen Enden schossen auf ihn zu. Aufspießen würden sie ihn, er versuchte zu schreien, vergeblich, keinen Ton brachte er heraus, die mittlere der scharfen Klingen zielte direkt auf seine Brust …

Gottfried schreckte schweißgebadet in die Höhe.

‚Unfassbar!‘, sagte er tonlos zu sich selbst und saß mit weit aufgerissenen Augen senkrecht im Bett. ‚Der alte Nix findet Dich, egal, wo Du auch bist. Niemand darf ihn stören, ihn und die unergründliche Tiefe seines Reiches‘.

Terrierhündin Lucy machte einen Satz über die Bettkante und landete auf seinem Bauch. Sie betrachtete ihren Herrn mit schrägem Kopf und einem Blick voller Unverständnis.

Dann schellte das Handy.

Marie hatte in der Zwischenzeit eine ganz andere Begegnung erlebt. Genauso bedrohlich, aber sehr real.

Während das Schlauchboot wieder am Ufer des Mummelsees anlandete, rüstete sie sich an ihrem roten Dienstwagen für den frühmorgendlichen Lauf auf die Hornisgrinde. Die Outdoorhose und ihre stabilen Schuhe streifte sie ab, trug jetzt nur noch die kurze Laufhose, wechselte das Polo gegen ein eng anliegendes Sportshirt aus Funktionsfaser, packte eine Wasserflasche und ihre Fleece Jacke in den leichten Rucksack, schlüpfte in die griffigen Trailrunningschuhe und zog sich die Stirnlampe über den Kopf.

Alles ging sehr zügig. Sie wollte unbedingt weg sein, um der Tauchergruppe nicht noch einmal zu begegnen. Gregor Krall! Nein! Voller Abscheu schüttelte sie sich. Ein solch widerwärtiges Subjekt in Diensten des Landes, das durfte nicht sein! Sie ärgerte sich aufs Neue, dass sie es damals nicht geschafft hatte, ihn zu überführen. ‚Mit Dir hab ich noch eine Rechnung offen, Du …, Du …‘ Allerhand Kraftausdrücke schossen ihr durch den Kopf, als sie den Mercedes abschloss und loslief. Ihr Schritt hatte nicht die übliche Leichtigkeit, nein es war eher ein zorniges Stampfen, das sie auf den ersten paar hundert Metern zeigte. ‚Zermalmen könnte ich Dich, zertreten', schoss es ihr durch den Kopf. ‚Aber warte, ich krieg Dich noch', schwor sie sich und je länger sie lief, umso mehr fiel sie in ihren üblichen, mühelosen Schritt. Je weiter sie auf der Fahrstraße zur Hornisgrinde an Höhe gewann, je größer der Abstand zum Parkplatz und zu diesem Kastenwagen der Tauchergruppe wurde, umso mehr kam ihre gewohnte Schwerelosigkeit zurück.

Der Mensch ist als Läufer geboren. Aufrechter Gang auf zwei Beinen, bestens geeignet, in der offenen Steppe stundenlang dem Wild nachzueilen, das war die Genetik, die Marie in sich spürte und mit diesem befreienden Gefühl strebte sie bergan. Nachrennen würde sie ihm, tagelang, wenn es sein musste. So lange, bis er vor Erschöpfung nicht mehr weiterkonnte und ihr zur Beute wurde. Der Gedanke beflügelte sie und die Frequenz ihrer langen schlanken Beine steigerte sich nochmals. Auch wenn sie in ihrer Freizeit nicht auf die Jagd ging und dem Wild nachstellte, so wie Gottfried – diese Beute würde sie sich holen. Eines Tages, irgendwann, wenn die Zeit dafür reif war.

Jetzt wurde es schon so hell, dass Marie die Stirnlampe ausschalten konnte. Im Laufen zog sie sich das Gerät vom Kopf, ließ den Rucksack von den Schultern gleiten, verstaute die Lampe darin und warf ihn sich, ohne aus dem Tritt zu kommen wieder auf den Rücken. Als es ebener wurde, richtete sie ihren Blick gen Osten. Die beginnende Helligkeit dort machte ihr Mut. Immer wieder geht die Sonne auf, jeden Tag aufs Neue und diesen Tagesbeginn würde sie genießen, ganz alleine, hier oben auf der höchsten Erhebung des nördlichen Schwarzwaldes mit Weitblick in alle Richtungen.

Sie passierte den verschlossenen Hornisgrindeturm, bog in nördliche Richtung ab und hatte bald die zweite Aussichtsmöglichkeit erreicht. Bismarckturm, so stand auf der Tafel, ein offenes Stahlbauwerk, das man zu jeder Tageszeit erklimmen konnte. Im Laufschritt nahm sie die Stufen bis ganz nach oben.

Was für ein Gefühl! Freiheit in klarer, sauberer Luft! Weg mit dem Dreck dort unten. Weg mit Krall und Kranz! Dieser Morgen war nur für sie. Niemand konnte ihn ihr nehmen, niemand konnte ihn ihr streitig machen.

Sie nahm das leichte Fleece aus dem Rucksack, schlüpfte hinein und sah sich um. Das Grau der Dämmerung war zurückgetreten, mehr und mehr kamen jetzt die Farben heraus. Unendlich, die Palette der Natur in Braun- und Grüntönen. Dazwischen, noch kaum zu erkennen, einzelne Farbtupfer, rötlich, gelblich, die Blüten der verschiedensten Pflanzen, die auf diesem rauen Hochplateau heimisch waren. Ein hartes Leben mit kurzem Sommer. Kurz, aber dafür intensiv, ganz intensiv.

Marie genoss den Blick. Vom tiefen Graben des Rheintals, wo sie ganz hinten sogar die Lichter von Karlsruhe erkennen konnte, über die Höhenzüge des Nordschwarzwaldes bis hinüber zur Kette der Schwäbischen Alb mit ihren langen flachen Erhebungen. Von dort, vom Osten kam jetzt die größte Helligkeit. Erst eine Röte, dunkel, dann heller, gelblich werdend und plötzlich – der erste Strahl! Der allererste Sonnenstrahl! Es war ihr Morgen, nur für sie, für Marie Schwarz, geboren im Schwarzwald und jetzt seit kurzem wieder zurückgekehrt – dahin, wo sie hingehörte. Danke, sagte sie und schaute zum Himmel empor, einfach nur Danke, ohne den Mund zu bewegen. Ein ungeheures Gefühl von Freude durchströmte die Kommissarin.

Dann bemerkte sie die schwarzen Schatten. Erst einer, dann zwei, drei, sieben, zehn, ja, mehr als zwanzig zählte Marie. Zwanzig gewaltige schwarze Vögel, die sich aus dem Biberkessel am Nordrand der Hornisgrinde erhoben und als Schwarm mehr und mehr an Höhe gewannen. Zuerst waren es nur einzelne kehlige Rufe, die die Kolkraben von sich gaben, dann schienen alle dieser urtümlichen Vögel einzustimmen und den neuen Morgen zu begrüßen. Nicht unfreundlich und rau, wie das heißere Krächzen der kleineren Rabenkrähen hörte es sich an, nein richtig majestätisch wirkte das Konzert.

Direkt auf den Turm flog der Schwarm zu. Schwarze Kolkraben heißen Marie Schwarz ganz oben auf dem Schwarzwald willkommen.

Jetzt, wo sie Höhe gewonnen hatten, bewegten sich die langen Schwingen schon viel weniger. Nicht hektisch und dennoch zielstrebig zogen sie ihre Bahn, über den Aussichtspunkt hinweg und dann nach Süden ins grüne Wäldermeer.

So dicht flog der Schwarm vorbei, dass alle Einzelheiten dieser Wotansvögel ganz deutlich zu erkennen waren. Dicke, kräftige Schnäbel, am Ansatz federgeschmückt, lange, abgewinkelte Flügel. Marie schaute ihnen nach. Welch eine Eleganz die Natur hervorbringen konnte! Danke für diesen sagenhaften Morgen!

Der Wind frischte leicht auf und Marie fröstelte trotz ihrer Fleece Jacke. Also weiter! Runter vom Turm und wieder Richtung Norden. Federnd lief sie am Windrad vorbei und erreichte den mächtigen, rotweißen Sendeturm. Ohne anzuhalten machte Marie kehrt und nahm den selben Weg zurück. Jetzt lief sie völlig in sich gekehrt und nahm die erwachende Natur nur noch beiläufig wahr. Ihre Gedanken hatten nun freien Lauf.

War es Zufall, dass dieser Krall ihr hier am Mummelsee wieder begegnet war? Gregor Krall, eine ihrer Altlasten, einer ihrer nicht gelösten Fälle. Gregor Krall, widerlich, kriminell und doch in Diensten der Landespolizei.

Gab es überhaupt Zufälle oder hatte irgendeine Macht sie mit ihm zusammengeführt, weil es noch etwas zu erledigen gab? Weil sie ihn noch zu erledigen hatte? Sein Gesicht tauchte vor ihrem geistigen Auge auf und der kahle Schädel. So eiförmig! Genauso ekelhaft wie seine ausgedehnten Tätowierungen. Marie schüttelte sich. Wieso hatten die Oberen ihn nicht fallen lassen? Jeder wusste doch, wieviel Dreck dieses Subjekt am Stecken hatte. Brauchten sie ihn noch? Vielleicht als V-Mann im Milieu? Doch wer mochte diesem Kerl schon trauen? Gaben sie ihm eine letzte Chance? Oder handelte es sich gar um einen Deal, damit das LKA zum ganz großen Schlag ausholen konnte? Eine finale Aktion gegen die Rotlicht-Bosse? Die hatte aber bislang noch nicht stattgefunden.

Denn falls er dabei aufflog, war er erledigt, und zwar so vollkommen erledigt, dass er nur noch im fernsten Ausland und mit neuer Identität eine Überlebenschance hatte. Hier im Ländle könnte er sich nach einem Großeinsatz umgehend sein eigenes Grab schaufeln.

Marie lief weiter, völlig gleichmäßig, völlig mechanisch. Maschinengleich und ganz automatisch gehorchten ihr die Beine. Gregor Krall, dieses Ekelpaket, dem sie nicht hatte Herr werden können. Der Hass auf ihn steigerte sich in Marie mehr und mehr. Warum nur hatten die Chefs ihn zu den Tauchern gesteckt? Konnten sie ihn möglicherweise gar nicht loswerden? Wusste Gregor Krall zuviel? Gab es vielleicht sogar eine Verbindung zur Politik?

Marie spürte eine leichte Übelkeit in sich aufsteigen. Sie sollte an etwas Anderes denken, nicht immer nur an diesen üblen Kerl, der sie auch noch so unverfroren angegrinst hatte. Aber bei der Begegnung heute Nacht am Mummelsee musste es sich um einen Zufall gehandelt haben. Seine Überraschung, als er sie erkannt hatte, war nicht gespielt, nein, die war echt gewesen.

Sie richtete ihre Aufmerksamkeit wieder mehr auf die Umgebung. Der Hornisgrindeturm lag wieder vor ihr. Die Sonne beschien nun schon fast seine gesamte

Ostseite. Abermals kehrte Marie um und lief erneut die Strecke zum Sender und zurück. Jetzt hatte sie das richtige Maß, die passende Streckenlänge erreicht, jetzt konnte sie zum Auto zurückkehren.

Marie verlangsamte ihre Schritte nicht und nahm das letzte Stück bis hinunter zum See weiterhin völlig leichtfüßig in Angriff. Sie lief am Hotel vorbei, überquerte den Parkplatz und langte bei ihrer knallroten C-Klasse an. Flink zog sie den dünnen Rucksack von den Achseln, öffnete den Reißverschluss, fand in der Tiefe den Autoschlüssel … und bemerkte gleichzeitig in ihren Augenwinkeln eine Bewegung von links.

Marie erstarrte. Er musste ihr hinter einem der geparkten Wagen aufgelauert haben. Betont langsam kam der Kerl näher. Offensichtlich wusste er, dass ihm sein Opfer nicht entkommen konnte. Paralysiert – wie das Kaninchen vor der Schlange – starrte Marie Schwarz den kahlen Eierkopf an. ‚Jetzt macht er dich alle!' Mehr konnte sie nicht denken und roch im selben Moment schon seinen nach einer ekelhaften Zigarettenmarke stinkenden Atem. Seine teuflisch blitzenden Augen fixierten sie und die langen Finger seine Hände streckten sich wie Krallen einer Raubkatze nach ihr aus.

„Hier tue ich Dir nichts", zischte Gregor Kralls Stimme. „Vom Hotel aus könnten sie uns sehen. Aber von jetzt an hast Du keine ruhige Sekunde mehr. Wo immer Du bist, wirst Du mich fürchten und irgendwann wirst Du mir zur Beute werden. Die Rechnung zwischen uns ist offen und Du wirst sie bezahlen!"

Marie reagierte blitzschnell. Sie zuckte kurz mit dem Knie, reflexartig fuhren seine Hände schützend nach unten, da traf ihn ihre Handkante blitzschnell, zielgenau und mit voller Wucht am Hals. Röchelnd stürzte Krall rückwärts zu Boden. Hart krachte er mit dem Rücken auf den Asphalt. Stöhnend verdrehte er die Augen.

Lange genug, damit Marie in ihren Wagen springen, die Türen verriegeln und den Motor starten konnte. Sie riss den Automatikhebel auf D und gab Vollgas. Im Rückspiegel sah sie noch, wie Gregor Krall im Liegen seinen Arm in die Höhe streckte und ihr mit geballter Faust drohte. Maries Puls raste.

9

„Bist Du wach?“, kam die Stimme aus dem Smartphone.

„Ja … wieso?“ Mehr konnte Gottfried nach seinem Albtraum noch nicht hervorbringen.

„Mach auf. Lass mich rein. Ich stehe vor dem Tor.“

„Wo?“

„Bei Dir vor dem Gartentor, jetzt mach schon.“

„Natürlich …, sofort …“, stotterte Gottfried, erhob sich vom Bett, torkelte unsicher zum Fenster der Dachgaube und spähte hinaus. Rot! Maries roter Wagen. Tatsächlich vor der Einfahrt zu seinem Villengrundstück. Er ging ein paar Schritte in den Flur und drückte einen von vielen Knöpfe der Sprechanlage. Auf dem Bildschirm verfolgte er, wie sich das schmiedeeiserne Tor öffnete und Maries Mercedes hereinfuhr. Ein erneuter Knopfdruck, dann nahm Gottfried den Morgenmantel vom Haken, zog ihn an, schlüpfte in seine schwarzen Croqs und öffnete die Tür zum Treppenhaus. Lucy stürmte voran, die Eichenstufen hinunter. An der dicken Eingangstüre blieb sie stehen und wartete, bis Gottfried nachgekommen war, um aufzuschließen. Lucy schlüpfte sofort hinaus und sprang freudig an Marie empor, die bereits vor der Tür stand.

„Dusche und Kaffee bitte“, war alles, was der Kommissar zu hören bekam. Er nickte nur und blickte seiner

Kollegin verständnislos hinterher, die in kurzer Hose, Laufshirt und Runningschuhen an ihm vorbei die Treppe zum Gartengeschoss hinuntereilte.

„Lucy, komm!“, gab Gottfried irritiert von sich und zog die massive Tür hinter dem Hund wieder ins Schloss.

Fassungslos hörte er eine Viertelstunde später zu, als Marie ihm, mit noch nassen Haaren und in ein großes Badetuch gehüllt, die Geschehnisse berichtete. „Unglaublich“, stieß er hervor. „Und ich dachte, die gesamte Tauchermannschaft sei abgefahren. Dieser Krall muss ja irgendwo ausgestiegen und zurückgekommen sein.“

„Kannst Du das herausfinden?“, antwortete Marie und nippte an ihrem Kaffeebecher.

„Selbstverständlich“, kam spontan von Gottfried, doch dann zögerte er. „Andererseits …, damit wird er vermutlich rechnen …, wie wäre es, wenn wir gar nichts unternehmen und stattdessen auf den rechten Augenblick warten, ihn komplett zur Strecke zu bringen?“

Seine Kollegin schaute zweifelnd: „Du meinst …?“

„Ja, er wird Dich garantiert wieder attackieren. So eine Niederlage lässt ein Kerl wie Krall keinesfalls auf sich sitzen. Der brennt darauf, Dir den Handkantenschlag heimzuzahlen.“

„Trotzdem sollten wir wissen, ob er im Dienst ist. Solange der in Stuttgarts Gewässern untertaucht, haben wir hier nichts von ihm zu befürchten.“

Gottfried nickte: „Zeit, um unseren Joker Ludwig wieder ins Spiel zu bringen. Den müsste ich halt einweihen."

„Erzähl ihm alles. Ich mach mich solange wieder dienstfertig."

„Willst Du Dich nicht ein paar Stunden rüber ins Gästezimmer legen? Eine Nacht komplett ohne Schlaf, also mich kannst Du danach wegwerfen."

Marie schüttelte den Kopf und deutete auf ihren leeren Kaffeepott: „Mit Deiner Koffeinbombe halte ich noch einen halben Tag durch." Dann zeigte sie durchs Fenster: „Und wenn's ganz schlimm wird, leg ich mich unter den großen Apfelbaum da draußen."

Kriminalhauptkommissar Gottfried Wald nahm umgehend sein Smartphone aus der Tasche des Morgenmantels, tippte die Kurzwahl für Ludwig Lanz und berichtete in knappen präzisen Sätzen, was geschehen war.

Keine zehn Minuten später traf der Rückruf ein. Genau in dem Moment, als Marie gefönt und nun wieder vollständig angekleidet zurück in die Küche kam.

„Moment, Ludwig, sags ihr am besten gleich selbst." Gottfried reichte seiner Kollegin das Mobiltelefon.

„Was sagst Du? … Nicht im Dienst? … Überstundenabbau beantragt? … Kurzfristig? … Seine Kollegen haben ihn auf eigenen Wunsch hin in Freudenstadt abgesetzt, wo er einen Besuch machen wollte?" Marie wurde blass und blasser. „Einen Besuch in Freudenstadt, und noch dazu am frühen Morgen, nein, das nehm' ich ihm nicht ab. Kann nichts Gutes bedeuten. Der ist garantiert noch in der Gegend und kocht vor Wut. Okay, danke. Wir sind gewappnet." Mit tief gerunzelter Stirn legte sie das Gerät vor Gottfried auf den Küchentisch. „Irgendwie muss er mobil werden", überlegte sie.

„Entweder er knackt einen Wagen, oder er holt sich Verstärkung", zählte Gottfried auf, was ihm spontan in den Kopf kam.

„Und wie will er mich finden?"

„Wo ich wohne, kann er rausbekommen. Vielleicht weiß er das sogar noch von früher. Deshalb muss als erstes Dein Auto in die Garage!"

Marie nickte und stürmte nach draußen. Ihr Kollege eilte durchs Haus in den Garagentrakt. Von innen öffnete er eines der sechs großen Tore und ließ Marie auf den einzig freien Stellplatz einfahren. Das Tor senkte sich wieder, Marie stieg aus ihrer roten Limousine und schaute sich erstaunt um. „Mann, was für ein Fuhrpark!"

Leicht verlegen zupfte Gottfried an seinem Morgenmantel. „Hätte ich Dir bei Gelegenheit schon noch gezeigt."

Neben seinem Dienstwagen, dem schwarzen GLK, standen noch ein SL-Cabrio, ein Heckflossen-Oldtimer, ein E-Klasse Kombi und ein kurzer Geländewagen in der Halle.

„Alle in schwarz, alle mit Stern", staunte Marie.

„Deine Farbe ist rot, meine halt schwarz", meinte Gottfried. „Nur der G dort hinten, den sollte ich mal wieder waschen. Ist mein Jagdwagen. Der wird bei jeder Ausfahrt dreckig."

„Dann nehmen wir den zur Jagd auf Gregor Krall. Bestens geeignet zum Rammen." Marie ging ein paar Schritte und fühlte über die mattschwarzen, dicken Rohre der Bullbar vor dem Kühler des eckigen Geländegängers.

„Kann ich nach vorne abklappen und erlegtes Wild draufladen."

„Umso besser", grinste Marie. „Wenn wir ihn erledigt haben, den Krall, binden wir ihn darauf fest und liefern ihn so in Stuttgart ab."

„Bei Wildschweinen packt man Tannenreisig drunter, wenn man sie zur Strecke legt", lächelte Gottfried.

Jetzt lachte Marie hell auf und die Anspannung schien von ihr abzufallen. „Genauso machen wir's bei dieser Sau auch!"

„Was meinst Du, sollen wir hier auf ihn warten?"

„Heimvorteil Ermittlungsgruppe Schwarzwald", nickte die schwarzhaarige Kommissarin.

„Eigentlich hatten wir ja einen anderen Auftrag."

„Der Kranz? Hat doch Zeit! Wer gerade mal so dreihundert Leute entlässt, mit dem habe ich echt kein großes Mitleid. Wenn er tot ist, wird man ihn irgendwann finden, wenn er noch lebt, auch. Also müssen wir nur warten. Auf den Krall und auf den Kranz."

Mit erhobenen Augenbrauen sah Gottfried seine Kollegin an: „Das hört sich aber sehr nach der Variante ‚Rustikale Schwarzwaldermittlung' an. Ob die in Stuttgart wohl Deine Ansicht teilen?"

„Aber recht hab ich doch!", gab Marie triumphierend zurück. „Wir kriegen sie, beide, und zwar nach unserer Methode!" Dann drehte sie sich auf dem Absatz um und ging Richtung Büro. „Komm, lass uns den Bericht zur Tauchaktion schreiben, dann sehen die Chefs, dass wir aktiv sind."

Flugs nahm sie am Schreibtisch Platz und begann, voller Energie auf die Computertastatur einzuhämmern.

Gottfried sah lächelnd zu ihr hinüber: „Verprügelst Du ihn gerade? So, wie Du auf die Tasten haust, könnte man meinen, Du hättest den Krall schon in der Mangel. Wehe, wenn er Dir wirklich ins Netz geht. In dessen Haut möchte ich dann nicht stecken."

„Wieso? Dem Zander von gestern Mittag hast Du ja garantiert auch kräftig eine auf den Kopf gegeben, als er an Deinem Haken gezappelt hat."

„Wildschwein, Raubfisch, Krall – große Unterschiede machst Du ja nicht. Kommt wohl davon, wenn man auf einem abgelegenen Schwarzwaldhof aufwächst …!"

Empört blitzte Marie ihren Kollegen über den Rand des Monitors hinweg an: „Was willst Du damit sagen, Gottfried Wald? Okay, so fein wie hier in der besten Wohnlage einer Kurstadt gehts bei uns zuhause nicht gerade zu, aber was Recht ist, das muss Recht bleiben. Damit bin ich aufgewachsen. Das gilt für mich noch immer."

„Und zu sagen, was man denkt, gerade heraus, das ist gut. Das schätze ich sehr an Dir."

Marie antwortete nicht, sondern starrte plötzlich gebannt auf den Bildschirm. „Da, schau, das Labor hat die Glock untersucht. Mit der wurden in Stuttgart vor kurzem zwei Zuhälter erschossen."

Gottfried sprang auf, umrundete die Schreibtische und stellte sich hinter Marie. „Jetzt mal ganz langsam. Wieso Stuttgart? Wieso Zuhälter?"

„Jetzt mal ganz schnell, Herr Kommissar", antwortete seine Kollegin. „Da gibts für mich aber einen ganz konkreten Verdacht!"

„Und der heißt Krall", nickte Gottfried Wald. „Das kann kein Zufall sein." Dann las er weiter aus dem Laborbericht vor: „Waffennummer rausgeschliffen! Nun wundert mich nichts mehr."

„Der hat die Gelegenheit beim Schopf gepackt!"

„Aber eigentlich unlogisch. Wieso soll der Krall eine Knarre aus Stuttgart mitbringen, hier im Mummelsee versenken und höchstpersönlich wieder aus der Tiefe holen?"

Marie schüttelte den Kopf: „Er selbst kann die Glock nicht ins Wasser geworfen haben. Das hätten die Kollegen im Boot bemerkt. Der muss einen Komplizen vorausgeschickt haben."

„Aber wozu? Im Neckar hätte er die Knarre doch viel sicherer verschwinden lassen können? Auf Nimmerwiedersehen direkt an einer Staustufe."

„Nein, Gottfried", widersprach Marie. „Es geht nicht ums Verschwindenlassen, es geht ums Finden. Der tolle Taucher Gregor Krall arbeitet an seiner Rehabilitation. Er kann einen grandiosen Erfolg vorweisen. Dafür bekommt er ein Lob und der Schatten auf seiner beruflichen Vita ist fast schon weggewischt."

Ihr Kollege ließ sich in einen der Schreibtischsessel fallen und massiert seine Schläfen. „Es will mir trotzdem nicht in den Kopf. Der muss doch wissen, dass die Technik anhand der Stuttgarter Geschosse einen Zusammenhang herausfindet. So einfach geht es nun wirklich nicht. Da muss ja selbst der dümmste Staatsanwalt hellhörig werden."

„Und wenn eben dieser Staatsanwalt nun einen Zusammenhang zwischen den Morden in der Landeshauptstadt und dem vermutlichen Mord an Konrad Kranz sieht? Du kennst doch die Juristen. Wenn die sich mal was in den Kopf gesetzt haben …"

„Dann werden wir es mit unserer Theorie nicht leicht haben. Vor allem können wir sie überhaupt nicht beweisen."

„Also behalten wir die Gedanken vorläufig für uns und warten ab, bis der Krall hier auftaucht", entschied Marie. „Hast Du keine Kameras auf Deinem Anwesen, mit denen wir ihn entdecken können?"

Gottfried stand auf und ging wieder zu seinem Arbeitsplatz hinüber. „Alles hier drauf“, zeigte er auf den Computerbildschirm. „Das ganze Grundstück, es kommt niemand unbemerkt rein.“

„Besser wärs, Du hättest auch noch einen Blick auf die Umgebung.“

„Illegal, das weißt Du ja. Völlig illegal.“

„Komisch“, lächelte Marie, als sie Gottfrieds ganz leicht schelmischen Gesichtsausdruck bemerkte, „ein Pokerface sieht anders aus. Dir kann ich doch schon an den Augen ablesen, dass Du vorgesorgt hast.“

„Du weißt ja “, druckste er herum, „der Wald hat Augen und Ohren und manche meiner alten Bäume eben auch.“

„Ja, ja, die Vögel hoch im Geäst, die werden nach draußen schauen und Dir bei Gelegenheit was zwitschern“, kniff Marie ein Auge zu.

„Wer sich viel in der Natur aufhält, der versteht eben ihre Sprache und außerdem, was am Tor gesprochen wird, kann ich hier live mithören. Komm mal rüber, ich glaube Gunda bekommt gerade ein Paket.“

Marie war sofort da und schaute über Gottfrieds Schulter auf dessen Monitor. Ein weißer Sprinter hatte vor dem Tor gehalten und ein junger kräftiger Mann stand mit einem braunen Karton in der Hand vor der Sprechanlage.

„Er hat bei Gunda und Hans geklingelt, das siehst Du hier.“ Mit der Rückseite seines Bleistifts tippte Gottfried auf eine Leiste am unteren Bildschirmrand.

„Lässt sie den jetzt reinfahren?“, wollte Marie wissen.

„Das Tor kann auch sie von drinnen öffnen, aber wenn so ein Paketbote schon ausgestiegen ist, wird sie eher rauskommen. Ja, schau, hier auf dem andern Ausschnitt …“

Die beiden Kommissare konnten sehen, wie die Haushälterin aus der Tür trat und zur Einfahrt eilte. Dort entriegelte sie ein kleines Seitentor und nahm das Paket in Empfang. „Wo muss ich unterschreiben?“, hörten die Kommissare in ihrem Büro in Echtzeit mit, nachdem Gottfried den Ton aktiviert hatte.

„Ach, Moment“, antwortete der Bote in hörbar osteuropäischem Akzent, „Gerät steckt in Ladestation. Bitte … kurz mitkommen.“

Gunda nickte und ging zum Transporter. Dort zog der Fahrer die Schiebetüre zum Laderaum auf. „Hier bitte, ein Schritt hinein.“

„Wieso denn das?“, hörten Marie und Gottfried Gundas Frage, dann geschah das Unfassbare. Der Mann drehte sich blitzschnell um, fasste die Haushälterin mit der linken Hand vorne an der Schürze, mit rechts am Bund ihres Rocks und drückte sie brutal in das dunkle Innere des Sprinters. Ein Satz, er sprang hinterdrein und riss die Schiebetüre hinter sich zu.

Schreckensstarr starrten die beiden Kommissare auf den Monitor. Dann schoss Marie empor, riss ihre Pistole aus dem Gürtelholster und rannte zur Tür.

„Halt, bleib!“, befahl Gottfried. „Das bringt nichts. Der rast schon davon.“ Schnell kritzelte er die Nummer des Fahrzeugkennzeichens auf seinen Notizblock und drückte eine Sekunde später die Kurzwahl Fünf am Telefon.

„Gottfried hier“, keuchte er in den Hörer. „Entführung bei mir, direkt am Haus … Ja, im Moment, gerade eben … Weißer Sprinter.“ Er gab das Karlsruher Kennzeichen durch. „Meine Haushälterin. Gib Vollalarm, aber still. Nur beobachten, kein Zugriff. Die wollen …“

„Mich …“, sagte Marie tonlos und ließ sich zu Boden sinken. Jede Farbe war aus ihrem Gesicht gewichen.

Gottfried nickte und wiederholte nochmals die Details des schockierenden Vorfalls. „Der Hubert“, sagte er zu Marie, als er aufgelegt hatte. „Mein Kripo-Freund hier in Baden-Baden. Der braucht keine langen Erklärungen. Steht garantiert in ein paar Minuten vor der Tür.“

„Dann zieh Dich wenigstens richtig an“, stöhnte Marie, schloss die Augen und legte sich flach auf den Boden.

Gottfried spritzte aus seinem Bürosessel und rannte durchs Treppenhaus nach oben. Kurze Zeit später war er schon zurück, nun in Hose, Socken und Polohemd, statt im Morgenmantel. Die Schuhe trug er in der Hand und ließ sie zu Boden fallen. Marie lag immer noch bewegungslos auf dem Parkett. Jetzt schlug sie die Augen auf.

„Der Krall …“, stammelte sie, „das kann nur dieser …, dieser …“

„Ruhig, ganz ruhig“, hob Gottfried beschwichtigend die Hand und streckte sie seiner Kollegin hinunter. „Komm, setz Dich wieder her. Die werden Gunda nichts tun.“

„Nur mir“, ergänzte Marie, nahm seine Hand und zog sich daran empor.

„Der muss voll auf Hundertachtzig sein“, konstatierte Gottfried, „anders kann ich es mir nicht erklären, dass er derartig reagiert.“

„Weiß er denn so genau über Dich Bescheid?“, fragte Marie und fuhr sich über die immer noch blasse Stirn, um mit ihrem Handrücken mehrere große Schweißperlen wegzuwischen. Dann verdrehte sie plötzlich die Augen, dass nur noch das Weiße zu sehen und gab einen gurgelnd-stöhnenden Laut von sich. Völlig schlaff sank sie in sich zusammen und begann, nach vorne vom Stuhl zu rutschen. Gottfried bekam Marie gerade noch zu fassen und konnte verhindern, dass sie mit dem Kopf auf dem harten Boden aufschlug. Vorsichtig legte er seine Kollegin wieder hin, kniete sich schnell neben sie, klopfte links und rechts auf ihre Wangen und rief mehrfach – allerdings vergeblich – ihren Namen. Entschlossen nahm er ihre Beine und hob sie hoch.

Einige Sekunden später schlug Marie ihre Augen auf. „Was …, was ist …“, stammelte sie. „Bin ich …?“

„Alles gut“, redete Gottfried beruhigend auf sie ein. „Du warst nur ganz kurz weggetreten. Bleib einfach liegen und sag gar nichts.“

Zwei Minuten lang hielt er ihre Beine noch in die Höhe, dann zog er einen Stuhl heran und stützte sie dagegen. „Nein, liegen bleiben, das muss sein“, schüttelte er den Kopf, als Marie Anstalten machte, sich zu erheben. Mit einem abermaligen, aber nun leiseren Stöhnen sank sie erneut nach hinten. Gottfried ließ sie für ein paar Sekunden alleine, eilte schnell ins Nebenzimmer und kam mit einer dick wattierten Jacke zurück. Auch eine Wolldecke trug er bei sich, breitete die neben Marie aus und drehte seine Kollegin darauf. Die Jacke schob er ihr als Polster unter den Kopf. Dann griff er erneut zum Telefon. „Kannst Du schnell vorbeikommen? Eine Kollegin ist kurz bewusstlos gewesen … Ja, hab ich schon, jetzt gehts wieder … Ja, hier bei mir im Büro … Nein, kein Rettungsdienst …, Terrassentür ist offen, das Tor auch.“

Mit einem Klick der Computermaus ließ Gottfried das Eingangstor zur Seite fahren und bemerkte auf dem Monitor, dass bereits ein E-Klasse Mercedes angefahren kam.

„Der Hubert ist schon im Anflug und der Doktor wird auch gleich da sein“, Marie verstand seine Worte nur gedämpft, wie durch einen dichten Nebel.

Kurze Zeit später stürmte ein athletisch gebauter Zwei-Meter Mann von der Terrasse her ins Büro der Ermittlungsgruppe Schwarzwald. Im Gegensatz zu Gottfried Wald, der immer glattrasiert war, trug sein Freund Hubert Stadler einen dichten Vollbart. Dunkel, so wie die Haare, nur einzelne silberne Fäden schimmerten durch. Mit seiner mächtigen Statur machte der Kripobeamte einen äußerst imposanten Eindruck. Ein enormer Brustkasten spannte sich unter dem Jeanshemd, dessen zwei offene Knöpfe eine dichte Brustbehaarung offenbarten.

„Aha, so sieht sie also aus, Deine Marie“, lachte Stadler und betrachtete, wer da auf dem Boden vor ihm lag.

„Marie stimmt, aber nicht meine Marie!“, zischte Gottfried.

„Entschuldigung“, grinste Hubert. „Aber es ist doch recht selten, dass ich eine neue Kollegin liegend kennen lerne.“

Die Kommissarin war normalerweise nicht auf den Mund gefallen, aber jetzt fühlte sie sich echt zu schwach, um diesem Riesen etwas Passendes zu entgegnen. Stattdessen nahm sie einfach seine Pranke, die er ihr entgegenstreckte, ließ sich von ihm hochziehen und zu der Sitzgarnitur am Fenster führen. „Da drauf“, sagte Stadler, wies auf das dicke schwarze Leder. Ohne Widerworte legte sich Marie dort wieder hin und schloss die Augen von Neuem. Diesmal hatte es aber eher mit Hubert Stadler, als mit ihrer kurzzeitigen Ohnmacht zu tun.

Ab und zu schielte sie hinüber zum Schreibtisch, wo sich Gottfried und Stadler gestenreich unterhielten. Als

Hubert ihren Blick aber unerwartet mit einem Augenzwinkern erwiderte, schloss sie schnell die Augen und spürte aufs Mal eine deutliche Wärme in sich aufsteigen.

Wenige Minuten später trat ein weiterer Mann durch die Terrassentür. Weißes Hemd und weiße Hose ließen keinen Zweifel daran, dass es sich um eine Arzttasche handelte, die er mit sich trug. Volkmar Mai drückte rasch die Hände von Gottfried und Hubert Stadler, dann näherte er sich Marie. „Mai, Internist", stellte er sich wortkarg vor und fasste Marie ohne zu zögern am Handgelenk.

„Ah, der Mai ist gekommen", antwortete die Kommissarin und setzte sich auf, worauf der Arzt nur zurückgab: „Kenn ich schon, den Spruch, aber jetzt haben wir Juni." Dann drehte er sich zu den beiden Beamten am Schreibtisch: „Wegschauen, ich muss abhören." Gehorsam drehten sich die Zwei zum Fenster, so lange Marie ihr Poloshirt nach oben hob.

Der Arzt fackelte nicht lange, drückte sein Stethoskop auf verschiedene Punkte an Brust und Rücken und verkündete dann: „Ist gut, nichts Auffälliges, wohl nur eine leichte Unpässlichkeit. War der Gottfried grob zu Ihnen?"

Empört drehte sich der Angesprochene um, doch Marie kam ihm zuvor: „Nein, überhaupt nicht, aber …"

Das Klingeln eines Mobiltelefons unterbrach. Gottfried drückte auf das Gerät, ohne etwas zu sagen, ließ es aber mit eingeschaltetem Lautsprecher auf dem Tisch liegen.

Eine schneidend scharfe Stimme schallte daraus hervor. „Deine Köchin! Noch gehts ihr gut. Wenn Du Hunger hast, kannst Du sie wiederhaben, aber nur im Tausch. Her mit der Marie!“ Dann brach die Verbindung ab.

10

Hubert Stadler riss das Handfunkgerät vom Gürtel seiner Jeans und drückte die Sprechtaste: „Könnt Ihr orten?"

„Zu kurz, leider. Schon wieder weg. Wahrscheinlich hat er den Akku entfernt", kam als Antwort.

„Dranbleiben", befahl Stadler. „Alles, was auf Gottfrieds Nummer anruft, müsst Ihr Euch schnappen." Dann drehte er sich zu seinem Kollegen: „Steht Dein Festnetz immer noch im Telefonbuch?"

Gottfried nickte: „Aber nicht mehr lang!"

„Die Nummer aus dem Örtlichen auch", gab Stadler durch, dann schaute er zum Arzt hinüber: „Ist sie wieder o.k.?"

„Fast", antwortete Kommissarin Marie schnell und setzte sich kerzengerade hin. „Ich krieg ihn! Der Krall gehört mir, jetzt erst recht!"

„Schön langsam", legte Gottfried die Stirn in Falten. „Nur, wenn es der Doktor zulässt."

Volkmar Mai zuckte mit den Achseln: „Lasst sie halt, aber lasst sie nicht alleine. Zum Durchchecken in meine Praxis kriege ich sie jetzt ja wohl kaum."

„Du bist hier hervorragend vernetzt", kommentierte Marie staunend, nachdem Dr. Mai wieder gegangen war.

Gottfried lächelte versonnen: „Trotz der vielen Jahre in diesem Stuttgart hab ich meine Heimat nie vernachlässigt.“ Er holte kurz Atem, dann fügte er hinzu: „Und meine alten Freunde natürlich auch nicht.“ Darauf bekam er unmittelbar einen kräftigen Schulterklaps von Hubert Stadler: „Sag

s ihr lieber gleich.“

„Was denn …? Ach das …“, stotterte Gottfried. „Ist ja schon so lange her und überhaupt …“

„Nichts da, die Marie kriegt es ohnehin raus.“

„Ja, also …, wenn Du darauf bestehst …, ausgerechnet Du …“

Stadler nickte nachdrücklich: „Ja, ich will!“ und grinste dabei fast unverschämt. „Der Gottfried hat mich vor vielen Jahren von einem großen Übel erlöst. Damals kannten wir uns allerdings noch nicht so gut wie heute.“

Marie hob die Augenbrauen, doch sie sagte nichts.

Nachdem aber auch Gottfried schwieg, hatte Hubert keine Wahl. Lauthals lachte er los: „Die Freundin hat er mir ausgespannt, dieser Idiot, und sie sogar umgehend geheiratet! Dafür bin ich ihm heute noch dankbar.“

„Hat nur drei Jahre gehalten“, ergänzte Gottfried leise und vermied es, Marie dabei direkt anzusehen. „Drei Jahre, dann gings nicht mehr.“

Stadler lachte in einem fort und konnte sich gar nicht beruhigen: „Hab ich Dir doch gleich gesagt. Wolltest ja nicht auf mich hören. Blonde Locken, lange Beine, aber ein elend falsches Luder. Reihenweise hat sie uns Kerlen den Kopf verdreht.“

„Hast Du schon damals hier in dieser Villa gewohnt?“, wollte Marie wissen und ein süffisantes Lächeln umspielte ihren Mund.

„Streu kein Salz auf meine Wunden“, antwortete Gottfried gequält. „Die Scheidung war teuer genug.“

„Was hab ich auf ihn eingeredet“, gluckste Stadler. „Nichts hat geholfen. Er war völlig beratungsresistent. Ich musste ihn erst mit der Nase drauf stoßen, damit er sie in flagranti erwischt. Dann hat er ihr aber noch am selben Tag die Koffer vor die Tür gestellt. Bravo, Gottfried!“ Hubert haute ihm von Neuem auf die Schulter. „Seither kann uns nichts mehr trennen – schon gar keine Frau!“

Marie runzelte die Stirn. „Wisst Ihr eigentlich noch, dass hier vor Kurzem jemand entführt worden ist? Vielleicht sollten wir uns eher darum kümmern, als um Eure gemeinsame Vergangenheit.“

„Ist ja gut“, lenkte Gottfried ein. „Aber wie ich den Hubert kenne, hat er sofort nach meinem Anruf alles auf die Straße gejagt, was auch nur irgendwie zu kriegen war.“

„Samt den Blinden und Fußlahmen, darauf kannst Du Dich verlassen. Irgendwo geht denen der Sprinter ins Netz, garantiert.“

Im selben Moment klingelte das Festnetztelefon. Gottfried nahm den Hörer, drückte auf laut, schwieg aber.

„Was ist? Sprichst Du nicht mit mir?“, schnarrte Kralls blecherne Stimme aus dem Lautsprecher. „Wo ist

Deine schwarzhaarige Schwarzwaldhexe? Sie soll sich in ihr knallrotes Auto setzen und Richtung Schwarzwaldhochstraße fahren. Aber ganz allein. Wehe, Ihr schützt sie! Dann mach ich Hackfleisch aus Deiner Köchin." ‚Klack', brach die Verbindung wieder ab.

„Sprinter steht am Waldsee", krächzte Stadlers Funkgerät. „Leer!"

„Garantiert gestohlen, genau wie das Kennzeichen", kommentierte Hubert und rieb sich den Nacken. „Also sind die mit einem anderen Wagen unterwegs. Jetzt wirds kompliziert."

„Wo läuft das hin?", überlegte Gottfried. „Der weiß doch genau, dass er keine Chance hat."

„Der weiß auch genau, was in einem solchen Fall normalerweise geschieht", nickte Marie. „Hubschrauber, Straßensperren, ganz großes Aufgebot."

„Trotzdem", dachte Gottfried laut nach, „trotzdem bin ich mir sicher, er will wirklich Dich, Dich ganz persönlich. Bei diesem Kerl sind seit Deinem Handkantenschlag alle Sicherungen durchgebrannt. Er will Dir eine verpassen, an die Du Dich ewig erinnerst und sich dann absetzen. Wer sich so verhält, hat nichts mehr zu verlieren, nichts außer seiner Freiheit."

„Vor seinem Einsatzbefehl, im Mummelsee zu tauchen, hatte er aber keinerlei Ahnung, dass er mich dort treffen würde", wandte Marie ein. „Irgendwie stimmt das alles nicht so recht."

„Glaub mir", sagte Gottfried, „das passt haargenau zu diesem übergeschnappten Kerl. So kenne ich ihn von früher. Auch damals war der schon nicht ganz dicht."

„Kennen? Wie gut denn? Gehört der etwa auch zu Deinen alten Freunden?"

„Nein, überhaupt nicht", schüttelte Gottfried den Kopf. „Aber er war einige Jahre mit mir zusammen im selben LKA-Team."

„Und da hat er auch so überreagiert?"

„Bei dem konntest Du nie sicher sein, wie er sich im nächsten Moment verhält. Wenn ihm etwas gegen den Strich ging, war er gnadenlos. Nachgeben? Ach, vergiss es! Niemals! Der trägt irgendeinen tiefsitzenden Komplex mit sich rum – todsicher!"

„Hast Du mich deshalb nicht mit ihm ins Wasser gelassen?"

Gottfried nickte: „Mit wem auch immer der noch eine Rechnung offen hatte – er hat alles drangesetzt, es demjenigen heimzuzahlen und zwar doppelt und dreifach. Wer weiß, was er beim Tauchgang mit Dir angestellt hätte."

„Jähzorn?", wollte Marie wissen.

„Hochgradig", bestätigte ihr Kollege. „Auch gegen seine Teamkameraden. Es gab kein Halten mehr. Deshalb ist er ja schließlich bei uns rausgeflogen."

„Also stehst Du auch noch auf seiner Unerledigt-Liste."

Gottfried schüttelte den Kopf: „Nein, ich hab mich immer völlig rausgehalten und das wusste der Krall. Mich hatte er nie im Visier."

„Aber jetzt, nachdem ich ihn umgehauen hab, kann er sich nirgends mehr sehen lassen. Er muss mich platt machen, um seine Reputation wiederherzustellen."

„Meinst Du kalt machen? Nein, das wird er Dich nicht, aber irgendeine Teufelei hat er sich garantiert schon ausgedacht, falls er Dich in seine Hände bekommt. Deshalb geht ein Austausch überhaupt nicht", bestimmte Gottfried. „Ausgeschlossen! Auf gar keinen Fall!"

„Und die Alternative? Willst Du denn Deine Haushälterin opfern?", sah Marie ihn entsetzt an.

„Ich weiß, wie der tickt. Er will nur eines und das bist Du. Er kann Gunda zwar theoretisch die Gurgel durchschneiden, aber das wird er nicht tun."

Marie schüttelte den Kopf: „So erregt, wie der ist … Ich glaube, ein solcher Psychopath ist zum Äußersten bereit."

Auch Hubert Stadler, der nun einige Minuten nur zugehört hatte, zeigte sich nicht einverstanden: „Das Leben einer völlig unbeteiligten Frau aufs Spiel setzen? Nein, da mache ich nicht mit! Ausgeschlossen! Wir müssen die Gunda schnellstmöglich befreien."

„Hast Du denn eine Ahnung, wo sie ist?", fragte Gottfried scharf.

Stadler schwieg achselzuckend.

„Wir müssen etwas tun, womit er nicht rechnet", fuhr Gottfried fort. „Etwas, das ihn völlig aus dem Konzept bringt."

„Aha …“, Stadler schaute ihn irritiert an. „Und was bitteschön, was soll das sein?“

„Nichts“, antwortete Marie anstatt des angesprochenen Gottfried. „Wir tun einfach nichts. Vor allem kommunizieren wir nicht mit ihm. Wir nicht und der ganze Rest der Polizei auch nicht.“

„Jetzt arbeiten wir gerade mal ein paar Wochen zusammen“, nickte Gottfried anerkennend, „und Du weißt schon, was ich denke, ohne es ausgesprochen zu haben.“

„Erstens hast Du gerade beide Male nicht geantwortet, als er angerufen hat und außerdem hast Du doch schon mitbekommen, wie es bei mir ist“, lächelte Marie, „manches weiß ich halt.“

Für Hubert Stadler war das zuviel: „Wollt Ihr Beiden mich hier zum Narren halten?“, polterte er los. „Hier steht ein Menschenleben auf dem Spiel. Da ist kein Platz für ‚manches weiß ich halt‘. Oder hast Du vielleicht eine Idee, wo sich die Entführer gerade aufhalten?“

Marie schüttelte den Kopf: „Nein, das habe ich nicht. Aber wer am Waldsee in ein bereitstehendes Fluchtauto steigt, der fährt garantiert nicht zurück Richtung Stadt, wo ihn vielleicht Straßensperren erwarten. Da tippe ich eher auf das Rebland und von dort aus Richtung Hochstraße.“

„Damit wären wir uns nun schon mal einig. Jetzt bitte noch den Wagentyp und das Kennzeichen …“

„Blödmann!“, entfuhr Marie. Sie stand auf und ging zur offenen Terrassentüre. Plötzlich drehte sie sich um: „Und was ist mit Hans, Gundas Mann?“

„Seit einer Woche bei Verwandten am Bodensee“, gab Gottfried zur Antwort. „Vorerst werden wir ihn nicht beunruhigen.“

Sein Festnetztelefon klingelte erneut. Die drei Kommissare schauten sich an. „Nein“, entschied Gottfried. Nach dem vierten Ton war Stille.

Kurze Zeit später traf ein Anruf auf Gottfrieds Handy ein. Er blickte kurz auf das Display und schüttelte den Kopf. „Nein“, auch hier.

Zwei Minuten später erhielt er eine SMS. Der Kommissar las laut: „Keine Spielchen, kein Totstellen, sonst …“

„Okay, er beginnt, die Nerven zu verlieren“, konstatierte Marie, gleichzeitig jedoch traf die Meldung ein: ‚Ortung in Steinbach. Alle Kräfte riegeln ab!‘

„Jetzt haben wir ihn!“, frohlockte Stadler, der vor einem von Gottfrieds PCs hockte, Anweisungen verschickte und online mit der Einsatzzentrale kommunizierte. „Siebzehn Fahrzeuge vor Ort. Er kommt nicht mehr raus.“

„Und hält Gunda eine Knarre an den Kopf“, ergänzte Marie. „Los, wir müssen hin. Das kann ich nicht verantworten.“

„Ganz langsam!“ Gottfrieds Motto klang nun wie ein Befehl. „Wir fahren, aber Du bleibst in Deckung. Dein

Auto lassen wir hier in meiner Garage. Du fährst bei mir mit."

Marie wagte keinen Widerspruch und setzte sich gehorsam auf den Beifahrersitz von Gottfrieds schwarzem Allrad-Dienstwagen. „Nichts Unüberlegtes!", schärfte er ihr nochmals ein und auf seiner Stirn bildete sich eine steile Unmutsfalte. „Eigentlich gefällts mir gar nicht, dass wir ihn nun in die Zange nehmen. Viel lieber hätte ich ihn noch eine Weile zappeln lassen."

Marie nickte. „Deine Strategie von Kommunikationsverweigerung war ja nicht schlecht. Aber manchmal macht die Wirklichkeit die besten Pläne zunichte."

„Noch haben wir ihn nicht", brummte Gottfried und drückte aufs Gas.

Drüben in Steinbach überschlugen sich derweil die Ereignisse. Im Polizeifunk konnten die Kommissare live mithören, dass ein Wagen in Sichtweite einer Straßensperre auffällig zackig in eine Seitenstraße eingebogen war:

„Der haut ab, los hinterher!"

„Nein, nicht verfolgen! Jeder bleibt an seinem Platz!"

„An alle: Schwarzer Kombi, wahrscheinlich ein Peugeot!"

„Seht Ihr ihn noch?"

„Nein, aber er muss bei Euch rauskommen."

Eine Minute später: „Bis jetzt noch nicht in Sicht."

„Mist, dann hat er sich irgendwo versteckt. Wo bleibt der Hubschrauber?"

„Zwei Minuten“, antwortete die Luftunterstützung, dann war wieder Stille.

Gottfried und Marie näherten sich mittlerweile aus Richtung Varnhalt dem Ortsrand von Steinbach und erreichten die dort postierten Kollegen. Zwei Streifenwagen blockierten die Straße und vier Uniformierte in Schutzwesten kontrollierten jeden Wagen, bevor sie ihn passieren ließen. Weitere Streifenbeamte mit Maschinenpistolen im Anschlag sicherten die Aktion ab.

Gottfried hielt vor der Sperre an und sprang mit dem Dienstausweis in der Hand aus dem Wagen. „Wisst Ihr, wie er aussieht?“

„Der Krall? Ja, natürlich, kahler Eierkopf, alles voller Tatoos. Hier, das Bild haben wir gerade bekommen.“ Er zog sein Smartphone aus der Tasche und präsentierte es dem Kommissar. „Ist das aktuell?“

Gottfried nickte: „Kann sein, dass er noch einen Komplizen dabei hat. Junger kräftiger Kerl, aus dem Osten, wahrscheinlich.“ Dann atmete er tief durch: „Tut bloß nichts, was die Geisel gefährden könnte.“

Der Uniformierte schüttelte den Kopf: „Wir riegeln nur ab. Ich hoffe, das SEK trifft ein, bevor wir mit dem Kerl zusammentreffen.“

„Zehn Minuten noch, dann müssten sie hier sein“, antwortete Gottfried nachdenklich. „Ich glaube nicht, dass er versucht, durchzubrechen. Eher wird er sich verstecken.“

„Unterzutauchen ist seine Spezialität“, ergänzte Marie, die sich zwischenzeitlich aus dem Auto gewagt hatte und dafür einen höchst missbilligenden Blick von Gottfried erhielt. „Ihr müsst in jeden Kofferraum schauen und bei jedem Lastwagen die Ladung filzen. Der ist mehr als gewieft.“

„Kein Wunder“, zuckte der Streifenbeamte die Schultern, „ist ja schließlich einer von uns. Der weiß genau, was gespielt wird.“

„Horch, sie kommen!“ Gottfried schaute in die Richtung, aus der das ständig lauter werdende Knattern des Polizeihubschraubers zu hören war.

„Was genau sucht Ihr?“, tönte die Stimme eines der Piloten aus dem Funk.

„Schwarzer Kombi, Peugeot oder ähnlich, war auffällig und muss noch irgendwo im Ortsbereich stecken.“ Das war die Stimme von Hubert Stadler, der sich unweit der Bundesstraße B3 im Bereich einer anderen Straßensperre positioniert hatte. „Zwei Männer, die eine Frau als Geisel in ihrer Gewalt haben. Wenn Ihr was gesichtet habt, lassen wir das SEK einrücken.“

„Hier SEK, wir brauchen noch fünf Minuten“, schallte eine andere Stimme, unterlegt mit Sondersignal, aus den Lautsprechern.

„Hier Einsatzleitung“, antwortete Stadler. „Treffpunkt Ortseingang Steinbach von der B3 her.“

„Verstanden!“

Unterdessen kreiste der Polizeihubschrauber in niedriger Flughöhe über den Dächern des beschaulichen Baden-Badener Stadtteils. Schlaufe um Schlaufe zog der Helikopter am Himmel und versetzte alle Passanten auf Steinbachs Straßen in helle Aufregung. Dass ihr Einsatz erfolglos bleiben würde, ahnte die Besatzung zu diesem Zeitpunkt noch nicht.

Als jedoch auch nach einer Viertelstunde noch keine positive Meldung aus der Luft kam, griff Gottfried zu seinem Mobiltelefon und rief Hubert Stadler an: „Wir müssen das SEK reinschicken. Die haben den Wagen garantiert irgendwo versteckt, wo er aus der Luft nicht zu sehen ist. Tiefgarage, Halle, was in der Art."

„Gute Idee", antwortete Stadler. „Ich lass die Jungs gleich von der Leine und ziehe von jeder Straßensperre eine Besatzung dazu, damit wir möglichst viel absuchen können."

Die Spezialisten durchkämmten Steinbach mehr als eine Stunde lang, ohne fündig zu werden. Alle offenstehenden Einfahrten und nicht verriegelten Garagen, sämtliche Unterstände und Carports, alles, was zum Verstecken eines Autos denkbar war, wurde inspiziert. Nichts! Der schwarze Kombi blieb wie vom Erdboden verschluckt.

Marie und Gottfried waren zwischenzeitlich zu Hubert Stadlers Standort gefahren. „Hast Du auch Posten an den Feldwegen?"

Stadler schüttelte den Kopf: „Alles können wir nicht abdecken, aber wenn sich dort ein Wagen aus dem Staub macht, sehen ihn unsere fliegenden Kollegen. Denen hab ich das eingeschärft. Glaub mir, der Ring ist dicht. Der Krall kommt auf keinen Fall durch."

„Unwirklich“, rieb sich Marie die Stirn. „Manchmal glaub ich, das Ganze ist ein übler Traum. Eigentlich suchen wir doch einen verschwundenen Industriellen und jetzt stecken wir mitten in einer Geiselnahme.“ Sie stampfte mit dem Fuß auf. „Das gibts doch gar nicht. Los Gottfried, sags mir!“

„Was denn? Dass Du alles nur geträumt hast?“

Marie nickte. „Und der Krall ist in Wirklichkeit der alte Nix vom Mummelsee, bloß ohne Schilf.“

„Seegeist verwandelt sich in Geiselgangster“, grinste der Zwei-Meter-Mann Stadler und sein Blick kreuzte sich für einen Moment mit dem von Marie. Eine leichte Röte schoss über ihre Wangen.

Gottfried hatte davon nichts bemerkt und seine Stimmung sank umso schneller, je länger die Suchaktion erfolglos blieb.

„Donnerwetter nochmal“, legte er los. „Der Kerl muss doch zu finden sein, oder zumindest das Auto. So groß ist dieses Steinbach ja nun wirklich nicht.“

Dass Gregor Krall zu dieser Zeit bereits die deutsch-französische Grenze an der Staustufe Iffezheim passierte, konnte er nicht wissen.

Doch auch in Steinbach wendete sich jetzt das Blatt. Allerdings waren es nicht die schwarz gekleideten SEK-Kämpfer, die einen Erfolg vermelden konnten, sondern Eleonore Schwind, eine knapp sechzigjährige Hausfrau. Sie machte die entscheidende Entdeckung. Mit einem Korb in der Hand wollte sie ihr Fahrrad holen. Schnell noch das Nötigste im Supermarkt besorgen. Sie ging durch den Garten und öffnete die Hintertür zur Garage neben dem Wohnhaus. Erstarrt blieb sie auf der Schwelle stehen. Ihr Mann war vor einer guten Stunde zum Baumarkt abgefahren, folglich hatte Eleonore eine leeren Garage erwartet. Stattdessen stand da ein fremder Wagen. Irritiert stellte die Frau ihren Korb ab und trat vorsichtig näher. Ein schwarzer Peugeot statt des eigenen Fünfer-BMWs. Eleonore schüttelte den Kopf. Hatte sie irgendetwas nicht mitbekommen? Sie umrundete das Fahrzeug und legte die Hand an die Seitenscheibe, um hineinzusehen. Was …? Was war denn das dort hinten im Kofferraum? Eine Bewegung?

Vorsichtig ging die Frau weiter und lugte nun auch durchs Heckfenster ins Wageninnere. Entsetzt taumelte sie einen Schritt zurück. Zweifellos, da lag eine Gestalt, zusammengekrümmt. Eleonore nahm ihren ganzen Mut zusammen und tastete vorsichtig nach dem Drücker.

Langsam schwang die Heckklappe nach oben. Weit aufgerissene Augen starrten sie hilfesuchend an. Eleonore Schwind stieß einen Schrei aus: „Was …?“

Doch dann begriff sie schnell. Sie sah die Frau und sie sah Klebeband, überall Klebeband, braunes Paketband. Handgelenke und Fußfesseln waren damit fixiert und quer über den Mund verliefen Bahnen, mindestens drei Mal zum Nacken und wieder zurück. Entschlossen griff Eleonore dort zu.

„Gottseidank“ stöhnte Gunda Kappel. In Kittelschürze und Hausschuhen lag sie gefesselt vor ihr und holte jetzt zitternd tief Luft. Dann schloss sie ihre Augen.

Eleonore zögerte nicht lange, sondern eilte zur Werkbank ihres Mannes an der Garagenwand, zog eine Schublade auf und griff nach der orangefarbenen Gartenschere. Kurze Zeit später war Gottfried Walds Haushälterin völlig vom Klebeband befreit. „Die haben mich entführt“, war alles, was sie rausbringen konnte. Völlig erschöpft blieb sie einfach liegen.

Eleonore drückte auf einen Schalter an der Wand und das Garagentor schwang auf. Das erste, was sie draußen sah, war ein blau-silberner Streifenwagen, der langsam die Straße entlanggefahren kam.

Was sie nicht mehr sah: die Fahrräder. Verschwunden, beide! Ihres und das von Otto, ihrem Mann. Allerdings bemerkte sie deren Verlust erst, als der ganze Hof schon voller Polizeiwagen stand und ein schlanker, grauhaariger, schwarz gekleideter Zivilbeamter die Frau aus dem Kofferraum des fremden Kombis äußerst fürsorglich stützte und wegführte.

„Die Räder sind weg“, presste Eleonore hervor und Gottfried Wald drehte sich kurz um. „So was hab ich mir schon gedacht.“ Dann sah er Hubert Stadler an: „Ab durch die Reben! Auf irgendeinem Wirtschaftsweg. Die sind uns voll durch die Lappen gegangen.“

Otto Schwind, der zwischenzeitlich vom Baumarkt heimkam und ob der vielen Einsatzfahrzeuge im Hof schon das Schlimmste befürchtete, schloss seine Eleonore erleichtert in die Arme. Anscheinend gehörte er aber zur Gattung der etwas leichtsinnigen Mitmenschen. „Wenn meine Frau daheim ist, lass ich das Garagentor immer offen. Zum Lüften. Es wird leicht feucht da drin.“

Und Eleonore zuckte mit den Schultern: „Ich habe nichts bemerkt. Vom Küchenfenster aus behalt ich den Hof normalerweise immer im Blick, aber von der Waschküche im Keller halt nicht.“

Hubert Stadler sagte nur: „Dumm gelaufen, machen Sie sich keine Gedanken.“ Dann trat er auf Gottfried zu, der gerade aus dem Rettungswagen stieg, in dem Gunda vom Notarzt eingehend untersucht wurde. „Ist sie okay?“

Kriminalhauptkommissar Gottfried Wald nickte matt, sagte nur: „Wenigstens das …“ und ging in Richtung seines schwarzen GLK davon. Dann spürte er eine Vibration in der Hosentasche. Er zog das Smartphone heraus und las die SMS. „Ich hol mir Deine schwarze Waldhexe noch. Verlass Dich drauf!“

Wortlos hielt Gottfried seiner Kollegin das Mobiltelefon hin.

Wie Kralls Flucht ihre Fortsetzung fand? Dieses Rätsel wurde erst einige Stunden später gelöst. Ein rotnasiger, kugelrunder Winzer hatte es sich in seiner alten windschiefen Weinberghütte am steilen Hang hoch über Neuweier gemütlich gemacht. Nach und nach leerte er ein Fläschchen Spätburgunder aus eigener Produktion, ein zweites zur Hälfte, dann folgte ein kleines Schläfchen. Nur kurz, so hatte er sich vorgenommen, dann wollte er an die Arbeit gehen. Doch wie meistens dauerte es lange, bis er – immer noch recht benebelt – wieder zu sich kam. Schwerfällig erhob er sich, wankte unsicher zur Tür und lugte hinaus, um nach dem Wetter zu sehen. Der Mann rieb sich die Augen. Wo war denn …?

Dort unten hatte er ihn doch abgestellt. Ja, da in der Einfahrt neben dem Weg. So wie immer. Und jetzt?

Unsicher stolperte und rutschte er zwischen den Weinstöcken bergab. Der Winzer kratzte sich an der Stirn und schaute umher. Ob ihm jemand einen Streich spielte?

Doch er konnte ihn nirgends entdecken, seinen kleinen grünen FIAT. Er war weg, einfach weg! Stattdessen lagen da zwei Fahrräder. Er schüttelte den Kopf. Gestohlen? Sein rostiger, alter Italiener? Missmutig blickte er um sich. Zu Fuß nach Hause? Nein, wenn schon, dann … Der Winzer entschied sich für das Damenrad. Dass er schon seit Jahren auf keinem Velo mehr gesessen hatte, musste er wohl völlig verdrängt haben, denn die Bergabfahrt überforderte ihn komplett. Seine kurzen krummen Beine reichten kaum bis zu den Tretern. Trotzdem fuhr er los. Er wurde schneller und schneller. Ängstlich klammerte er sich am Lenker fest. Handbremse, Rücktritt. Wo? Wie? Er schaffte es nicht, langsamer zu werden. Kurve, bremsen, breeeemsssen … Aaaaah! Schon kugelte der rundliche Mann in den Graben und war verschrammt von oben bis unten. Sein

Glück, dass zwei Spaziergänger den Flug mit angesehen hatten und zu Hilfe eilten.

Da der Winzer einfach am Wegrand liegen blieb und in einem fort jammerte, gab es keine Alternative. Der Rettungsdienst war schnell verständigt und brachte den Mann in die Stadtklinik. Dort verarztete man die Schürfwunden, diagnostizierte keine schwereren Verletzungen, entschied sich aber für eine stationäre Aufnahme zur Überwachung.

Dem deutlichen Alkoholgeruch dürfte es allerdings geschuldet sein, dass man es mit seinem Wunsch, die Polizei zu rufen, um einen Autodiebstahl anzuzeigen, nicht gar so eilig hatte.

Den beiden Beamten, die dann gegen Abend bei ihm am Krankenbett vorstellig wurden und sich anhören mussten: „Natürlich lass ich den Autoschlüssel stecken. Schon zwei Mal ist er mir irgendwo zwischen den Reben aus der Tasche gefallen“, ging aber blitzartig ein Licht auf. Die sofortige Großfahndung nach einem rostig-grünen FIAT Uno mit Baden-Badener Kennzeichen blieb erfolglos. Der Wagen wurde erst eine ganze Woche später in einem abgelegenen Waldstück in Lothringen von zwei französischen Forstbeamten entdeckt.

Die Spur von Gregor Krall verlor sich, seine letzte Drohung allerdings blieb.

11

„Unwirklich, völlig unwirklich, wie Du vor ein paar Stunden schon gesagt hast“, meinte Gottfried und ließ sich zuhause in Baden-Baden in einen Gartenstuhl fallen. Auch Marie pflichtete ihm bei: „Ich glaub, wir sind im falschen Film“, meinte sie und fügte hinzu: „Aber in einem ganz schlechten falschen Film.“

„Schlecht, ja genau! Schlechte Menschen sind unser Klientel, aber das war uns beiden schon klar, bevor wir den Polizeiberuf ergriffen haben.“ Dann langte er nach dem Glas mit alkoholfreiem ULMER Weizen, nahm einen Schluck und strich sich den Schaum von den Lippen. „Manchmal frage ich mich wirklich, wieso wir uns das antun. Stell Dir bloß vor, der hätte Gunda …“

Marie legte die Hand auf seine: „Und wenn Du Dir vorstellst, wie Du dem Krall die Handschellen anlcgst?“

Gottfried nickte: „Ja genau, deswegen tue ich es. Immer noch und jeden Tag gern!“

„Nur heute ein klein wenig ungern“, lächelte Marie. „Zum Glück ist es ja nochmal gut gegangen.“

„Aber nur um Haaresbreite“, fügte der Kommissar hinzu und nahm den nächsten Schluck. Dann bemerkte er einen Wagen, der vor dem Einfahrtstor hielt. Gottfried zückte sein Smartphone, drückte kurz darauf herum, das Tor schwang auf und Hubert Stadler fuhr herein.

„Nichts! Wie vom Erdboden verschluckt“, polterte er los. „Es ärgert mich wahnsinnig, dass er uns entwischt ist.“

„Zwei“, korrigierte ihn Gottfried. „Zwei sind uns entkommen. Sein Komplize muss bei ihm sein, sonst hätte nur ein Fahrrad gefehlt.“

„In jeder Niederlage steckt auch ein kleiner Sieg“, meinte Marie nachdenklich. „Ich möchte mir gar nicht vorstellen, was passiert wäre, wenn das SEK die Kerle gestellt hätte. Für Gunda war es so auf jeden Fall gefahrloser.“

„Apropos Gunda“, nickte Stadler. „Ist sie in Ordnung?“

„Äußerlich hat sie nichts“, antwortete Gottfried. „Sie wurde lediglich gefesselt, sonst hat man sie in Ruhe gelassen. Aber was noch kommt, weiß niemand. Jetzt hab ich sie erst Mal ins Bett geschickt. Hoffentlich kann sie dieses Trauma verarbeiten.“

„Gibs zu, Du wirst verhungern, wenn Du selbst kochen musst“, frozzelte Marie. „Ohne Gunda bleiben nur Pizzaservice oder Gastwirtschaft.“

„Wie stehts denn mit Deinen Kochkünsten?“, gab Gottfried leicht genervt zurück. „Hat Dir die Großmutter auch in der Küche was beigebracht, oder nur beim Kräutersammeln und Hellsehen?“

„Was? Hellsehen?“ Hubert Stadler machte große Augen.

„Quatsch! Völliger Quatsch“, erwiderte Marie energisch und sprang auf. „Sag das nie wieder! Ich kann nicht hellsehen, allerhöchstens …“

„… Entschuldigung. Das falsche Wort halt. Eine Ahnung, ein Gefühl, passt das besser?“

Marie beruhigte sich wieder. „Mein Gespür, das scheint etwas intensiver ausgeprägt zu sein, als bei Euch abgestumpften Großstadtmenschen.“

„Pfui“, konterte Stadler. „Baden-Baden ist keine Großstadt, sondern eine Kurstadt, nein, was sag ich auch, Baden-Baden ist *die* Kurstadt überhaupt. Hier erholt man sich, aber man stumpft nicht ab. Außerdem haben wir beide bestens geschärfte Sinne, so oft, wie wir uns in der Natur aufhalten.“

„Wie?“, fragte Marie erstaunt. „Du bist auch so ein Jäger?“

„So ein …?“, hob Gottfried die Augenbrauen. „Was bitte ist denn so ein Jäger?“

„Ist das vielleicht einer, der jetzt heimfährt und eine Ladung frischer Rehsteaks holt, solange Gottfried den Grill anwirft?“, fragte Hubert und setzte nach: „Einverstanden?“

Der Hausherr nickte, Stadler erhob sich und Marie verkündete: „Okay, nach diesem Tag haben wir uns was Ordentliches verdient. Ich schau in den Kühlschrank und mach uns die Salate dazu. Gunda hat garantiert genügend Vorrat.“

Stadler ließ sich nicht lumpen. Schon eine knappe Stunde später war er zurück und hatte den ausgelösten Rücken und die Filets des Jährlingsbockes dabei, der ihm drei Tage zuvor zur Beute geworden war. Alles exakt in Medaillons geschnitten, etwas plattiert und in bestem Öl eingelegt. „Die Gewürzmischung ist absolut geheim. Lasst Euch überraschen."

Gottfrieds Kugelgrill war bereits auf Temperatur und solange die erste Portion der dunklen Steaks unter dem geschlossenen Deckel ihrem ‚Noch-leicht-Rosa-Zustand' entgegenging, trugen Marie und Gunda die Salate auf den Gartentisch.

„Du sollst Dich doch schonen", tadelte Gottfried, aber seine Haushälterin wehrte ab: „Schonen und dabei hungern? Das hast Du doch sicher nicht gemeint. Außerdem hatte Marie das meiste schon fertig, bis ich gemerkt habe, was sich in der Küche abspielt."

„Also kann sie kochen?", fragte Hubert ebenso spontan wie unüberlegt.

„Wieso, willst Du mir dann einen Antrag machen?", antwortete Marie mit einem schelmischen Grinsen, das den Kollegen Matt setzte.

„Äh, ja, also …", stotterte der Zwei-Meter-Hüne und wurde direkt etwas rot. „So wars jetzt eigentlich nicht gemeint."

„Ach so, wie dann? Wolltest Du nicht meine hausfraulichen Fähigkeiten rausfinden?"

„Nein, nein", schüttelte Hubert den Kopf. „Die Frage vorhin, die kam ja von Gottfried."

Marie sah ihren direkten Vorgesetzten an: „Ja, stimmt. Aber Du läufst außer Konkurrenz. Berufliches und Privates niemals vermischen – das war doch Deine Devise. War das denn auch eine Polizistin, die Du ihm damals ausgespannt hast?“

„Au, au, jetzt kommts aber dick“, hob Gottfried die Hand. „Darüber …, darüber …“ Er sprang auf: „Ach, ich muss jetzt unbedingt nach den Steaks sehen.“

Vorsichtig hob er den Deckel vom runden Grill und drückte mit der Zange prüfend auf das Fleisch. „Die habens gleich. Ladet Euch schon mal Salate auf.“

Hubert trat neben seinen Kollegen und raunte ihm ins Ohr: „Ist die immer so direkt?“

Der Hausherr senkte den Kopf und gab ebenso leise zurück: „Ich hab noch keine Ahnung. Wir arbeiten ja erst seit Kurzem zusammen. Beim LKA stand sie jedenfalls im Ruf, einen erhöhten Männerverschleiß zu haben. Also sei vorsichtig.“ Dann drückte er Stadler einen Teller in die Hand, legte einige Fleischstücke darauf und wandte sich wieder zum Tisch. In Maries Augen konnte er allerdings glasklar lesen, dass sie die Männerunterhaltung am Grill ganz genau mitbekommen hatte.

„Fleisch und Salat“, sagte er deshalb schnell. „Ist doch ganz nach Deinem Sportlerinnengeschmack.“

Marie nickte: „Gut registriert. Mit Brot und Kartoffeln gewinnt man keinen Marathon.“

„Langstrecke?“, fragte Stadler erstaunt.

„Gelegentlich“, gab Marie zurück. „In Freiburg und Zürich war ich dieses Jahr schon dabei. Karlsruhe und Frankfurt kommen noch.“

„Ihre wahre Spezialität sind Bergläufe“, hakte Gottfried ein. „Hornisgrinde zum Beispiel heute früh, oder auch superanstrengende Wettkämpfe in der Schweiz.“

„Ach was, Hornisgrinde, vom Mummelsee aus war das ja nur ein Spaziergang. Nachher mach ich noch zehn Kilometer“, drehte sich Marie zu Hubert. „Komm doch mit. Ich lauf auch extra langsam.“

„Na ja“, zögerte Stadler. „Ganz so schlecht bin ich ja nicht in Form. Da käme es direkt auf einen Versuch an. Bist Du auch dabei, Gottfried?“

Doch der schüttelte den Kopf: „Muss noch mit Lucy eine Runde drehen. Die habe ich heute schwer vernachlässigt.“ Dabei kraulte er seiner weißen Jack-Russell-Hündin, die neben ihn auf die Gartenbank gehopst war, zärtlich die Knicköhrchen.

Tatsächlich brauchte Marie für die Laufstrecke an diesem Abend deutlich länger, als sonst üblich. Immer wieder schaute sie sich nach Hubert um, der selbst ihrem gemäßigten Tempo nicht folgen konnte. Stark schwitzend und nach Luft ringend, japste er hinter der Kollegin her. „Zu dicke Muskeln“, konstatierte die preisgekrönte Läuferin schließlich, als sie in der beginnenden Dämmerung wieder zurück auf Gottfrieds Gartenterrasse waren. „Du bist mehr für Kraftsport gemacht.“

Hubert nickte nur. Erstens war er so außer Atem, dass er kaum ein Wort herausbringen konnte und zweitens völlig fasziniert von dieser gertenschlanken schwarzhaarigen Läuferin, die mit ihren langen Beinen fast schwerelos vor ihm her getänzelt war. „Unglaublich“, schnaufte er. „An Dir können sich ja die Rehe noch ein Beispiel nehmen.“

„Tja“, zuckte Marie die Schulter und machte dann einige Dehnübungen. „Laufen, dazu ist der Mensch halt gemacht.“

„Bis zum nächsten Mal“, winkte Hubert. „So leicht geb ich nicht auf.“ Er stieg erschöpft in seine E-Klasse und fuhr ab.

Gottfried sah nur noch die Rücklichter, als er aus dem Büro trat. „Gerade kam die Meldung“, sagte er. „Sie haben den Wagen.“

„Diesen kleinen grünen FIAT?“, fragte Marie und richtete sich auf. „Oder etwa den …?

„Exakt“, antwortete Gottfried und nickte. „Den Range-Rover von Konrad Kranz. Steht im Wald bei Seebach, nicht weit vom Kernhof. Ziemlich versteckt in einem ausgefahrenen Forstweg.“

„Wer hat ihn gefunden?“

„Der Bauer, dem der Wald dort gehört. Man kommt nur mit dem Traktor hin.“

„Wie schafft das dann so ein englischer Luxusschlitten? Versteh ich nicht.“

„Die Karre hat garantiert Luftfederung. Bringt enorme Bodenfreiheit. Aber irgendwann muss es wohl selbst damit nicht mehr gereicht haben."

„Stecken geblieben?"

„Aufgesessen und außerdem …"

„Ja, außerdem?", echote Marie. „Blut im Kofferraum?"

„Also bist Du doch Hellseherin", lächelte Gottfried.

„Naheliegend, nur naheliegend und außerdem logisch. Fahren wir gleich los?"

„Dusche?"

„Nicht unbedingt", antwortete Marie und löste das Band, mit dem sie ihre langen Haare zusammenhielt. „Ich hatte beim Laufen ja einen Bremsklotz hinter mir. Da musste ich mich nicht so anstrengen. Umziehen reicht. In fünf Minuten bin ich fertig. Hol schon mal den Wagen."

„Ich heiß aber Gottfried und nicht Harry!"

Umgehend machten sich die Kommissare der LKA-Ermittlungsgruppe Schwarzwald in immer dunkler werdender Nacht auf den Weg über die B500 bis zum Ruhestein. Dort bogen sie rechts ab, hinunter in Richtung Allerheiligen und nach einem kurzen Stück Fahrt auf dem engen Sträßchen wieder nach rechts bis zum Berggasthaus Kernhof. Gottfried hatte veranlasst, dass ein Streifenwagen bereitstehen sollte, um sie das letzte Stück zu lotsen.

„Ab hier zu Fuß“, verkündete der uniformierte Kollege des Polizeireviers Achern, als wenig später der Abgangspunkt in den Forstweg erreicht war.

„Schleifweg sagt man bei uns daheim zu so was“, kommentierte Marie, schaltete ihre Stirnlampe ein und betrachtete die tiefen Fahrspuren. „Da zieht der Bulldog das Stammholz hinter sich her bis zu einem Platz, wo es der Lastwagen aufladen kann.“

„Also, meinetwegen, dann schreib’ halt Schleifweg im Bericht“, grummelte Gottfried, schnürte sich die stabilen Trekkingstiefel und griff im Kofferraum seines GLK nach einem langen Haselnussstock, den er sonst üblicherweise als Zielstock auf der Pirsch benutzte.

Marie schaute ihn erstaunt an: „Gehen wir jetzt auf die Jagd, oder wozu brauchst Du diesen Prügel?“

„Mein drittes Bein“, antwortete Gottfried und leuchtete mit seiner Stablampe den ausgefahrenen Weg entlang. „Brauch ich zum Abstützen, oder meinst Du, ich hab Lust, mir zwischen diesen Steinen und Löchern da noch was zu brechen?“

„Jeder, wie er’s mag“, meinte seine Kollegin und tänzelte in ihrem leichten Trailrunning-Schuhwerk vorneweg. „Ich üb meine Balance täglich.“

Tatsächlich erreichte sie den gestrandeten Geländewagen deutlich vor Gottfried. Die Kriminaltechniker hatten die Stelle nahezu taghell ausgeleuchtet. Ein dicker Ballon hoch auf einem Stativ spendete als eine Art künstlicher Mond blendfreies Licht. Die Spurensicherung war bereits weit fortgeschritten und die Beamten wiesen die Neuangekommenen auf mehrere tiefdunkle Flecke im hellen Teppichboden des Kofferraumes hin. „Da hat sich die Flüssigkeit reingesaugt. Proben haben wir schon genommen. Johannisbeersaft wirds wohl nicht sein."

„Und das da?", wollte Marie wissen. Sie brach am Wegrand eine kleine Weidenrute ab und zeigte damit auf etwas hellere, streifenartige Verschmutzungen.

„Wahrscheinlich auch Blut", bestätigte der Techniker, „aber nicht so viel wie dort hinten. Kommt vermutlich vom Drüberstreichen."

„Vom Rein- oder Rausziehen der Leiche“, meinte sein Kollege. „Könnt Ihr Euch das vorstellen?“

Die Kommissare nickten synchron. „Schon klar, aber gibt es auch außerhalb des Wagens Spuren? Im Gras oder auf dem Waldboden?“, wollte Gottfried wissen.

„Leider nicht. Der Bauer hat ziemlich viel zertrampelt, als er den Wagen hier entdeckt hat. Mehrfach ist er drumrum gestiefelt, um hinein zu sehen. Aber auch im weiteren Umkreis konnten wir keine Spuren mehr sichern.“

„Also?“ Gottfried sah fragend in die Runde.

„Also wurde hier nur der Wagen entsorgt, die Leiche woanders“, stellte Marie fest. „Trotzdem müssen die Hunde wieder her.“

„Haben wir schon bestellt“, antwortete einer der Techniker. „Falls doch eine Leiche weggeschleppt wurde, finden die Spürnasen was.“

Gottfried nickte zustimmend: „Gute Arbeit. Wann transportiert Ihr das Auto ab?“

„Dazu braucht es schweres Gerät. Schau mal unter den Wagen. Die Kiste hat sich vollständig zwischen großen Steinbrocken verkeilt. Der Fahrer muss unglaublich aufs Gas getreten sein, sonst wäre er nie so weit gekommen. Da ist auch einiges kaputt am Unterboden.“

„Der Kranz wirds wohl nicht mehr reparieren lassen“, meinte sein Kollege und begann mit dem Zusammenpacken der Gerätschaften.

Gottfried und Marie gingen erst in die Hocke und dann auf die Knie, und leuchteten unter den Range-Rover. „Unfassbar“, schüttelte Marie den Kopf. „Die schwersten Steine hats umgedreht. Da war echt rohe Gewalt am Werk. Ein Kranwagen kommt hier nicht rein. Bleibt folglich nur ein starker Traktor, um den Wagen rückwärts rauszuziehen.“

„Rausschleifen auf dem Schleifweg“, meinte Gottfried, „oder wie hast Du vorhin gesagt?“

12

Die Ergebnisse der genaueren Untersuchung des englischen Nobelgeländewagens kamen bereits am nächsten Vormittag. Die Technikertruppe hatte sich nur wenig Schlaf gegönnt. Sofort, nachdem das Fahrzeug mittels Abschleppwagen in der KTU-Halle eingetroffen war, ging die minutiöse Arbeit weiter.

Drei verschiedene Fingerabdrücke wurden gesichert: von Konrad Kranz, seiner Haushälterin und einer dritten, unbekannten, vermutlich männlichen Person. Auch DNA-Spuren konnten abgenommen werden, deren Untersuchung hatte erste Priorität.

„Sie haben drei dunkle Barthaare gefunden“, zitierte Marie den Bericht. „Im Bereich Fahrersitz. Könnten also von dem Schnauzbärtigen stammen, mit dem sich Kranz am Mummelsee-Hotel so lautstark gestritten hat.“

„Sagt unser smarter Ossi-Kellner“, ergänzte Gottfried und fing sich einen missbilligenden Blick seiner Kollegin ein. „Hier sind wir ja unter uns“, beeilte er sich, hinzuzufügen. „Im Bericht darfst Du gerne eine andere Formulierung verwenden, um diesen Kai Telczik zu charakterisieren.“

„Den kräftigen großen Kerl mit Bart werde ich als Bodybuilder-Typ bezeichnen.“

„Okay, dagegen kann der Staatsanwalt nichts haben, aber er wird uns eines fragen.“

Marie nickte: „Wo ist die Leiche? Darauf wissen wir immer noch keine Antwort. Vielleicht vergraben?“

Gottfried schüttelte den Kopf. „Nein! Um irgendwo dort droben zwischen Mummelsee und Allerheiligen einen Menschen unter die Erde zu bringen, brauchst Du einen Bagger. Da geht nichts von Hand. Alles voller Felsen und großer Steine.“

„Wer sagt uns, dass die auf geradem Wege von A nach B gefahren sind?“, überlegte Marie. „Die Zeit hätte ja sicher gereicht, bis zu einer versteckten Wiese im Tal zu kommen und dort im weichen sandigen Boden ein Loch auszuschaufeln.“

„Oder ihn in eine Plane zu wickeln, zu beschweren und in einem See zu versenken.“

„Welchen meinst Du? *Den* See? Wir können doch nicht nochmal eine Tauchergruppe dort reinjagen.“

„Nein, der Mummelsee scheidet aus“, überlegte Gottfried. „Vor allem sollte man auch direkt ranfahren können.“

„Schwarzenbachtalsperre? Sandsee?“

Der Kommissar schüttelte den Kopf. „Unmöglich wäre das nicht, aber mit Ausnahme der Staumauer sind die Ufer überall zu seicht. So ein Paket muss gleich im tiefen Wasser untergehen. Spricht sehr für eine Rheinbrücke.“

„Und wo taucht die Leiche wieder auf? Erst in Köln, oder am Anker eines Kiesschiffs?“

„Puuh“, rieb sich Gottfried die Schläfen. „Es bleibt uns nichts Anderes übrig, als auf den Zufall zu warten.

Auch den Wagen hat ja schließlich keine Suchaktion gefunden, sondern der Waldbauer."

„Was können wir also machen?", antwortete Marie. „Däumchen drehen … oder, halt …!" Sie sprang auf: „Das haben wir bisher versäumt."

Gottfried schaute sie fragend an.

„Unser Mann vom Mummelsee, der hat ihn doch gesehen, den großen Kerl mit Bart. Wir lassen den Kellner abholen und zum Phantombildzeichner bringen."

„Mist", nickte Gottfried. „Das hätten wir längst tun sollen."

Umgehend griff er zum Telefon und wählte die Nummer des Berghotels.

„Gottfried Wald, Landeskriminalamt. Kai Telczik bitte."

„Am Apparat …", kam zurück. „Ah, der Herr Kommissar, der Schwarzgekleidete."

„Genau – wir hätten eine Bitte …"

Gottfried begann zu schildern, was er vorhatte, da fiel ihm der Kellner ins Wort: „Gestern schon gemacht – alles erledigt."

Der Kommissar schaute Marie irritiert an: „Haben wir da was übersehen?"

Gemeinsam prüften sie die elektronische Akte Seite für Seite, fanden aber nichts. Erst in den Mails wurden die beiden fündig.

„Tatsächlich", sagte Marie und öffnete den Anhang mit der Phantomzeichnung. „Hier, direkt aus Offenburg. Keine Ahnung, wieso ich ausgerechnet diese Nachricht übersehen habe. Unser schöner Kollege Harald Roth persönlich hat das Bild verschickt und es umgehend in die Fahndung gegeben."

„Kein Wunder, dass uns diese Meldung durchging." Gottfried zeigte auf die Mail. „Um diese Uhrzeit waren wir voll und ganz mit Gundas Entführung beschäftigt."

„Der Roth wird uns trotzdem aufs Brot schmieren, dass wir ihm keine Antwort gegeben haben. Vielleicht rufst Du besser bei ihm an."

Ihr Kollege schüttelte den Kopf: „Roth kann ich jetzt nicht vertragen. Keine Lust auf weitere Kompetenzdiskussionen. Schreib ihm einfach zurück und frag nach, wo die Fahndungserfolge bleiben."

Marie stimmte zu: „Ja, Angriff ist die beste Verteidigung. Von diesem geschniegelten Anzugträger lassen wir uns nicht in die Suppe spucken."

„Ach, und noch eines", ergänzte Gottfried. „Er soll auch in den Kranz-Werken nachfragen. Dazu muss er halt ein paar Kollegen abstellen."

„Wie stehts mit der Haushälterin von Kranz?"

„Das machen wir selbst. Die knöpfen wir uns vor, wir beide und zwar jetzt gleich."

Marie tippte flink den Auftrag an Roth in die Tastatur, druckte einige Exemplare der Phantomzeichnung aus und schaltete dann den Rechner ab. „Fertig! Los gehts", meldete sie. „Ab zur Kranz-Villa."

„Fünfziger-Jahre-Charme“, antwortete Gottfried, während sich das Garagentor öffnete. „Riesiger Kasten, mehrstöckige pompöse Eingangshalle und geschwungene Steintreppe.“

„Hört sich interessant an“, meinte Marie. „Und dazu passt ein Hochsicherheitslabor im Keller?“

„Das dürfte vermutlich die einzige Modernisierung sein, die der Kranz im Wohnhaus hat machen lassen. Alles andere ist genau so geblieben, wie es ursprünglich gebaut war.“

„Voll Retro also“, stellte Marie fest. „Finde ich gut, wenn einer seinem Stil treu bleibt.“

„Geschmack hat er“, bestätigte Gottfried. „Wart ab, bis wir dort sind. Im Untergeschoss der Villa gibt es sogar ein weitläufiges Herrenzimmer mit offenem Kamin, Klinkerboden und Ausgang in den Garten.“

„Hat er Dich dort empfangen?“

„Ich war selbst überrascht, dass er sich mit mir in seinem Privathaus getroffen hat. Eigentlich wollte ich gerne das Chefbüro in den Kranz-Werken kennen lernen. Stattdessen gab es eine Unterhaltung bei Zigarrenrauch vor prasselndem Kaminfeuer.“

„Ein stilsicherer Landlord, sozusagen, dieser Konrad Kranz. Daher auch sein britischer Gelände-Klassiker.“

Gottfried sah sie von der Seite an. „Falls Dir die Wagen mit Stern nicht gefallen, die in meinen Garagen stehen, darfst Du es gerne sagen.“

„Nein, nein“, wehrte Marie ab. „Versteh mich nicht falsch, aber ein Range Rover spielt in einer anderen

Liga. Schottisches Hochland statt Baden-Badener Kurbetrieb."

„Halt, halt! So groß sind die Unterschiede nicht. Immerhin liegt meine Heimatstadt am Beginn des Black-Forest-Highways."

„Die Hochstraße, die B500 nach Freudenstadt? Highway to the Black-Forest-Highlands? Also gut, einverstanden. Hauptsache Hochland. Kranz fährt dorthin im British Classic-Car und Du in Deinen netten Kisten mit Stern."

„Kisten?", empörte sich ihr Kollege. „Nenn meine Sterne niemals Kisten!"

Marie legte ihm schnell die Hand auf den Arm. „Entschuldigung, nicht eingeschnappt sein. Meine eigenen Autos waren bisher immer Mittel zum Zweck. Möglichst billig, teilweise auch schon recht klapperig. Hauptsache genug Platz für die Sportausrüstungen. Mit Nobelmarken hatte ich noch nie zu tun."

Gottfried atmete tief durch: „Okay, schon gut. Aber Du hast vermutlich recht, dem Kranz liegt eher was daran, seinen Stil durchzuhalten. Alte Ledersessel und wuchtige Eichenholzregale mit einer Unmenge von dicken Büchern sprechen auch dafür."

„Da im … wie hast Du noch gesagt … im Herrenzimmer?"

„Eher eine Halle, aus der man in den Garten hinaustreten kann."

„Wie in Deinen Büros."

Gottfried schüttelte den Kopf: „Bei Kranz ist es anders, ganz anders. Geht wirklich in Richtung englischer Landadel. Und seine Hütte ist ein gutes Stück größer als mein Haus.“

Marie schluckte. Gottfrieds Baden-Badener Villa brachte sie jedes Mal erneut zum Staunen, wenn beide von dort aus arbeiteten. Und jetzt waren sie unterwegs zu einem Anwesen, das noch deutlich imposanter sein sollte?

„Ich bin gespannt“, sagte sie lediglich und schaltete das Navi ein.

„Brauchen wir nicht“, wehrte Gottfried ab. „Den Weg zum Kranz finde ich im Schlaf.“

Nach etwas mehr als dreißig Kilometern und einem kurzen Stau erreichten sie über die Autobahn die Abfahrt Achern. „Da drüben siehst Du übrigens die Fabrikgebäude,“ zeigte Gottfried nach links, ohne die Fahrt in Richtung Innenstadt zu unterbrechen. „Ein Teil der Hallen steht schon seit Längerem leer. Er hat wohl versucht, sie zu vermieten, aber bislang ohne Erfolg. Die Einnahmen hätte er nötig gebraucht.“

„Das hat er Dir einfach so gesagt?“

„Nicht direkt natürlich, aber ein paar Zwischentöne bei den Gesprächen gingen in diese Richtung. Und wenn er nicht bald in die Gebäude investiert, wirds später umso teurer. Das liegt auf der Hand.“

Marie stutzte: „Du tust ja so, als sei der Kranz noch am Leben. Die Indizien sprechen doch eine ganz andere Sprache.“

„Entschuldige bitte, aber in Gedanken sehe ich ihn jetzt grad vor mir."

„Dann waren das sicherlich recht beeindruckende Begegnungen, als Du ihn aufgesucht hast."

„Sie standen für ihn ja unter anderen Vorzeichen. Er bekommt zwar Besuch vom Landeskriminalamt, aber nicht, weil gegen ihn ermittelt wird, sondern wegen seiner bahnbrechenden Entwicklung. Da muss er sich natürlich im besten Licht darstellen."

„Ich verstehe", nickte Marie. „Anders als der Industrielle, der Hunderten von Mitarbeitern kündigt."

„Ja, bei einem Anlass, wo es um Großaufträge geht, gibt man sich schon ganz gern mal als Grandseigneur alter Schule."

„Hatte er da seine Ehefrau schon geschasst?"

„War bereits eine Zeit her. Trotzdem hat er mir am Kaminfeuer ausführlich davon erzählt."

„Aha, also ein Gespräch unter Leidensgenossen." Marie bereute diese spontane Bemerkung sofort, doch zu spät. Gottfried bremste abrupt und stoppte in einer Busbucht. Empört schaute er seine Kollegin an: „Lass mein Privatleben aus dem Spiel. Was der Hubert da erzählt hat, war schon echt grenzwertig. Deswegen kriegt er noch was zu hören. Verlass Dich drauf."

„Entschuldigung. Tut mir leid. Ich wollte Dir nicht zu nahe treten", antwortete Marie leise. Gottfried antwortete nicht, sondern gab wieder Gas.

13

Kurze Zeit später erreichten sie ihr Ziel, eine Sackgasse etwas oberhalb der Stadt Achern, an der ersten Erhebung von der Rheinebene in Richtung Schwarzwald gelegen. „Eindeutig beste Wohnlage“, stellte Marie fest und es stand außer Frage, bei welchem der noblen Häuser es sich wohl um die Villa des Fabrikbesitzers handeln würde. Ihr Blick fiel auf eine hohe Mauer und ein mächtiges Metalltor mit den eingearbeiteten Initialen KK. Dahinter erstreckte sich das Gelände als weitläufiger Park bis zum herrschaftlichem Gebäude, das von mehreren dicken Bäumen eingefasst wurde.

Gottfried stellte den Motor ab, stieg aus und ging zur Sprechanlage. Er drückte den dicken schwarzen Klingelknopf und schaute in das glänzende Halbrund der Videokamera. Nach zwanzig Sekunden läutete er nochmals, wartete wieder, machte einen dritten Versuch, jedoch nichts geschah. Achselzuckend drehte er sich zu Marie um.

„Keiner da?“, fragte sie durchs geöffnete Fenster der Beifahrertür.

„Offenbar ausgeflogen“, stellte Gottfried fest. Trotzdem klingelte er ein viertes Mal. Wieder ohne Erfolg.

„Komm, wir gehen rein“, schlug Marie vor und hopste vom Sitz.

„Wie? Du willst …?“

„Natürlich. Ist doch Gefahr im Verzug. Hörst Du nicht das Rufen?“

Ihr Kollege hob die Augenbrauen und schüttelte den Kopf. „Rufen? Wo?“

Maries Gesicht verzog sich zu einem breiten Grinsen. Dann zeigte sie in Richtung Haus. „Ich hörs ganz deutlich. Muss von hinten kommen.“ Ohne auf Gottfrieds Reaktion zu warten, ging sie zum Tor, rüttelte kurz daran und kletterte eichhörnchengleich über die seitlichen Scharniere nach oben. Eine Sekunde später stand sie oben auf der Mauer. „Komm, nachmachen! Oder bist Du nicht mehr so gelenkig?“ Ein Sprung hinunter, Marie war drin!

Gottfried öffnete den Mund, um zu protestieren, da stand seine Kollegin bereits auf der Innenseite des Tores, öffnete zwei Riegel und zog den rechten Flügel der schweren Konstruktion nach innen. „Bitte, geht doch! Hereinspaziert!“

„Aber wir …“

„Von dort kommt es, das Rufen“, fiel ihm Marie ins Wort. „Außerdem war das Tor nicht abgeschlossen.“

„Ja, wenn das so ist“, schüttelte Gottfried den Kopf und setzte seinen Fuß ebenfalls auf das Kranzsche Grundstück.

„Mordermittlungen! Hast Du schon vergessen?“, warf ihm Marie noch zu, dann eilte sie auf der asphaltierten Zufahrt weiter in Richtung Haus. Er hatte keine Wahl, tastete sicherheitshalber zur Dienstwaffe an seinem Gürtel und folgte zögernd.

Hauptkommissarin Marie Schwarz war schnell wie immer. Als Gottfried sie endlich einholte, hatte sie bereits mehrfach an der dicken Eingangstür geklingelt und geklopft. „Los, einmal ums Haus“, ermunterte sie ihren Kollegen und ging voraus, um in die Fenster zu spähen. Gottfried war bei der ganzen Angelegenheit nicht wohl, doch er gehorchte und nahm die andere Richtung. Hinten am Abgang zum Keller trafen sie wieder zusammen.

„Nichts! Kein Leben hier drin!“, konstatierte Marie.

„Ich denke, Du hast Schreie gehört?“

„Rufen, lieber Gottfried, ein Rufen.“ Marie lächelte ihn an. „Aber vermutlich kam das von dort oben aus dem Wald. So werde ich es zumindest im Protokoll vermerken. Es kann allerdings auch von innen gekommen sein. Los, wir müssen nachschauen.“

„Jetzt aber halt“, befahl Gottfried. „Ohne Beschluss gehe ich nicht ins Haus und außerdem, wie willst Du denn …?“

„Kein Problem“, antwortete seine Kollegin, „da gehts rein.“ Zielsicher stieg sie die wenigen Stufen hinunter, nahm die weiße Kellertür unter die Lupe, fischte ein dünnes Etui aus ihrer Hosentasche und begann, konzentriert am Schloss zu hantieren. Offensichtlich kannte Marie das Innenleben derartiger Konstruktionen, denn keine zwei Minuten später war der Weg frei.

„Voilà! Bitte einzutreten. War nicht verschlossen – glaube ich zumindest. Dieses Türschloss gehört jedenfalls nicht zum Hochsicherheitsbereich.“ Unauffällig ließ sie die Hülle mit den dünnen Metallstiften wieder in die Schenkeltasche gleiten.

„Du wirst mir ja immer unheimlicher“, schüttelte Gottfried den Kopf. „Was soll ich denn von einer Polizistin denken, die mit Einbruchswerkzeug unterwegs ist.“

„Werkzeug? Wo siehst Du Werkzeug?“, lächelte Marie verschmitzt. „Offen gestanden, war diese Tür hier für mich kein Problem. Eine meiner leichtesten Übungen. Du kannst ja nachlesen, wie ich es in unserem Bericht formuliere.“

Sie trug bereits dünne Latexhandschuhe, Gottfried zog sich ebenfalls einen Satz über, nahm aber trotzdem zur Vorsicht auch seine Pistole in die Hand.

Marie drückte die weiße Tür nach innen auf. Ein weitläufiger Kellerraum tat sich vor ihnen auf.

„Waschküche und Abstellraum“, diktierte Marie in ihr Smartphone und machte einige Photos.

„Diese Gartenwerkzeuge sind alte englische Qualität“, stellte Gottfried fest und betrachtete die sauber aufgereihten Spaten, Hacken und Heckenscheren. „Bestens gepflegt, ewig nicht benutzt. Sicherlich hat der Kranz schon längst keine eigenen Angestellten mehr, sondern eine Gärtnerfirma mit der Grundstückspflege beauftragt. Sieh hier, drei Rasenmäher, alles britische Uraltmodelle.“

„Komm weiter“, drängelte Marie. „Ich will das Labor finden.“

Sie traten auf einen Flur hinaus. „Dort vorne muss es ins Treppenhaus und zum Herrenzimmer gehen“, überlegte Gottfried. „Wir nehmen die andere Richtung.“

Marie fand den Lichtschalter, ein original schwarzes Bakelit-Modell und drehte den Knebel. Mehrere Deckenlampen flammten auf und erhellten am Ende des Flurs eine mattgrau glänzende Stahltür.

„Die ist auf jeden Fall nicht altenglisch, sondern nagelneu“, stellte die Kommissarin fest und begann, das massive Teil zu untersuchen. „Wow, elektronisches Schloss mit Fingerabdrucksensor, der hat wirklich an alles gedacht. Ein Wahnsinnstresor, den knacken wir nicht so leicht.“ Vorsichtig befühlte Marie die Oberfläche der Tür, tastete über Scharniere und Fugen, richtete das Licht ihrer Taschenlampe in den Falz und zog am Griff. „Nein, nichts zu machen. Wenn wir da reinschauen wollen, müssen Profis ran. Da dürften selbst unsere Techniker überfordert sein.“

„Also die Herstellerfirma“, meinte Gottfried. „Das geht aber nur mit einem Durchsuchungsbeschluss. Unsere illegale Aktion hier sollte dann besser nicht bekannt werden.“

Marie schaute ihn an: „Okay, ich schreib nachher vom Auto aus eine Mail an die Staatsanwaltschaft. Aber vorher sehen wir uns noch kurz im Haus um.“

Ihr Kollege zögerte: „Hmm, mir ist nicht recht wohl dabei. Eigentlich würde ich lieber abwarten, bis wir offiziell tätig werden können.“

„Hasenfuß“, lachte Marie. „Hast Du etwa die Hosen voll?“

„Und wenn wir plötzlich der Haushälterin gegenüberstehen? Wie willst Du das erklären?“

„Die ist weg! Sonst hätte sie uns geöffnet.“

„Sicher? Vielleicht hat sie bloß das Läuten nicht gehört?“

„Ach was, so oft wie wir es versucht haben“, wischte Marie Gottfrieds Bedenken vom Tisch. „Außerdem habe ich doch was gehört. Na, schon vergessen? Das Rufen natürlich. Hilferufen! Da konnten wir doch gar nicht anders …“

„Als durch die Kellertüre einzubrechen? Mann Du bist ja ganz schön kriminell.“

„Und Du steckst mittendrin. Mitgegangen – mitgefangen. Los jetzt, wir müssen durch alle Räume!“

Ohne weiter zu zögern, nahm Marie ihre Waffe ebenfalls aus dem Holster und ging vorsichtig zurück durch den Flur. Gottfried folgte ihr dichtauf. Sie passierten die angelehnte Tür zur Waschküche und pirschten sich Schritt für Schritt Richtung Treppenhaus vor.

Plötzlich: „Halt, Polizei, Waffen weg!“ Ein scharfer Kommandoton hinter ihrem Rücken. Marie und Gottfried erstarrten. Langsam und völlig synchron bückten sie sich und legten ihre Pistolen auf den Betonboden.

„Umdrehen!“

Die Ermittlungsgruppe Schwarzwald sah zwei Uniformierte und zwei auf sie gerichtete Laufmündungen. „An die Wand! Hände auf den Rücken.“

Gehorsam befolgten sie den Befehl. „Äh, wir …“

„Klappe!“

Um Gottfrieds und Marie Handgelenke schlossen sich stählerne Fesseln.

„So, jetzt. Wieder umdrehen!“

„LKA!“, stieß Marie hervor, als sie die maximal angespannten Gesichter der beiden in schusssichere Westen gehüllten jungen Streifenbeamten sehen konnte.

„Was? LKA? Kann jeder sagen. Ausweise?“ Eine leichte Unsicherheit schwang jetzt im barschen Tonfall mit.

„In meiner Brusttasche!“, sagte Gottfried bewusst leise, denn die rechten Zeigefinger der Kollegen lagen immer noch an den Abzügen ihrer 9-Millimeter-Waffen.

Einer nahm die Pistole herunter und trat auf Gottfried zu. „Wo genau?“

„In meiner Weste, Außentasche oben links.“

Vorsichtig öffnete der Beamte den Klettverschluss und angelte Gottfrieds Ausweiskarte heraus. Dann wurden seine Augen groß und größer: „Wald, Gottfried, Kriminalhauptkommissar“, las er laut vor. „Etwa *der* Gottfried Wald?“

Ein Nicken bestätigte ihn. „Genau der. Und das ist Marie Schwarz, meine Kollegin, ebenfalls Hauptkommissarin.“

Die zwei Streifenpolizisten liefen puterrot an: „Entschuldigung, uns wurde ein Einbruch gemeldet.“

„Alles gut“, lächelte Marie. „Aber, wenn Sie uns jetzt vielleicht …“

„Selbstverständlich“, kam die Antwort, doch der Schlüssel für die Handschellen fiel vor lauter Aufregung erst mal zu Boden, ehe die Ermittlungsgruppe Schwarzwald wieder befreit war.

„Gute Arbeit“, lobte Gottfried. „Schulbuchmäßiges Stellen von zwei Verdächtigen, aber wenn Sie nun schon mal da sind – wir waren gerade dabei, das Haus zu durchsuchen. Zu viert schaffen wir das natürlich schneller.“

„Mordfall, Gefahr im Verzug“, ergänzte Marie noch schnell, als sie den fragenden Blick der jungen Kollegen bemerkte.

„Selbstverständlich, klar doch, wir gehen vor“, kam die Antwort und das nunmehr doppelt so starke Ermittlerteam arbeitete sich von unten nach oben durch das riesige Haus. Die vier Polizeibeamten schauten kurz in das Herrenzimmer auf Gartenniveau, dann im nächsten Stock durch den imposanten Eingangsbereich in eine weitere, allerdings wesentlich größere Wohnhalle und in zwei ausladende Schlafzimmer mit jeweils eigenen Bädern. Anschließend betraten sie staunend die Küche.

Gottfried pfiff durch die Zähne. „Riesig. Ich komme mir wirklich vor, wie in einem britischen Adelshaus." Bewundernd strich er über den achtflammigen Gasherd aus massivem Metall im Zentrum des Raumes. „Was für eine gigantische Kochmaschine."

Marie warf nur einen kurzen Blick darauf und meinte: „Du hast wohl noch nie den Holzherd in einem alten Schwarzwaldhof gesehen. Der bei uns zuhause ist auch nicht kleiner." Dann ging sie zu einer Tür an der Wand: „Bin gespannt, wie groß hier die Speisekammer ist. Vielleicht kann man da drin ja Tango tanzen." Sie drehte den runden Knebelgriff, zog die hellgelb gestrichene Tür zu sich her, stieß einen grellen Schrei aus und taumelte drei Schritte zurück.

Auf den Fliesen des Vorratsraumes lag eine Gestalt, bäuchlings inmitten einer ausgedehnten Lache von angetrocknetem Blut.

Sekunden später hatte sich Marie wieder gefasst, hob ihr Smartphone in die Höhe, machte einige Bilder und diktierte: „Weiblich, stark blondiert, möglicherweise die Haushälterin."

„Mit durchgeschnittener Kehle“, ergänzte Gottfried und deutete auf den Halsbereich der Toten, der eine klaffende Wunde aufwies.

„Blut findet sich dem ersten Augenschein nach nur auf dem Boden“, sprach Marie weiter in ihr Gerät. „Finaler Schnitt vermutlich erst nach Betäubung gesetzt.“

„Platzwunde am Hinterkopf“, stellte Gottfried fest. „Offensichtlich wurde sie erst niedergeschlagen und dann …“

„… ließ man sie ausbluten“, schüttelte sich Marie. „Wie beim Schlachten! Mann, wer macht denn so was?“

„Wer es auch war, sein Werkzeug präsentiert er uns dort.“ Der Kommissar zeigte auf das gut gefüllte Obstregal. Aus einer gelben Honigmelone ragte der schwarze Griff eines langen Kochmessers.“

„Schon wieder Arbeit für die Spurensicherung.“ Marie tippte die Kurzwahl von Kriminalhauptkommissar Roth im Offenburger Polizeipräsidium. „Harald, Du fehlst uns. Mach doch mal einen kleinen Ausflug nach Achern und bring die Technik mit … Genau, in der Kranz-Villa … Tote Person, ich hoffe, Du kannst Blut vertragen, viel Blut, ja, ganz viel.“

Gottfried winkte den beiden Streifenbeamten, die bisher nur aus zweiter Reihe in die Speisekammer spähen konnten. „So was schon mal gesehen?“ Die zwei jungen Polizisten schüttelten synchron und stumm die Köpfe.

„Kein schöner Anblick, gehört aber auch zu unserer Arbeit“, fuhr der Kommissar fort und legte den Zeigefinger auf seine Stirn. „Trotzdem brennt sich jeder Fall hier oben auf der Festplatte ein. Diese Bilder wird man nie mehr los. Ich hoffe, Sie haben bereits gelernt, wie man damit professionell umgeht.“

„Muss ich trotzdem nicht jeden Tag haben“, antwortete einer der Kollegen und drehte sich weg.

„Wir auch nicht“, antwortete Marie. „Am besten, man tut was, um sich abzulenken.“

„Vielleicht das restliche Haus durchsuchen?“, schlug der zweite Uniformierte vor.

Gottfried überlegte kurz: „Nur die Räume sichern. Einmal überall durchgehen, ohne etwas anzufassen. Den Rest überlassen wir der KT.“

Die beiden jungen Kollegen nickten, zogen sich ihre Lederhandschuhe über und verschwanden in Richtung Treppenhaus.

Marie schaute im Wechsel die weibliche Leiche und dann wieder Gottfried an: „Die ist aber deutlich jünger als der Kranz.“

„Höchstens dreißig, allerhöchstens“, ergänzte der Kommissar. „Und blond, sehr blond.“

„Nicht nur fürs Haus, sondern auch für den Hausherrn. War das nicht Haralds Kommentar, nachdem die Kollegen aus seinem Team hier waren, um DNA-Proben zu nehmen?“

„Vielleicht hat er die ja von einer seiner Geschäftsreisen mitgebracht. Irgendwo aus dem Osten.“

„Polen, Ukraine, Russland“, überlegte Marie. „Oder auch Baltikum, jedenfalls kein südlicher Typ, so wie sie aussieht. Dafür ist die Haut zu hell.“

„Die Originalhaarfarbe ist aber deutlich dunkler.“ Gottfried trat bis an den Rand der Blutlache, bückte sich und nahm den Ansatz näher unter die Lupe.

„Noch nicht lange rausgewachsen. Erst vor wenigen Tagen gefärbt“, sprach Marie wieder ins Smartphone. Dann folgte sie einem spontanen Gedanken, trat hinaus auf den Flur, öffnete die Tür zu einem der Schlafzimmer und ging zielsicher zum Frisiertisch.

„Wusst’ ich’s doch, dass ich die vorhin hier gesehen habe.“ Sie drehte sich zu Gottfried, der ihr gefolgt war und hielt eine schwarze Designerhandtasche hoch. „Soll ich öffnen?“

„Wie wäre es mit dem großen Tisch im Esszimmer?“

„Auskippen?“

„Wenn der Platz reicht“, schmunzelte Gottfried. „Ist ja für gewöhnlich einiges drin, in solchen Handtaschen.“ Er zögerte. „Bei Dir hab ich übrigens noch nie eine gesehen.“

Marie schaute ihn kurz aber intensiv an: „Wenn Du’s genau wissen willst: Was ich brauche, trage ich bei mir. Für den Rest habe ich meinen Rucksack im Auto. Außerdem bin ich ja auch nicht blond, sondern schwarz.“

„Original schwarz?“

Die Kommissarin stemmte empört die Hände in die Hüften: „Marie Schwarz ist immer original schwarz! Und wie es dazu kommt, geht Dich nichts an!“

„Okay, okay“, hob Gottfried beschwichtigend die Hände. „Ich wollte ja nicht indiskret sein.“

„Nein, nur neugierig“, lachte Marie und ging voran ins Esszimmer. Dort zierte eine blütenweiße hochwertige Damastdecke den langen Holztisch. Umgehend schüttete Marie den Inhalt der Handtasche darauf aus.

Erstaunlich wenig befand sich darin, ein paar Lippenstifte und weitere Kosmetikartikel, Eau de toilette, eine flache Geldbörse, mehrere Päckchen Papiertaschentücher und ein Handy.

„Kein Ausweis oder Pass?“

Marie schüttelte den Kopf. „Nein … oder halt, warte mal, hier ist noch ein Reißverschluss.“ Sie öffnete das Fach und präsentierte ein rotes Dokument. „Russische Föderation. Unsere Vermutung hat also gestimmt.“

Sie klappte den Pass auf und legte ihn vor sich auf den Tisch. „Mal sehen, ob über die Dame etwas bekannt ist.“ Marie machte Fotos der verschiedenen Seiten und sandte die Bilder auf direktem Weg zum Datenabgleich. „Valentina heißt sie, Valentina Petrowa, geboren in Archangelsk.“

„Eine Valentina vom Weißen Meer“, dachte Gottfried laut nach, „die hat sicherlich auch nicht geahnt, dass ihr Leben fern der kalten Heimat ein solch abruptes Ende findet.“

„Mit durchgeschnittenem Hals, ausgeblutet in einer süddeutschen Speisekammer.“

Ein tiefer Blick traf die Kommissarin: „Du bringst es wieder mal brutalst möglich auf den Punkt.“

„Wieso, stimmts etwa nicht? Oder hätte der Herr Ermittlungsgruppenleiter gerne ein wenig mehr Poesie im Polizeialltag? Vielleicht so: Ein junges blühendes Leben fand sein allzu frühes Ende in einem geräumigen Vorratsraum zwischen Nudelpackungen und Olivenöl?"

„Die Melone nicht zu vergessen, die mit dem Messer drin", frozzelte Gottfried zurück, da schellte glücklicherweise Maries Phone.

„Oh, tatsächlich …, das ist ja interessant …, sieben Jahre in Stuttgart …, schau, schau."

„Was?", wollte Gottfried wissen. „Wer war sieben Jahre in Stuttgart? Du?"

„Valentina Petrowa. Sie ist amtsbekannt. Escort-Service in der Landeshauptstadt."

„Holla, dann hat er sie gar nicht aus dem Osten mitgebracht."

„Nein, so weit musste er nicht fahren", schüttelte Marie den Kopf und wies Richtung Küche: „Die dort liegt, ist eine Professionelle mit langjähriger Stuttgart-Erfahrung."

14

„Aus, der Traum vom Absprung ins bürgerliche Leben“, sinnierte Gottfried.

„Und?“, schaute ihn Marie herausfordernd an. „Was sagt Deine langjährig trainierte Intuition? Wer hat ihr das scharfe Küchenmesser durch die Gurgel gezogen?“

Hauptkommissar Wald trat einige Schritte zurück und lehnte sich an den Rand des monströsen Gasherds, um einen besseren Überblick über die Szenerie zu bekommen. „Überlegen wir doch erst mal, wie und vor allem wo sich die Tat ereignet haben könnte.“

„Wohl kaum da drin zwischen Zwiebeln und Knoblauchzöpfen.“

„Einverstanden. Um jemanden niederzuschlagen, braucht es Platz.“

„Und den berühmten stumpfen Gegenstand. Hast Du ihn bereits irgendwo entdeckt?“

Marie schaute sich um. „Wenn sich alles hier in dieser Herrenhausküche ereignet hat, dann vielleicht mit …“ Sie schaute kurz prüfend umher, bückte sich, griff in das Regal neben dem Herd, zog eine schwere gusseiserne Pfanne heraus. „… mit der hier?“ Marie packte das massive Teil am Griff, wirbelte es ebenso schwungvoll wie mühelos durch die Luft und hielt die Unterseite dann Gottfried vors Gesicht. „Na, Blut dran?“

Der Kommissar wurde kurz blass und stammelte: „Ja, Blut und blond!“

„Upps“, zuckte Marie zusammen und legte die schwere Pfanne ganz vorsichtig auf den Herd, die Unterseite nach oben. „Tatsächlich. Da haben wir der Spurensicherung schon wieder die halbe Sucherei abgenommen.“ Auf dem schwarzen Metall klebten einige lange blonde Haare in verkrustetem Blut.

„Willst Du auch gleich Fingerabdrücke am Griff sichern, dann können wir die Offenburger abdrehen lassen“, stichelte Gottfried.

„Nein, keinesfalls“, lächelte Marie. „Jetzt hab ich den schönen Harald extra herbestellt, dann will ich ihm auch diesen imposanten Tatort hier präsentieren. Deine Küche wirkt dagegen richtig popelig.“

„Danke“, verzog Gottfried das Gesicht. „Ich werde Gunda fragen, ob sie auch gerne in einem solchen Ambiente kochen möchte.“

„Den Herd kannst Du den Kranz-Erben sicherlich abkaufen.“

„Erben? Du sprichst von Erben? Dann tendierst Du jetzt also voll zur Variante ‚der Kranz ist tot‘?“

Marie stemmte die Hände in die Hüften: „Erstens heißt es ja bekanntlich ‚der Hahn ist tot‘ und zweitens schwankst ja auch Du zwischen den verschiedenen Szenarien hin und her.“

„Bitte, dann zähl doch mal auf, welche Abläufe für Dich in Frage kommen.“

Marie dachte kurz nach, ob sie diese Herausforderung ignorieren oder annehmen sollte, dann hob sie ihr Smartphone und begann aufs Neue, zu diktieren.

„Erste Nacht: Kranz wird entführt, Kranz wird erschossen, Kranz wird entsorgt.

Nächster Tag: Kranz wird vermisst. Kripo Offenburg taucht in der Kranz-Villa auf, Kripo nimmt DNA-Proben, Kripo verschwindet wieder.

Zweite Nacht: Einbruch in Villa. Einbrecher werden von russischer Haushälterin überrascht, Einbrecher schlagen Haushälterin nieder, Einbrecher schneiden Haushälterin die Kehle durch." Sie setzte ab: „Na, was hältst Du davon?"

Gottfried Wald schloss die Augen: „Okay, verfeinern wir mal Deine Hypothese. Einbruch im Zusammenhang mit dem Verschwinden von Kranz. Diese Verbindung siehst Du doch auch?"

„Liegt auf der Hand."

„Gut, dann müssen wir uns fragen: Wer bricht ein? Wieso bricht jemand ein? Weshalb erst in der zweiten Nacht? Was wird gesucht? Was wird gestohlen?"

„Vielleicht konnte gar nichts gestohlen werden, weil die Tresortür nicht zu überwinden war", überlegte Marie.

„Dann hätten die Einbrecher ja in der vergangenen Nacht mit einem Schneidbrenner zurückkommen können", entgegnete Gottfried. „Sind sie aber nicht."

„Au weia", rieb sich Marie die Stirn. „Ganz schön verworren, dieser Fall."

„Gab es denn überhaupt einen Einbruch?“, spann Gottfried den Gedankengang weiter. „Haben wir Spuren gefunden? Nein! Aber falls es doch so war, hatten es die Einbrecher tatsächlich auf das Hochsicherheitslabor abgesehen? Und wenn ja, woher wussten sie davon?“

Marie schielte wieder durch die offenstehende Tür in die Speisekammer: „Vielleicht von der da?“

„Du meinst, sie hat gemeinsame Sache gemacht?“

„Was wäre, wenn sie auf den Kranz angesetzt wurde. Wir sollten mal rausfinden, seit wann sie hier arbeitet.“

Marie stockte kurz, dann diktierte sie weiter: „Zweitens: Östliche Geheimdienste erfahren von der Wunderfaser. Sie erkennen bei Konrad Kranz eine Schwachstelle: ‚Frauen‘. Blonde Agentin macht sich an ihn ran und gewinnt sein Vertrauen.“

Sie ließ das Phone wieder sinken. „Nein, das passt nicht. Wieso hätte sie dann sterben müssen? Und außerdem: Jetzt bewegen wir uns schon sehr im James-Bond-Milieu. Lass uns lieber zu solider Schwarzwald-Arbeit zurückkehren und die Nachbarn befragen.“

„Unbedingt“, nickte Gottfried und blickte durch das Küchenfenster nach draußen: „Da kommt Verstärkung. Die kriegen gleich einen entsprechenden Auftrag. Lass uns das Kaminzimmer zur Besprechung nutzen.“

Kurze Zeit später wimmelte es in der Kranz-Villa nur so von Polizei. Techniker in Einmal-Schutzanzügen und blauen Überschuhen drehten in Küche und Speisekammer akribisch genau das Unterste nach oben.

Parallel dazu untersuchte ein Rechtsmediziner die Leiche der Russin und ordnete schließlich den Abtransport nach Freiburg an.

Zwei weitere Techniker nahmen die Panzertür im Keller unter die Lupe, gaben aber ziemlich schnell auf. „Wir müssen auf den Spezialisten der Herstellerfirma warten. Kommt aus Karlsruhe. Dort ist eine Niederlassung. Wird also noch dauern."

Ein weiteres Team der Offenburger Kriminalpolizei befragte die Anwohner.

Die ersten Ergebnisse waren bereits nach einer knappen Stunde verfügbar.

Besonders die Aussagen eines älteren Ehepaars – pensionierter Amtsrichter und Frau – erwiesen sich als sehr wertvoll. Sie waren es auch gewesen, die vor einigen Stunden den ‚Einbruch' gemeldet hatten. „Am helllichten Tag ist eine Schwarzhaarige über das Tor geklettert und hat dann diesen Grauhaarigen reingelassen", gab eine der Offenburger Kripo-Kolleginnen wörtlich wieder. Diese Beobachtung hatte umgehend dazu geführt, dass 110 gewählt wurde.

„Okay", grinste Gottfried süffisant, „die ‚Aktion wachsamer Nachbar' hat also funktioniert. Das freche Einbrecherduo Schwarz und Wald wurde zeitnah von zwei Streifenbeamten gestellt. Ist den Leuten sonst noch was aufgefallen?"

„Ja, auch unseren ersten Besuch in der Villa haben die beiden genau registriert."

„Am Tag nachdem der Kranz vermisst gemeldet wurde?“, fragte Marie nach.

„Genau. Die Haushälterin hatte uns das Tor geöffnet, damit wir reinfahren und DNA-Material von Kranz sichern konnten.“

„Weshalb haben die Nachbarn so aufgepasst?“

„Das konnten wir recht schnell rausfinden“, lächelte die Beamtin. „Besonders die Frau des Richters war sehr aufmerksam.“

„Siehst Du“, unterbrach Marie und schaute zu Gottfried, „wieder mal eine Frau!“

„Ja, ja, eine Frau“, erwiderte der Kommissar. „Dann wette ich, dass ich den Grund für die erhöhte Wachsamkeit genau kenne. Auch eine Frau, aber eine viel zu blonde, stimmts?“

„Exakt“, bestätigte die Offenburger Kollegin. „Die Nachbarin war vom ersten Tag an misstrauisch.“

„Als die Haushälterin hier aufgetaucht ist?“

„Ungefähr ein Vierteljahr ist es her, noch nicht länger. Bei der Befragung hat sich die Zeugin echt aufgeregt. Anscheinend war sie gut mit der Exfrau von Kranz bekannt. Die wurde vor zwei Jahren sehr unschön aus dem Haus geekelt.“

„Alles klar“, nickte Gottfried. „Sehr glaubhaft. Und dann bringt der Fabrikant eine dreißigjährige Blondine daher. Da müssen ja alle Alarmglocken schrillen.“

„Niemand hat ihm das abgenommen, wie er sie als ‚Hausangestellte‘ vorgestellt hat. War wohl zu offensichtlich, was dahintersteckte.“

„Unser Vorteil, dass die beiden Rentner so intensiv beobachtet haben“, konstatierte Gottfried. „Bestimmt lag auch irgendwo ein Fernglas rum.“

„Eines?“, lachte die Kollegin. „Eines auf jeder Fensterbank! Und im Wohnzimmer noch ein Fernrohr samt Stativ. Der Kranz und seine neue Gespielin waren unter Dauerbeobachtung.“

„Weitere Auffälligkeiten?“, wollte Marie wissen.

„Ja, nachts, also von Vorgestern auf Gestern, da wurden die Zwei von einem Motorengeräusch wach.“

„Als wir bei der Tauchaktion waren?“

„Genau. Sie haben gehört, dass ein Wagen zwar vorbei-, aber nicht zurückfuhr.“

„Also rein durchs Tor auf das Kranz-Grundstück?“

„Richtig. Bis sie allerdings ans Schlafzimmerfenster kamen, war nichts mehr zu sehen.“

„Schade“, bedauerte Gottfried. „Wenn die jetzt Fahrzeugtyp samt Kennzeichen notiert hätten, könnten wir Großfahndung auslösen.“

„Langsam, langsam“, hob die Kripo-Beamtin die Hand. „Auch diesmal wars die Frau. Der Richter ging nach ein paar Minuten wieder zu Bett, aber seine Gattin hüllte sich in eine Decke und setzte sich ans Fenster. Tatsächlich hat es drei Stunden gedauert, bis ein Kleinlaster hinter der Kranz-Villa vorgefahren kam und dann das Tor passierte.“

„Konnte sie das Kennzeichen oder Personen erkennen?“

„Nein, nur das Fahrzeug. Dunkel, wohl so eine Art großer Paketwagen mit eckigem Kofferaufbau. Sie behauptet, es sein ein Mercedes gewesen, aber der Stern auf dem Kühlergrill habe gefehlt."

Gottfried lehnte sich zurück. „Schade, dass sie ihre Beobachtung nicht gleich an die 110 gemeldet hat, aber trotzdem super, diese Miss Marple von nebenan. Von dieser Sorte sollte es noch mehr geben."

Marie zog die Augenbrauen hoch: „Wie hast Du Deinen Nachbarn in Baden-Baden eigentlich erklärt, dass in letzter Zeit andauernd eine Schwarzhaarige bei Dir aus- und eingeht?"

„Ach so, die Langbeinige mit dem aggressiv-roten BENZ, die sich auch noch im Liegstuhl auf meiner Terrasse sehen lässt", grinste der Kommissar schelmisch. „Tja …", rieb er sich das Kinn, „darüber habe ich noch mit niemandem gesprochen. Bin gespannt, wann mir die ersten Gerüchte zugetragen werden."

„Ja, ja, ist der Ruf erst ruiniert …"

Gottfried lächelte und schwieg, dann wies er zur Tür: „Ich muss raus. Kommst Du mit?"

Vor der Waschküchentür waren zwei KT-Mitarbeiter gerade dabei, ihre Utensilien zusammenzuräumen. Ein rundlicher Beamter, der in seinem zu engen weißen Schutzanzug stark an eine Wurst in der Pelle erinnerte, zeigte auf das Schloss: „Keine Einbruchspuren."

„Am Haupteingang?"

„Auch nicht. Genauso wenig an den Fenstern. Wir sind einmal rings ums Haus und haben alle Einstiegsmöglichkeiten abgeprüft.“

15

Die beiden LKA-Ermittler entfernten sich im Park ein gutes Stück von der Villa. Sie entdeckten eine sonnenbeschienene steinerne Bank neben einem plätschernden Brunnen.

„Kein Einbruch – dann sehe ich zwei Möglichkeiten", folgerte Marie. „Entweder hat die Petrowa ihren Mörder eingelassen …"

„Den Mörder oder die Mörder?"

„Ach Gottfried, jetzt sei doch nicht so pingelig. Erstmal spreche ich von einer Person. Jedenfalls ist anzunehmen, dass er …"

„Oder sie?"

„Bring mich nicht noch völlig durcheinander", sprang Marie erregt auf. „Ein Mann war es, was sonst!"

„Der in der vorvergangenen Nacht mit diesem Fahrzeug gekommen ist, okay."

„Er wurde eingelassen."

„Oder er hatte einen Schlüssel."

„Woher?"

„Dem toten Kranz aus der Tasche gezogen."

„Falls er tatsächlich tot ist."

„Sonst halt dem lebenden Kranz abgenommen", meinte Gottfried. „Wir müssen von Beidem ausgehen."

„Ja, ja, meinetwegen. Du hast recht. Wenn wir ihn finden, wissen wir mehr."

„Falls wir ihn finden …“

Marie setzte sich wieder: „Wir werden ihn finden. Irgendwann – irgendwo – irgendwie!“

„Zurück zu Valentina Petrowa“, setzte Gottfried das Brainstorming fort. „Ich glaube nicht, dass sie beteiligt war. Sonst hätte die doch gewusst, dass nur der Kranz die Panzertür öffnen kann.“

Marie nickte: „Also verwerfen wir den Gedanken an einen östlichen Geheimdienst. Keine Agentin Valentina.“ Dann zeigte sie zur Einfahrt: „Aber dort kommt der Panzerknacker. Jetzt gehts der Tresortür an den Kragen.“

Ein VW-Caddy, dessen Seiten ein überdimensionaler Schlüssel zierte, rollte durch das Tor, passierte die Eingangstreppe der Kranz-Villa und stoppte am Kellerabgang. Ein Mann im grauen Arbeitsmantel stieg aus. Die Kommissare gingen ihm entgegen.

Gottfried stellte sich vor und streckte ihm die Hand hin: „Hier sind Sie richtig.“

„Ja, ich weiß“, kam die Antwort des kahlgeschorenen Technikers. „Vor knapp drei Jahren haben wir diese Tür eingebaut. Aber ich sags Ihnen gleich: Ohne den Eigentümer haben wir schlechte Karten.“

„Sieht nicht gut aus“, antwortete Marie. „Den suchen wir jetzt schon drei Tage lang.“

Der Spezialist öffnete die Schiebetür seines Fahrzeugs und zeigte auf zwei große Gasflaschen: „Dann hilft nur rohe Gewalt, wenn Sie unbedingt öffnen wollen. Ohne Schneidbrenner keine Chance.“

„Geht das nicht auch ohne Zerstörung?“, fragte Marie.

Der Mann lachte: „Wie im Film, mit Spezialgerät ins Schloss und eine Minute später – Sesam-öffne-Dich? Können Sie sich in diesem Fall komplett abschminken. Oder haben Sie an der Tür einen Schließzylinder entdeckt?“

Gottfried sah seine Kollegin an: „Haben wir nicht, sonst hättest Du auch noch dort …“

Marie hob drohend die Hand: „Willst Du wohl …!“

Der Techniker las in einem schmalen Ordner: „Der Kunde hat damals ausdrücklich auf ein Notschloss verzichtet. Er wollte einzig die Anlage mit dem Fingerabdrucksensor.“

„Bei Stromausfall?“, wollte Gottfried wissen.

„Dafür ist vorgesorgt. Sämtliche Abdrücke sind elektronisch im Schloss gespeichert und die Batterie für diese Funktion kann von außen gewechselt werden, aber weiter geht gar nichts.“

„Dann haben wir keine andere Wahl“, bestimmte Hauptkommissar Gottfried Wald. „Aufbrennen! Wir müssen wissen, was hinter der Tür ist.“

Der Spezialist ging mit großem Sachverstand ans Werk. Er blätterte er in seinen Unterlagen vor und zurück. „Bei dieser Widerstandsklasse geht es gerade noch, aber das Brennen wird ziemlich lange dauern.“

Schließlich markierte er eine ganz bestimmte Stelle auf der Panzerplatte, setzte seine Schutzmaske auf, schlüpfte in dicke lederne Arbeitshandschuhe, öffnete die Regler der Gasflaschen und gab Feuer. Eine scharfe Flamme schoss aus dem Schneidbrenner hervor.

Das dicke Metall leistete erheblichen Widerstand und es dauerte eine gefühlte Ewigkeit, bis endlich der erste Durchbruch geschafft war. Nach und nach, Millimeter für Millimeter, vergrößerte sich das kleine Loch zu einem schmalen Schlitz. „Bestes Material", kommentierte der Techniker die staunenden Blicke der Kommissare. Er kam nur extrem langsam voran und musste trotzdem immer wieder bei der anstrengenden Arbeit pausieren, um sich dem Schweiß abzuwischen, der ihm unter seinem schweren Kopfschutz vom kahlen Schädel in die Augen lief.

Erst als er eine viereckige Öffnung in das Obermaterial gebrannt hatte, drehte er die Gasflaschen zu. „So, jetzt gehts ans Eingemachte."

Er nahm ein speziell geformtes Werkzeug aus seinem Koffer, setzte es am Gestänge im Innern der Tresortür an, drückte, wuchtete, drehte an einem Metallrad und schaffte es schließlich mit großer Kraftanstrengung, die dicken Schließbolzen zurückzuschieben. „Simsalabim, bitteschön. Der Weg ist frei!" Er zog am Griff und die Tür bewegte sich einige Zentimeter.

„Moment", stoppte ihn Marie. „Jetzt sind wir dran. Sie müssen leider …"

„Dachte ich mir schon", rümpfte der Mann die Nase. „Wenn's wirklich spannend wird, darf ich nicht dabei sein."

Gottfried klopfte ihm auf die Schulter: „Danke, beste Arbeit. Aber jetzt kommt wieder unser Part.“

Die Kommissare warteten, bis der Tresorspezialist seine Utensilien zusammengeräumt und sich verabschiedet hatte. Dann packte Marie den Türgriff.

Lautlos schwang der gepanzerte Stahl auf.

„Gibts ja wohl nicht“, stieß sie aus, sah kopfschüttelnd zu ihrem Kollegen und in einen völlig ungläubigen Gesichtsausdruck.

Ein langer Raum tat sich vor ihnen auf. Labortische, Stühle, Absaugeinrichtungen und zwei Ausgussbecken – ansonsten leer, völlig leer.

„Jetzt krieg ich einen Vogel“, stieß Gottfried aus. „Ich denke, der hat hier drin die Rohstoffe für seine neue Faser zusammengemixt? Wo ist denn die ganze Einrichtung?“

Marie war ebenso perplex: „In einem Labor stehen doch normalerweise jede Menge Apparate. Glasflaschen, Bunsenbrenner, Reagenzgläser, Computer, elektronische Analysegeräte.“

„Ausgeräumt! Deshalb der Transporter. Alles fortgeschafft. Aber wie konnten die Einbrecher diese hochtechnische Sicherung überwinden?“

„Moment“, rief Marie, dann sprintete sie los, rannte durch die Waschküche und hastete die Außentreppe nach oben. Der Techniker war gerade dabei, die Gasflaschen und den Werkzeugkoffer wieder im Laderaum seines Wagens zu verstauen.

„Halt, nicht wegfahren. Wir brauchen Sie noch“, rief ihm die Kommissarin zu.

Außer Atem kam sie an: „Kann man den Fingerabdrucksensor manipulieren?“

Der Mann drehte sich staunend um: „Wieso? Gibt es Unklarheiten?“

„Kann ich Ihnen so nicht sagen, aber ist es zum Beispiel möglich, mit einem kopierten Fingerprint zu öffnen?“

„Ausgeschlossen! Nein, niemals. Dagegen ist vorgesorgt. Das wäre ja sonst eine ganz leichte Möglichkeit, unser System zu knacken. Keinesfalls!“

Marie zögerte. In ihrem Kopf rasten die Gedanken hin und her. „Und mit einem abge …“

Jetzt lachte der Techniker: „Abgetrennter Finger? Nein, selbst davor haben wir einen Riegel geschoben. Lebenderkennung heißt das Zauberwort, thermisch und über Ultraschall. Alles höchst ausgeklügelt.“

„Aber wie …?“, stieß Marie aus.

„Soll ich den Speicher auslesen? Kein Problem. Jeder Zutritt wird ganz genau registriert.“

„Sie könnten uns also sagen, welche Person zu welchem Zeitpunkt die Tür geöffnet hat?“

„Selbstverständlich. Das ist die leichteste meiner Übungen.“ Er griff nach einem flachen Alukoffer. „Alles drin. Dauert echt nicht lang.“

„Bitte“, antwortete Marie. „Kommen Sie.“

Der Tresorspezialist folgte ihr wieder in den Keller.

Dort stellte er ein Klapptischchen auf, öffnete seinen Koffer, schaltete das darin befindliche Notebook ein und machte sich mit einem Schraubenzieher an der elektronischen Schließeinrichtung zu schaffen. „Dieselbe Prozedur, wie beim Batteriewechsel“, erklärte er, entfernte die Abdeckung und legte einen Anschluss zur Datenübertragung frei. Mittels Kabel verband er diesen Kontakt mit seinem Rechner und startete ein Programm. Eine lange Tabelle erschien auf dem Bildschirm. „So, bitte, die letzte Öffnung war vor genau zwei Tagen um 23:45 Uhr.“

„Und von wem?“, wollte Gottfried wissen.

„Master“, lautete die Antwort. „Der Master dieses Systems.“

„Gibt es mehrere Zutrittsberechtigte?“

Der Techniker schüttelte den Kopf: „Theoretisch möglich, aber hier ist nur eine einzige Person gespeichert.“

„Kranz, Konrad“, stieß Marie aus.

„Sie sagen es. Soll ich Ihnen die Protokolle zukommen lassen?“

„Bitte per Mail – an diese Adresse.“ Die Kommissarin übergab ihre Visitenkarte und hatte eine Minute später sämtliche Zutritte der letzten Jahre auf dem Smartphone.

„Vorletzter Zutritt vor drei Tagen um 15:45 Uhr“, las Marie vor, nachdem sich der Tresorknacker zum zweiten Mal verabschiedet hatte. „Am Tag seines Verschwindens.“

„Und dann kam er eine Nacht später wieder zurück, um hier alles auszuräumen“, schüttelte Gottfried den Kopf. „Unglaublich!“

„Der Kranz persönlich bricht bei sich zuhause ein, eliminiert die Haushälterin, packt seine gesamte Laboreinrichtung zusammen und macht sich damit aus dem Staub.“

„Tötungsdelikt – ja, Einbruchsdelikt – nein, wenn ich Dich korrigieren darf.“

„Natürlich“, rieb sich Marie die Stirn. „Wer die Schlüssel hat, braucht kein Schloss zu knacken. Deswegen konnte er ja auch das Einfahrtstor öffnen. Garantiert per Funk. Einen solchen Sender hat die KT in seinem Geländewagen ja nicht gefunden.“

„Ergibt das alles einen Sinn?“, grübelte Gottfried. „Schon recht merkwürdig. Wieso sollte Konrad Kranz seinen Tod vortäuschen und abhauen? Überleg doch mal, was er alles zurückgelassen hat.“

„Die Villa, die Kranz-Werke …“, ergänzte Marie. „Da gibt es einiges, was noch

im Verborgenen liegt.“ Sie wandte sich zum Gehen, als die Kollegen der KT anrückten: „Zeit, um nachzudenken. Komm, lass uns raus gehen und die Spurensicherung hier ihre Arbeit machen.“

Nach weiterer intensiver Gehirnarbeit im Kranzschen Park wurden die Ermittler von einem der Kriminaltechniker wieder in den Keller gerufen.

„Alles blitz-blank. War aber vermutlich schon vor dem Ausräumen so. Ist in Labors Standard. Da hilft nur noch der Zufall.“ Der Kollege grinste: „Einen winzigen Strohhalm gibt es.“ Er bückte sich, griff in den Gerätekoffer und präsentierte eine durchsichtige Beweismitteltüte mit weißem Inhalt.

„Was soll das sein? Ein Tempo?“, wollte Gottfried wissen.

„Im Bericht schreiben wir natürlich Papiertaschentuch.“

„Vollgerotzt?“, schüttelte sich Marie.

„Und nicht zu knapp. Hoffentlich geht die DNA-Analyse zügig. Wir tun unser Bestes.“

„Wo war es gelegen?“

Der Techniker ging voraus in den Laborraum und öffnete die Tür des Unterschrankes, mit dem die Ausgussbecken bodentief verkleidet waren.

„Hier drin haben wir es gefunden. Ist garantiert jemandem aus der Tasche gefallen und beim Zudrücken der Tür unbemerkt nach hinten geschoben worden.“

Gottfried dachte kurz nach, ob er über die Ergebnisse des Zutrittsprotokolls berichten sollte, sagte aber nur: „Gebt das Tuch mit Volldampf in die Analyse. Ich werde dafür sorgen, dass unser LKA-Labor den Auftrag vorzieht.“ Er griff zum Handy gab entsprechende Order.

Dann schob er das Gerät wieder ein: „Höchste Priorität. In Stuttgart stehen alle stramm.“

„Spuren von Chemikalien haben wir auf den Arbeitsflächen gesichert. Die können wir selbst analysieren“, nickte der korpulente Techniker. „Wisst Ihr vielleicht, womit hier drin experimentiert wurde?“

„Die neue Wun …“, begann Marie, doch Gottfried fiel ihr ins Wort: „Es geht vermutlich um Rohsubstanzen für die Fasern der Stoffe, die in den Kranz-Werken produziert werden.“

„Was Besonderes?“, wollte der Kollege wissen.

„Betriebsspionage ist ja ein sehr unterschätztes Kriminalitätsfeld. Vielleicht habt Ihr aufgrund Eurer Analyseergebnisse dann eine Idee, was man mit so einem Chemiecocktail produzieren könnte.“

Der Techniker war beruhigt und sagte zu, die Resultate schnellstmöglich zu übermitteln.

„Gut, dass Du mich gestoppt hast“, meinte Marie, als die beiden Schwarzwald-Ermittler zum dritten Mal auf der sonnigen Parkbank Platz genommen hatten. „Fast hätte ich etwas Falsches gesagt.“

„Falsch?“ antwortete Gottfried, „falsch wäre es ja nicht gewesen, aber eben sehr geheim. Auch im LKA sind diese Infos nur für Wenige zugänglich. Bei einem solchen Projekt muss man die Zahl möglicher undichter Stellen von Anfang an minimieren.“

„Und dem da dürfen wir es schon gar nicht auf die Nase binden.“ Marie zeigte auf den wieder einmal auffallend vornehm gekleideten Offenburger Chefermittler, der sich den Beiden mit schnellen Schritten näherte.

„Da kann ich drinnen ja lange nach Euch suchen“, begrüßte Harald Roth seine Kollegen. „Meine Mannschaft macht die Arbeit und die Ermittlungsgruppe Schwarzwald sonnt sich im Park.“

„Wir mussten dringend mal raus“, verzog Marie das Gesicht, „waren zu lange mit der Leiche alleine.“

„Schade um sie.“

„Ach, Du hast bereits eine Kurvenanalyse durchgeführt? Stark blondierte üppige Russinnen passen wohl in Dein Beuteschema.“

Roth zog verärgert die Stirn in Falten, doch eine leichte Röte huschte über seine Wangen. „Ich hab ihre Vorgeschichte bereits mitbekommen“, antwortete er nur sehr knapp.

„Wir lassen in Stuttgart gerade die Hintergründe klären“, sagte Gottfried. „Wieso? Glaubt Ihr echt an Spionage? Betriebsspionage, wie mir einer unserer Technikerkollegen berichtet hat?“

Gottfried wiegte den Kopf: „Wir denken immer in alle möglichen und unmöglichen Richtungen, aber im Moment sieht so aus, als wäre diese Petrowa dem millionenschweren Fabrikanten wirklich zufällig über den Weg gelaufen.“

„Millionen?“, lachte Roth lauthals los, „„... wo sind sie nur geblieben? Die Finanzsituation der Kranz-Werke ist mehr als düster. Offensichtlich habt Ihr die Auswertung noch nicht gelesen.“

„Nein, wann ist die gekommen?“

„Ungefähr zu der Zeit, als in unserem Präsidium über Notruf zwei Einbrecher auf diesem Grundstück hier gemeldet wurden“, grinste der Offenburger Kommissar. „Bin gespannt, welch abenteuerliche Begründung dazu in Eurem Bericht stehen wird.“

„Keine Sorge“, lächelte Marie ihn frech an, „mir ist noch immer was Passendes eingefallen.“

„Ja, ja, Ermittlungen am Rande der Legalität. Wahrscheinlich hat Gottfrieds kleiner weißer Spürhund den Leichengeruch bereits vor dem Tor angezeigt.“

„Du bist auf dem richtigen Weg“, kam die Antwort seines Kollegen, „aber Lucy wollte heute zuhause bleiben, um meine Haushälterin vor weiteren Entführungen zu schützen.“

„Oh ja, ich hab davon gehört. Glücklicherweise hat sich das außerhalb meines Dienstbezirkes zugetragen.“

„Glück für Gunda, genau“, gab Marie zurück. „Du hättest wahrscheinlich wieder mal hektischen Aktionismus praktiziert und dabei das Leben der Geisel aufs Spiel gesetzt.“

Gottfried hob die Hand: „Lasst gut sein mit den Sticheleien. Ich weiß, wie sehr Ihr Euch mögt. Viel wichtiger wäre es, den Kranz zu finden.“

„Mehr als eine Leiche am Tag muss ja wohl nicht sein“, brummte Roth.

„Wir sprechen erst von Leichen, wenn wir sie haben. Bis jetzt ist der Fall Kranz immer noch eine Vermisstensache.“

„Kann wohl nicht Dein Ernst sein. Sakko mit blutigem Schussloch und Range Rover mit Blut im Laderaum! Bei solchen Fakten setze ich keinen müden Cent darauf, den Kranz noch lebend zu finden.“

„Abwarten“, hob Kriminalhauptkommissar Gottfried Wald die Augenbrauen. „Wir haben Deinem Team noch nicht alles gesagt. Das Kellerlabor wurde von Konrad Kranz höchstpersönlich ausgeräumt. Vorgestern Abend hat er auf jeden Fall noch gelebt.“

„Echt?“ Roth schaute völlig ungläubig. „Wie kommt Ihr denn darauf?“

„Die Tresortür. Alle Zutritte elektronisch gespeichert. Kranz war in dieser Nacht hier und deshalb spricht alles dafür, dass er selbst seine russische Haushälterin ins Jenseits geschickt hat.“

„Pah, Jenseits!“, stieß Marie aus. „Nenn es doch beim Namen, Gottfried. Abgeschlachtet hat er sie.“

Harald Roth nickte: „Damit hast Du wirklich recht. Ein solches Blutbad habe ich lange nicht mehr gesehen.“ Er zögerte: „Aber dann …, dann … wären die Spuren vom Mummelsee …“

„Falsche Fährten“, nickte Gottfried. „Man will uns glauben machen, dass Kranz tot ist.“

„Wer ist man?“, brachte es Marie auf den Punkt. „Sag doch einfach: Der Kranz selbst hat das alles inszeniert, um Zeit zu gewinnen und unbemerkt verschwinden zu können.“

„Be … be … begreif ich nicht“, stammelte Harald Roth. „Welchen Sinn ergibt das denn?“

„Genau diese Frage ist es, die uns umtreibt“, nickte Marie. „Und deshalb sitzen wir hier in der Sonne und arbeiten an unserer Erleuchtung. Am besten, Du störst uns nicht weiter dabei.“

Roth schüttelte irritiert den Kopf, machte auf dem Absatz kehrt und verschwand wortlos in Richtung seines Dienstwagens.

Gottfried schaute Marie an: „Also, Kranz lebt, aber wie kommen wir weiter?

„Es gibt noch viel aufzudecken“, erwiderte seine Kollegin. „Wir müssen über den Horizont hinausdenken. Ich geh jetzt erst mal in mich.“

Sie schaute sich kurz um, ging zu einem weiteren sonnenbeschienenen Plätzchen im Villenpark, ließ sich dort auf den kurzgeschorenen Rasen sinken, legte sich flach auf den Rücken, zog die Sonnenbrille aus den Haaren ins Gesicht und schloss die Augen.

Gottfried tat es ihr gleich, wählte unweit von Marie den Halbschatten unter einer dicken Buche und lehnte sich an deren silbergraue Rinde. Irgendwann dämmerte er ein.

Er kam erst wieder zu sich, als irgendetwas an seinen Fuß klopfte. Verwirrt schlug er die Augen auf.

Marie stand direkt vor ihm, hatte die Hände in die Hüften gestützt und tippte ihn vorsichtig mit ihrem Schuh an. „Kannst Du klarträumen?“

„Was soll das sein? Ein anderer Ausdruck für Hellsehen?“

„Ach, quatsch, lass dieses blöde Wort. Kennst Du es nicht? Sich bewusst in den Alpha-Zustand begeben, um das Unterbewusstsein zu aktivieren?“

„Du meinst Meditieren? So mit Mantra und was sonst noch dazugehört?“

„Ja, wie ich sehe, bist Du also im Bilde. Wer darin geübt ist, kann sich in kürzester Zeit in sich selbst versenken.“

„Das lernt man aber nicht auf einem alten Schwarzwaldhof im Kirnbachtal.“

„Nein, nicht direkt. Nicht mit diesen wissenschaftlichen Begriffen.“

„Aha, jetzt kommt die Altbäuerin Maria wieder ins Spiel.“

„Mach Dich nicht über meine Großmutter lustig! Sie hat mir unendlich viel mitgegeben.“

„Zum Beispiel?“

„Auf meine innere Stimme zu hören.“

„Also doch Alpha.“

„Vielleicht nur ein anderer Ausdruck dafür.“

„Und was hat sie Dir in der letzten halben Stunde gesagt, Deine innere Stimme?“

„Dass es kein Zufall ist, das mit dem Krall“, stieß Marie erregt aus.

Gottfried wurde schlagartig vollends wach.

„Gregor Krall? Wie kommst Du jetzt auf den? Wir waren doch bei Konrad Kranz.“

„Der ist verschwunden, genau wie der Krall. Fort sind sie, über alle Berge.“

„Und Du glaubst im Ernst, dass dieses volltätowierte Tauchmonster etwas mit dem Verschwinden von Kranz zu tun hat.“

Marie zuckte die Schultern. „Keine Ahnung, aber dass er überhaupt wieder in meiner Nähe aufgetaucht ist, geschah bestimmt nicht zufällig.“

„Sondern?“

„Auch das weiß ich noch nicht, doch ich werde es rausfinden!“ Maries dunkle Augen bekamen einen stechenden Blick. „Ich werde es auf jeden Fall herausfinden und wenn ich dahintergekommen bin, wird sich auch das Rätsel um Kranz lösen.“

Gottfried konnte diese Gedanken überhaupt nicht nachvollziehen. „Nein, das finde ich zu weit hergeholt. Der Krall und Du – okay, Ihr habt eine gemeinsame Vorgeschichte. Aber der Krall und der Kranz? Wo siehst Du da eine Verbindung? Wenn sich die Offenburger Taucher getraut hätten, wäre der doch gar nie in den Schwarzwald geschickt worden.“

„Ja, ja, Du hast recht. Vielleicht ist nur meine Phantasie mit mir durchgegangen. Aber zumindest war es kein Zufall, dass ich ihm wieder begegnet bin.“

Gottfried schaute seine Kollegin intensiv an: „Wenn Du damit sagen willst, dass wir erst die Spitze des Eisbergs sehen, dann gebe ich Dir recht. Vieles passt einfach nicht zusammen. Wieso will der Kranz uns suggerieren, dass er tot ist? Da liegt noch eine Menge im Verborgenen.“

„Siehst Du, das meine ich mit Ahnungen. Schau hinter Dich. Dieser alte Baum, an dessen Stamm Du gedöst hast – weißt Du, wie tief seine Wurzeln reichen?“

Gottfried zuckte die Schultern. „Auf jeden Fall weit in den Untergrund.“

„Genau und irgendwo in der Tiefe – in irgendeiner Tiefe – liegt die Wahrheit verborgen. Wir müssen sie nur nach oben holen.“

„Die Buche hat aber nicht mit mir gesprochen.“

„Sicher? Und wenn sie Dir geholfen hat, in Deinen eigenen Untergrund vorzudringen?“

„Puuh, das wird mir nun doch zu esoterisch.“ Gottfried atmete mehrere Male tief durch, dann meinte er: „Am besten gehst Du jetzt auf eine Zehn-Kilometer-Strecke.“

„Damit die Bewegung noch mehr von meiner inneren Stimme empor befördert? Gerne, komm doch einfach mit!“

Der Kommissar schüttelte den Kopf: „Damit es mir so geht, wie dem Hubert, der Dir hinterhergehechelt ist. Nein, danke. Lass uns zurückfahren. Du machst einen Lauf und ich einen Spaziergang mit Lucy.“

Marie lächelte. „Wenn Du den Hubert dann zum Nachtessen einlädst …“

16

Gunda war gerade dabei, zu kochen, als die Kommissare wieder in Baden-Baden eintrafen. „Wann möchtet Ihr essen? Es gibt frühsommerlich leichte Salatvariationen mit rosa gebratenen Wildentenbrüstchen."

Gottfried leckte sich die Lippen: „Genau das Richtige. Was Schweres könnten wir nach diesem heftigen Tag nicht vertragen. Aber vorher müssen wir dringend raus, den Kopf freibekommen. In zwei Stunden sind wir zurück und einen Gast bekommen wir auch noch."

„So ein baumstarker bärtiger Kerl?"

„Gunda, Du hast wieder voll ins Schwarze getroffen", lächelte Gottfried und pfiff nach Lucy.

Pünktlich zur vereinbarten Zeit traf auch Hubert Stadler ein. „Was hab ich gehört? Du hast eine Russin mit aufgeschlitztem Hals gefunden?"

Marie zog die Stirn in Falten: „Quer, lieber Hubert. Der Schnitt saß quer in der Kehle. Ging bis nach hinten zur Halswirbelsäule. Luftröhre, Speiseröhre, Schlagadern, alles durchtrennt, bis zu den Knochen. Mit ‚aufgeschlitzt' würde ich einen Längsschnitt bezeichnen."

„Ach was, Wortklauberei", gab Stadler zurück. „Auf jeden Fall war Eure Leiche leergelaufen. Musstet Ihr Gummistiefel anziehen wegen der Blutlache?"

„Zum Glück bereits angetrocknet“, antwortete Gottfried und schnitt auf seinem Teller eines der Entenbrüstchen durch. „Siehst Du dieses exzellente Meisterwerk aus Gundas Küche – innen noch wunderbar rosa“, zeigte er auf das Fleisch. „In der Speisekammer bei Kranz hatten wir nur schwarz, geronnen, verkrustet. Blutig rot war nicht mehr. Alles so dunkel wie der Mummelsee an seiner tiefsten Stelle.“

„Es gibt noch viele Rätsel zu lösen“, meinte Marie und spießte mit der Gabel einige Salatblätter auf. „Mummelsee, Kranz, Haushälterin. Uns wird garantiert nicht langweilig.“

Gottfried bemerkte ein Vibrieren seines Smartphones, das er neben sich gelegt hatte. „Hoppla, die Technik war aber flink.“ Er überflog schnell die Meldung: „Übereinstimmung! Die selbe DNA im Fahrerbereich des Range-Rovers und auf dem Papiertaschentuch unter dem Ausgussbecken. Leider ist sie noch nirgendwo gespeichert.“

Marie kombinierte blitzschnell: „Nicht von Kranz? Also hat sich auf jeden Fall eine weitere Person im Labor aufgehalten.“

Gottfried nickte: „Einverstanden. Aber wer? Der Kerl vom Mummelsee? Wenn die Blutspuren ein fake sind, dann war der Streit garantiert auch inszeniert.“

„Mit dem Kellner als zufälligem Zeugen“, dachte seine Kollegin weiter. „Gut durchdacht. Fast wären wir darauf reingefallen.“

„Glaubst Du, dieser Telczik war eingeweiht?“

„Hmm … eher nicht. Der schien mir wirklich glaubwürdig. Aber seine Gewohnheit, zum Rauchen rauszugehen, könnte dem Kranz durchaus bekannt gewesen sein“, sagte Marie. „Doch zurück zur Spurenlage in der Villa. Nichts Identisches in Küche oder Speisekammer?“

„Moment mal“, las Gottfried weiter. „Zwei der künstlichen Fingernägel waren abgebrochen … Diese Bruchstücke wurden auf dem Gasherd gefunden, … mit Anhaftungen, … da läuft die Analyse noch.“

„Abwehrkampf“, vermutete Marie.

„So ganz will mir der Tatort Küche nicht einleuchten“, grübelte Gottfried. „Nehmen wir mal an, Kranz und die zweite Person werden überrascht, als sie das Labor ausräumen. Wieso schafft es die Haushälterin dann bis in die Küche und wird erst dort niedergeschlagen?“

„Und zwar mit einer Pfanne, die man erst noch aus dem Regal ziehen muss?“, setzte Marie den Gedankengang fort. „Du hast recht, es wäre viel logischer, wenn sich das Ganze bereits im Keller ereignet hätte.“

Hubert Stadler hörte interessiert zu: „Ich kenne die Villa ja nicht, aber …“

Marie unterbrach ihn: „Das kannst Du Dir auch vorstellen, ohne dort gewesen zu sein. Petrowa hört etwas. Schaut nach. Kranz und Co. werden entdeckt, schalten sofort auf Angriff. Haushälterin flüchtet durch den Flur. Weiter als bis zur Treppe kann sie es niemals schaffen.

Bei der Verfolgung wird sie spätestens dort geschnappt und zu Boden gerissen."

„Von beschädigter Kleidung steht hier überhaupt nichts", antwortete Gottfried. „Folglich könnte die Frau bereits vorab ausgeschaltet worden sein."

Auf Maries Stirn standen Falten des intensiven Nachdenkens. „Also doch in der Küche, wo die Splitter der Fingernägel lagen. Eine naive Blondine, die geglaubt hat, sie könnte aus dem Milieu aussteigen und sich in Achern ins ‚Goldene Nest' setzen. Sie würde ihren Chef trotz Vermummung erkennen und wird deshalb vorsichtshalber kalt gemacht, weil sie ein zu hohes Risiko darstellt."

„Mann, was für eine schräge Geschichte", entfuhr es Gottfried. „Ist doch echt an den Haaren herbeigezogen. Wie sollen wir denn so was beweisen?"

„Wahrscheinlich nur, wenn Ihr den Kranz findet", verkündete Hubert Stadler. „Wenn das alles stimmt, wäre ich wirklich gerne dabei. Könnt Ihr mich nicht noch in die Ermittlungsgruppe Schwarzwald aufnehmen? Mein Arbeitsgebiet Umweltkriminalität ist zwar auch ganz nett, aber mit Euch …"

Gottfried fixierte für einen Sekundenbruchteil seine Kollegin, dann schaute er schnell wieder auf Stadler. „Willst Du wirklich die Inspektion 3 im Stich lassen? Wir sind vollkommen zufrieden, wenn Du für Notfälle parat stehst."

Hubert zuckte die Achseln: „Na, dann halt nicht. Ruft mich an, falls wieder mal jemand entführt wird."

Er sprach diesen Satz zwar völlig emotionslos aus, doch Gottfried registrierte haargenau, dass seine Mimik gar nicht zum Gesagten passte. Stand die in Zusammenhang mit dem leichten Glanz in Maries Augen?

17

Der nächste Tag begann bereits frühmorgens mit intensiver Aktenarbeit. Marie und Gottfried nahmen sich sämtliche bisher erstellten Berichte vor und diskutierten eingehend, welche Konstellationen in dieser unübersichtlichen Situation möglich wären.

„Auf jeden Fall sollen wir glauben, dass Kranz tot ist“, fasste der Kommissar zusammen. „Sonst wäre das Brioni-Sakko nicht derart offensichtlich am Mummelsee drapiert worden.“

„Samt iPhone in der Innentasche“, ergänzte seine Kollegin. „Alles viel zu deutlich. Okay, zwischenzeitlich ist klar, dass er noch lebt.“

„Abgehauen, geflüchtet, abgesetzt, aber wo finden wir ihn?“

„Hinter den sieben Bergen bei den sieben Zwergen?“, scherzte Marie.

„Ausland?“

„Auf jeden Fall versteckt er sich an einem sicheren Ort – kann im Ausland sein, muss aber nicht.“

„Wer hilft uns weiter? Welche Personen könnten Hinweise geben?“

„Die engsten Mitarbeiter, oder seine …“

„Genau, die Exfrau“, stimmte Gottfried zu. „Die sollten wir auftreiben. In den Unterlagen finden sich bisher allerdings keinerlei Angaben zu ihr. Ob der Harald was weiß?“

Maries Gesichtausdruck zeigte einen Anflug von Unmut. „Ach der Roth, der freut sich doch nur, wenn wir nicht alleine weiterkommen. Lass uns erst mal über das Melderegister recherchieren.“ Sie machte sich sofort an die Arbeit und konnte bereits nach wenigen Minuten Erfolg melden. „Kranz, Lilly, da hab ich sie. Bis vor zwei Jahren an der Villenadresse gemeldet, danach in … na … na …?“

„Wenn Du so fragst, garantiert hier in Baden-Baden.“

„Volltreffer!“ Marie stand auf und ging zur Wand, wo ein Stadtplan der Kurstadt hing. Sie zeigte auf eine Straße unweit des Friedrichsbads.

Gottfried nickte: „Kenn ich. Alte Bausubstanz, kernsaniert zu luxuriösen Eigentumswohnungen. Sonnige Halbhöhenlage, gar nicht weit vom Stadtzentrum.“

Marie sah ihn an: „Auch Objekte, die Dir gehören?“

„Ach …“, zögerte Gottfried.

„Verstehe“, lächelte seine Kollegin. „Über manche Themen spricht man nicht. Aber der Hubert kennt Deine Eigentumsverhältnisse bestimmt genauer.“

Gottfried schüttelte den Kopf: „Nein, nein, das ist kein großes Thema zwischen uns. In diesen Angelegenheiten halte ich mich ziemlich zurück. Die Häuser habe ich halt geerbt und bekomme natürlich ganz gute Einnahmen daraus, aber eigentlich interessieren sie mich nur sekundär.“

„Sonst hättest Du Deinen Kripo-Job längst an den Nagel gehängt und würdest nur noch auf die Jagd gehen."

Wie auf Kommando hopste Lucy bei diesem Wort aus dem Korb und stand erwartungsvoll schwanzwedelnd neben ihrem Herrn. Gottfried bückte sich und kraulte der Jack-Russell-Dame die Öhrchen. „Das ist normalerweise unser Startsignal, aber heute müssen die Rehböcke leider warten. Der Kranz hat Priorität."

„Also machen wir Hausbesuche."

„Fabrik oder Exfrau, womit sollen wir beginnen? Such es Dir aus."

Marie entschied sich für letzteres und schaltete ihren Rechner ab. Einige Minuten später verließ ein knallroter Mercedes das Anwesen von Gottfried Wald.

„Garantiert denkmalgeschützt", war Maries erster Eindruck beim Blick auf die historische Fassade aus der Belle Époque.

„Aber innen sind diese Häuser bestens renoviert und auf dem neuesten Stand der Technik", bestätigte Gottfried. „Alles Top für höchsten Wohnkomfort. Moderner Aufzug und sämtlicher elektronischer Schnickschnack."

„Ganz wie bei Dir daheim", lächelte Marie, „nur den Aufzug musst Du noch einbauen lassen." Sie betrachtete die Videosprechstelle neben der wuchtigen Eingangstüre und drückte auf den obersten Klingelknopf.

Es dauerte eine Weile, bis „Ja, bitte!“ aus dem Lautsprechergitter ertönte.

„Frau Kranz?“, fragte die Kommissarin.

„Was möchten Sie?“

„Kriminalpolizei, wir haben ein paar Fragen.“

Nach einer kurzen Pause kam: „Können Sie Ihre Dienstausweise in die Kamera halten?“

„Selbstverständlich“, gab Marie mit höchst freundlich zurück und präsentierte ihr scheckkartengroßes Dokument vor der runden Linse. Gottfried tat das selbe.

Es ertönte: „Danke, oberster Stock“ und gleichzeitig summte der Türöffner.

„Alles barrierefrei“, kommentierte Gottfried den Hauszugang ohne Treppenstufen und drückte den Taster neben der Aufzugtür. „Im heutigen Wohnungsbau ein absolutes Muss für Verkauf oder Vermietung. Objekte mit der Aussicht auf lebenslanges Treppensteigen sind kaum mehr an den Mann zu bringen.“

„Oder an die Frau“, zwinkerte Marie und tippte flink eine Nachricht in ihr Smartphone. „Eigentumsverhältnisse sind doch immer sehr interessant. Die lasse ich mal schnell recherchieren.“

Gottfried nickte: „Gute Idee, am besten auch die Nachbarhäuser.“

Der Aufzug hielt, die Kommissare traten ins Treppenhaus und schauten sich um. „Nur eine Wohnung hier oben“, stellte Marie fest. „Für die anderen Ebenen gab es jeweils zwei Klingeln.“

Die Tür gegenüber dem Lift öffnete sich und eine Frau undefinierbaren Alters musterte die Ermittler sekundenschnell mit einem kalten Blick von oben bis unten. „Bitte, kommen Sie herein."

‚Eisblond'. Dieses Wort durchfuhr Marie als erster Eindruck einer Mähne in ultrahellem Platin. Die stark geschminkte Lilly Kranz trug eine äußerst eng sitzende Designerjeans, eine stark taillierte hellblaue Bluse und waffenscheinpflichtig spitze schwarze Stilettos ohne Strümpfe.

Sie ging voraus bis zu einer ausladend großzügigen Designersitzgruppe aus weißem Leder. „Bitte, nehmen Sie Platz. Ich vermute, Sie kommen wegen Konrad."

„Ja, er wurde vermisst gemeldet, das wissen Sie sicherlich aus den Medien" bestätigte Gottfried. „Haben Sie noch Kontakt zu Ihrem Mann?"

„Exmann", kam scharf zurück. „Er hat mich vor zwei Jahren …"

„… eiskalt abserviert?", ergänzte Marie, sah dabei absichtlich an der Frau vorbei und betrachtete gleichzeitig das weitläufige, bis hoch zum Dachfirst geöffnete Wohnzimmer.

„Wenn Sie so wollen", zischte Lilly Kranz zurück. „Ist ja kein Geheimnis mehr, dass wir uns getrennt haben."

„Scheidung?", fragte die Kommissarin knapp und registrierte eine lange, in den Altbau integrierte Fensterfront mit beeindruckender Aussicht über die Kurstadt.

„Läuft."

Gottfried zog seine Stirn in Falten und schaute unwirsch zu Marie. In seinen Augen lag die eindeutige Aufforderung zu etwas mehr Zurückhaltung. „Treffen Sie ihn ab und zu?"

Erneut kam eine bissige Antwort: „Nur noch vor Gericht. Sonst will ich mit ihm nichts mehr zu tun haben."

„Sie verstehen sicher, dass wir uns ein möglichst umfassendes Bild über Herrn Kranz machen müssen, wenn unsere Suche erfolgreich sein soll."

„Ich kann Ihnen nicht viel Gutes sagen. Erkundigen Sie sich doch in Achern. Dort gibt es anscheinend jemanden, der ihm recht nahe steht."

Gottfried gab sich ahnungslos: „In der Firma?"

Ein kalter Blick traf ihn: „Nein, in der Villa natürlich. Sicherlich war es doch diese Russin, die ihn vermisst gemeldet hat?"

„Oh, Sie meinen seine Haushälterin?"

Lillys Gesicht unter der dicken Make-up-Schicht verdunkelte sich: „Haushälterin? Hat sich dieses Flittchen als Haushälterin ausgegeben? Pah, ich weiß genau, wo die herkommt."

„Osteuropa, der Sprache nach zu schließen. Ist ja nichts Ungewöhnliches bei Leuten in Dienstleistungsberufen."

„Dienstleistung?" Die Kranz bebte und ihre Stimme erklomm die nächsthöhere Oktave. „Fragen Sie doch mal, was für eine Art von Dienstleistung sie in den letzten Jahren angeboten hat."

„Um das herauszufinden, sind wir jetzt ganz alleine auf Ihre Informationen angewiesen, Frau Kranz."

Augenblicklich wurde Lilly blass. „Wie …, wie … muss ich das …?"

„… verstehen?" setzte Marie den Satz fort. „Valentina Petrowa kann uns leider nichts mehr sagen."

Gottfried fügte schnell dazu: „Wir haben sie leblos aufgefunden. Eindeutig Fremdverschulden."

Marie konnte sich nicht bremsen, fixierte ihr Gegenüber und fuhr sich gleichzeitig mit dem Zeigefinger einmal quer über den Hals.

Lilly Kranz erstarrte: „Umgebracht? Echt?"

Die Kommissarin nickte und verdrehte gleichzeitig die Augen: „Ein furchtbarer Anblick. Wenn ich nur daran denke, wird mir schon …" Sie sprang auf, gab kurz einen würgenden Laut von sich und schlug die Hand vor den Mund. „Mir wird ganz …, wo ist denn …?"

„Dritte Tür links", antwortete Lilly mit konsterniertem Blick und zeigte zum Flur. „So schlimm?"

Gottfried schaute sie eindringlich an: „Was wir in unserem Beruf zu sehen bekommen, ist manchmal kaum zu ertragen."

„Darf ich Ihnen etwas anbieten? Whiskey vielleicht?"

„Danke nein, der hilft höchstens kurzzeitig. Solche Anblicke …", er hielt sich die flache Hand vor die

Stirn, „… eingebrannt hier oben. Entweder man wir damit fertig, oder …"

„… oder?"

Gottfried suchte nach den richtigen Formulierungen: „Irgendwann ist das Maß eben voll. Meine Kollegin ist zwar noch jung, aber sie hat auch schon zuviel gesehen. Deswegen möchte ich Ihnen gerne die Einzelheiten ersparen." Er zögerte. „Oder sind Sie noch Miteigentümerin der Villa in Achern?"

„Äh … ja …, weshalb fragen Sie?"

„Saubergemacht haben wir nicht."

„Blut?"

„Viel Blut, sehr viel Blut", antwortete Gottfried leise und tonlos, dabei senkte er seinen Blick zum Boden. Glänzendes, unübersehbar hochpreisiges Kirschparkett, offenbar hartversiegelt gegen zerstörerisch spitze High-Heel-Absätze …

Ein entferntes Rauschen ertönte aus dem Hintergrund, eine Tür wurde ins Schloss gezogen und Marie kam wieder zurück. Mit einem Papiertaschentuch fuhr sie sich kurz über den Mund, sagte: „Danke. Entschuldigung, das hätte mir nicht passieren dürfen", und ließ sich wieder in die Lederpolster sinken.

Gottfried ging aufs Ganze: „Wem gehören die Kranz-Werke? Halten Sie auch Anteile?"

„Warum wollen Sie das wissen? Wegen den Entlassungen?"

„Alles, was mit Ihrem Mann … Entschuldigung, was mit Ihrem zukünftigen Exmann zu tun hat, ist für uns von größter Wichtigkeit.“

Lilly Kranz druckste etwas herum. „Die …, die … Werke sind natürlich eine GmbH. Beschränkte Haftung, Sie wissen schon. GmbH & Co. KG.“

„Im Insolvenzfall kein Zugriff auf Privatvermögen“, bestätigte Gottfried.

Die Frau fuhr fort: „Genau, begrenztes Risiko, falls mal was schief geht. Ist ja Usus im Geschäftsleben. Trotzdem interessieren mich die Werke überhaupt nicht mehr. Ich wollte ganz auf Nummer sicher gehen, habe mein Kapital herausgezogen und hier investiert.“ Sie zeigte in die Runde. „Dieses Haus und die beiden angrenzenden. Ich nehme an, Sie verstehen das.“

Marie nickte heftig: „Völlig nachvollziehbar, wenn man so behandelt wird.“

„Ach, was wissen Sie schon. Sie können sich überhaupt nicht vorstellen, was ich mit diesem herrschsüchtigen Kerl alles durchgemacht habe. Ich bin echt froh, dass es bald amtlich ist. Die Anwälte sind dran.“

„Gibt es gar keine persönlichen Kontakte mehr?“

„Nein, null, nichts!“

„Haben Sie Handynummern? Private, meine ich natürlich.“

Lilly Kranz schüttelte den Kopf.

„Oder kennen Sie Zufluchtsorte?“

„Was? Zufluchtsorte? Sie meinen …“

„Genau, einen Platz, an dem man sich verstecken kann und der sicher ist."

Die Frau schien krampfhaft zu überlegen. „Unser Chalet im Wallis vielleicht. Das wurde bereits komplett auf ihn überschrieben." Sie stand auf, ging zu einem Sekretär an der Wand und schrieb eine Adresse auf. „Hier bitte." Sie reichte Marie den Zettel. „Da können Sie ja mal nachschauen. Aber ich verstehe überhaupt nicht, wieso der Konrad verschwinden sollte, einfach so verschwinden?"

„Tja", verengten sich Gottfrieds Augen, „es gibt auch noch andere Möglichkeiten."

„Entführung, genau", entgegnete Lilly Kranz heftig. „Im ersten Moment dachte ich daran, dass er vielleicht wegen … ja, also …" Sie stockte für einige Sekunden, dann fuhr sie fort. „… wegen den Entlassungen, Sie wissen schon. Dass sich die Leute das nicht gefallen lassen und ihn sich deshalb schnappen …"

„Um ihm eine Abreibung zu verpassen?"

Die Frau nickte: „Von verschiedenen Rausgeworfenen habe ich da so einiges gehört."

„Noch Kontakt in die Fabrik?"

„Nicht direkt, aber ich habe meine Informanten."

„Das ziehen wir auch in Betracht, aber es wäre der harmlosere Fall", antwortete Gottfried. „Die Spekulationen gehen ja in eine andere, in eine viel schlimmere Richtung."

„Die Bilder von den Tauchern am Mummelsee? Ach was", schüttelte Lilly Kranz den Kopf, „das sind doch

Hirngespinste sensationslüsterner Journalisten. Nein, wenn die Pressefritzen ihre Meldungen derart vage formulieren, dann wissen die nichts, gar nichts. Oder haben Sie tatsächlich etwas Wichtiges hochgeholt, bei der Nachtaktion dort im See?"

„Eine Waffe", gab Marie bewusst preis. „Mit etwas Phantasie kann man die auf den Fotos erkennen."

Frau Kranz winkte ab. „War ja auch zu lesen, aber was sagt das schon? Ist Konrad tot? Haben Sie ihn irgendwo gefunden? Offensichtlich nicht, sonst würden Sie mir ganz andere Fragen stellen. Ehrlich gesagt, kann ich mir nicht vorstellen, dass irgendjemand Konrad umgebracht hat. Er ist zwar ein absolutes Scheusal, aber einen Grund, dass ihm jemand ans Leben wollte …, nein … wer hätte denn einen Vorteil daraus? Stellen Sie sich doch bloß vor, was ohne ihn mit den Kranz-Werken geschehen würde. Auch nach der Entlassungswelle arbeiten noch viele hundert Menschen dort."

„Das hört sich ja ganz so an, als wären Sie innerlich immer doch noch ein wenig mit der Firma verbunden."

Ein wenig verlegen überlegte die eisige Lilly Kranz, was sie sagen sollte. „Sie kriegen es ja doch raus."

„Davon können Sie ausgehen. Besser Sie machen jetzt gleich reinen Tisch", antwortete Marie, ohne auch nur die geringste Ahnung zu haben, was kommen könnte.

Frau Kranz senkte ihren Blick: „Konrad war früher mein Chef."

Gottfried und Marie schauten sich an, sagten aber nichts. Da fixierte Lilly die junge Kommissarin und zeigte auf Gottfried: „Stellen Sie sich mal vor, Sie würden ihn da heiraten."

„Au", entfuhr Marie spontan, dann lachte sie ihren Kollegen an, „das wäre ein Knaller!"

„Ja genau, damals, vor fast zwanzig Jahren gab es auch ein ziemliches Aufsehen."

„Waren Sie seine Sekretärin?", wollte Marie wissen, doch mit dieser unüberlegten Frage hatte sie in ein Wespennest gestochen.

„Nein", entgegnete Lilly Kranz scharf. „Ich bin Ingenieurin, genau wie Konrad."

„Ach, dann kennen Sie sich möglicherweise schon seit dem gemeinsamen Studium?"

„Ja."

„Und Sie waren schon damals miteinander …"

„… verbandelt! Ja, wenn Sie es genau wissen wollen!"

„Und sie konnten sich erfolgreich in die Kranz-Werke einschmuggeln?"

„Nein, er hat mich geholt", sagte Lilly empört. „Seine erste Ehe war am Ende. Kurz und schmerzhaft. Er hatte sich in eine eiskalte Frau verguckt und die hatte ihm gleich ein Kind angehängt."

„Eiskalt", wiederholte Marie und sandte Gottfried einen bedeutungsvollen Blick. „Auch Eisberge schmelzen, wenn es zu heiß wird."

„Und nun ist auch die nächste Ehe des Konrad Kranz am Ende“, fuhr der Kommissar fort. „Sie haben erst gewonnen und jetzt verloren.“

„Alles relativ. Geld macht attraktiv. Die Frauen sind auf ihn geflogen, wie die Bienen auf den Honigtopf, und er hat nie die Finger davon lassen können. Das wusste ich, aber man macht sich halt so seine Illusionen.“

„Dass er sich ändern würde?“

„Natürlich, was denn sonst. Erst wollte ich es nicht wahr haben, dann hab ich darüber weggesehen und so getan, als würde es mich nicht interessieren, aber schließlich wurde es mir doch zu bunt.“

„Ich dachte, er hat Sie …“

„Rausgeworfen? Ja, das wird wohl so getratscht. Ja und nein. Eins kam zum anderen, und ich habe mir eben nicht alles gefallen lassen. War schon länger klar, worauf es hinauslaufen würde.“

„Deshalb haben Sie sich aus der Firma zurückgezogen?“

Lilly Kranz nickte: „Im Laufe der Zeit bin ich zur Mitgesellschafterin geworden. Natürlich hatte ich nur einen kleineren Anteil. Trotzdem hat er kräftig bluten müssen und demnächst kostet ihn die Scheidung nochmal eine nette Kleinigkeit.“ Ein kalter Glanz zog über ihre wasserblauen Augen. Schaffte sie es gerade, die Emotionen wieder zu kontrollieren?

Marie ging auf Angriff: „Wer erbt?“ Diese Frage knallte wie ein Schuss in den Raum und brachte die Kranz von Neuem aus dem Konzept.

„Wie …, was …, weshalb erben? Konrad ist nicht …, also er kann überhaupt nicht …, nein, das glaube ich auf gar keinen Fall.“ Während Lilly Kranz das sagte, wurde sie immer leiser und ließ sich tiefer in ihren Ledersessel sinken. „Oder wollen Sie mir schonend beibringen, dass er doch …? Nein, nein“ sagte sie, „nein, das darf nicht sein.“

Gottfried erhob sich: „Bis jetzt haben wir keine Sicherheit, aber wir müssen jede Möglichkeit in Betracht ziehen. Leider. Ausschließen lässt sich gar nichts.“

Er legte seine Karte auf die Steinplatte des Couchtisches. „Rufen Sie uns an, falls Ihnen noch was einfällt. Ich denke, wir sollten uns jetzt verabschieden.“ Dann reichte er Lilly Kranz seine Hand: „Danke für das Gespräch, wir finden raus.“

„Haben wir sie mit unseren Fragen aus dem Konzept gebracht?“, überlegte Marie, als die beiden Ermittler wieder im geparkten Wagen saßen.

„Grenzwertig“, antwortete Gottfried. „Echt grenzwertig, deine Methoden. Die sind manchmal fast brutal. Nein, wirklich nicht vom Feinsten.“

„Aber sie führen zum Ziel! Schau mal, was ich hier hab.“ Sie zog zwei Klarsichttüten aus der Schenkeltasche ihrer Hose. „Abfluss und Mülleimer.“

„Aus der Toilette?“

„Äh, nein, ich muss mich wohl in der Tür geirrt haben“, grinste die Kommissarin. „Bad statt Gästeklo.“

„Mann", entsetzte sich Gottfried. „Das geht doch nicht."

„Ein Blick und ich war im Bild. Zwei Zahnbürsten, Rasierzeug und Herrenkosmetik – diese Kranz wohnt da nicht alleine. Zumindest nicht immer."

Gottfried hob die Schultern. „Vielleicht hat sie sich einen Liebhaber angelacht. So gestylt, wie sie ist, traue ich der das durchaus zu. Ist ja wohl nicht verboten?"

„Garantiert einen Jüngeren, bei diesem Outfit. Passte aber leider nun gar nicht zu den Falten am Hals."

„Genauso wenig wie die superenge Jeans zu den Schwimmringchen am Hosenbund."

„Ach, Du hast sie Dir also doch genauer angeschaut."

„Natürlich, exakte Beobachtung ist schließlich unser Job."

„Und, hat sie Dir gefallen? Schließlich gehört Ihr beide ja zur selben Schicht. Die Wohlhabenden der Kurstadt an der Oos."

Gottfried schüttelte sich und schmunzelte: „Auch wenn ihre Edelbluse um mindestens zwei Knöpfe zu weit geöffnet war … Viel zuviel Schein und viel zuwenig Sein. Wahre Schönheit kommt stets von innen – falls es das ist, was Du hören wolltest."

„Selbstverständlich – wehe Du hättest etwas Anderes gesagt", strahlte Marie und warf ihrem Kollegen auf dem Beifahrersitz schnell ein Kusshändchen zu.

Gottfried lächelte ebenfalls, kehrte aber umgehend wieder zum Thema Lilly Kranz zurück. „Hat sie uns was vorgemacht, oder konnten wir sie wirklich aus der

Reserve locken? War der Eisberg tatsächlich am Schmelzen? Wie beurteilst Du das, was sie uns gesagt hat?“

„Ich lasse mich einfach nicht gerne für dumm verkaufen. Die hat hundertprozentig Kontakt zu ihrem Fast-Exmann.“

„Und wie kommst Du darauf? Sie hat ihn doch als herrschsüchtiges Scheusal bezeichnet.“

„Richtig, das hat sie gesagt. Verbal, rein verbal,“

„Der eiskalte Blick in ihren Augen würde dazu passen.“

„Aber zwischendurch hat sich mir ein anderer Eindruck aufgedrängt. Tonfall und Körpersprache haben nicht immer zum übrigen Verhalten gepasst.“

„Genau, diese Vorstellung war wirklich ambivalent. Ich sag Theater dazu.“

„Du denkst also auch, die Kranz hat uns was vorgespielt?“

„Mit dem Ziel, uns zu verwirren. Mal dachte ich, sie hasst ihn zutiefst, mal hatte ich das Gefühl …“

„Dass da doch noch was ist?“

„Alte Liebe rostet nicht“, nickte Gottfried. „Wenn die sich schon seit dem Studium kennen, haben sie so viel miteinander erlebt, dass sie sich niemals endgültig trennen.“

„Sprichst Du aus Erfahrung?“

Der Kommissar schloss die Augen, atmete tief durch. Eins …, zwei …, drei … – mit ernstem Gesicht sagte er: „Es hat ja keinen Sinn, wenn ich vor Dir große

Geheimnisse habe. Außerdem hat der Hubert auch schon viel verraten. Eine Ehe, die schief ging und ein paar nette Bekanntschaften, aber auf Dauer möchte ich lieber selbstbestimmt sein. Ich glaube, da sind wir uns recht ähnlich."

Seine Kollegin lehnte sich zurück: „Ach, wenn der Richtige käme …"

„Der Richtige? So ein richtig kräftiger Zwei-Metermann mit richtig männlichem Vollbart zum Beispiel?", wollte Gottfried wissen.

Marie saß plötzlich kerzengerade und schaute ihm in die Augen: „Ja, den finde ich sehr sympathisch, echt!"

Jetzt lächelte der Kommissar wieder: „Na dann …"

„Wie, mehr fällt Dir nicht ein, als ‚na dann'?"

„Doooch", kam die Antwort: „Tu was!"

„Ja", gab Marie spontan zurück. „Jetzt tun wir beide was und bringen diese Tüten hier ins Labor. Ab nach Offenburg!"

18

„Unser Sonnenschein!“, wurden die beiden von den Technikern begrüßt. „Dass Du damit nicht gemeint bist, Gottfried, ist ja wohl klar“, meinte der korpulente Kollege, der ohne zu engen Schutzanzug wesentlich besser aussah. „Was habt Ihr uns denn Schönes mitgebracht?“

Marie reichte ihm die Tüten und füllte einen Protokollbogen aus.

Beim Blick auf die Angabe der Örtlichkeit stutzte der Techniker. „Schwarzwald? Gehts auch etwas genauer? Der Schwarzwald ist schließlich ganz schön groß.“

„Kein Problem“, grinste Marie. Sie nahm den Kugelschreiber wieder zur Hand und schrieb: ‚Fundort 1‘, sowie ‚Fundort 2‘, dahinter jeweils: ‚siehe Protokoll‘.

„Welches Protokoll?“

„Muss noch geschrieben werden.“

Jetzt wurde der Dicke erst recht misstrauisch: „Sagt mal, habt Ihr was ausgefressen? Nicht, dass ich da mit reingezogen werde.“

„Keine Sorge“, beruhigte ihn Gottfried. „Besser, Du weißt nicht, was ich mit der Marie schon so alles erlebt habe. Dagegen sind diese Beweismittelchen hier extrem harmlos.“

„Euer Villeneinbruch hat sich bereits rumgesprochen. Wenn mir niemand deswegen an den Karren fahren kann, dürft Ihr mir ruhig alles anvertrauen. Für weitere Storys bin ich immer zu haben."

Die Kommissarin lächelte kryptisch: „Ein paar Geheimnisse aus den dunklen Wälder und Seen behalten wir lieber für uns. Nicht, dass Du zum Mitwisser wirst und dein Chef Dir noch was anhängt. Die Einzigen, die wirklich freie Hand haben, sind Gottfried und ich. Der Schwarzwald gehört uns!"

„Ach was, Ihr seid echte Outlaws?"

„Mit eigenen Gesetzen! Worauf Du Dich verlassen kannst!"

Der Techniker warf einen vielsagenden Blick zu Gottfried, doch der gab sich völlig unbeteiligt. „Ich hab gar nicht richtig zugehört. Mach Dich doch lieber mal an die Analyse."

Zwei kleine Edelstahlschalen wurden bereitgestellt und die Inhalte der Tüten hineingeschüttelt. „Eine Rasierklinge, zwei Wattestäbchen, ein Haarbüschel. Okay, wonach soll ich suchen?"

Marie beugte sich vor und zischte ihm ins Ohr: „Express-DNA, was denn sonst! Schaffst Du das selbst, oder müssen wir wieder unsere heißen Drähte aktivieren."

„Kein Problem mehr. Seit Eurem letzten Auftrag wissen die in Stuttgart: bei Schwarz und Wald – alles andere liegen lassen!"

„Also, zügig ans Werk", forderte ihn Gottfried auf. „Ach, und sag denen, zu den Fingernägeln haben wir noch kein Ergebnis bekommen."

„Die beiden Bruchstücke auf dem monströsen Gasherd? Moment, da kam vor ein paar Minuten die Mail …“ Er ging zum Computer. „… Sekunde noch …, ja, hier … 99,8% Übereinstimmung mit …, na …?“

„Kranz, Konrad“, stieß Marie aus.

„Nein, leider nicht. Petrowa, Valentina.“

„Mist“, stampfte Marie mit dem Fuß auf. „Wäre doch zu schön gewesen, wenn sie ihn im Abwehren gekratzt hätte. Schade, wirklich schade.“

„Tut mir leid, alle Wünsche gehen eben nicht in Erfüllung“ zuckte der Techniker die Achseln und wandte sich wieder den Metallschalen zu. „Ich mache kurz die Vorbereitungen, dann könnt Ihr die Proben selbst nach Stuttgart bringen.“

„Was? Wir? Nach Stuttgart?“, entsetzte sich Marie und auch Gottfried wollte davon nichts wissen: „Als Kuriere sind wir nun wirklich etwas überbezahlt. Wenn Ihr niemanden habt, der fahren kann, dann schickt es eben per Taxi.“ Doch da fiel ihm Marie ins Wort: „Halt, kein Taxi. Ist okay. Wir sollten ja längst mal wieder dort aufkreuzen.“

Und so kam es, dass eine hochmotorisierte rote Limousine der C-Klasse auf der Autobahn in Richtung Landeshauptstadt raste. Permanent linke Spur, Sondersignal in zwei Staus, mit Blaulicht über mehrere rote Ampeln, in Rekordzeit am Ziel eingetroffen.

Gottfried war leicht blass um die Nase, als er ausstieg. „Würdest Du für die Heimfahrt vielleicht mir den Platz am Steuer überlassen?“

„Nix da“ bestimmte Marie mit einem schadenfrohen Grinsen, „auch wenn Du Dich so am Handgriff verkrampfst, dass die Knöchel weiß werden: Deine Karre: Du fährst. Meine Karre: ich fahre! Kotztüten: Fehlanzeige!“

Mit unsicherem Gang folgte der Kommissar seiner gertenschlanken schwarzhaarigen Kollegin zum Eingang des Landeskriminalamtes.

Im Labor ging alles sehr schnell. „Wieder was zum Fall Kranz? Her damit, erledigen wir sofort mit höchster Priorität.“ Wenige Minuten später waren die Formalien erledigt und die beiden Schwarzwald-Ermittler auf dem Weg zu ihrem Chef.

Normalerweise stellte das Vorzimmer eine immense Hürde dar, wenn ein Mitarbeiter auf die Idee kam, Ludwig Lanz spontan und sofort sprechen zu wollen. Bei Marie und Gottfried ergaben sich aber keinerlei zeitliche Verzögerungen. Auch ohne Anmeldung konnten sie direkt zum Büro des Kriminaldirektors durchgehen.

„Was muss ich sehen“, freute sich Lanz und stand schwerfällig von seinem Schreibtischsessel auf. „Meine beiden besten Kräfte und sie kommen auch noch freiwillig in die Höhle des Löwen.“

„Vorsicht Gottfried“, sagte Marie zu ihrem Partner, bewusst so laut, dass Lanz es hören musste, „wenn er uns Honig ums Maul schmiert, wirds gefährlich.“

„Ach was“, meinte der Direktor und umarmte die beiden nacheinander, „beste Kräfte, so nenne ich mittlerweile alle meine Perlen. Hebt die Motivation ungemein. Sagt schon, was führt Euch persönlich zu mir?“

„Die Sorge um Deine lädierte Hüfte natürlich“, antwortete Gottfried. „Wolltest Du nicht längst operiert sein.“

„Ach“, winkte Lanz ab, „sprechen wir von was Anderem. Ich bin ein Feigling und hab schon zum zweiten Mal abgesagt.“

„Sind die Schmerzen noch auszuhalten?“

„Die Pharmaindustrie hilft.“ Er zeigte zu zwei Stühlen auf der Vorderseite seines Schreibtisches. „Bitte, nehmt Platz. Was kann ich für Euch tun?“

„Du hältst uns den Rücken frei, das reicht“, lachte Gottfried. „Und ansonsten sind wir froh, so wunderbar weit von der Zentrale entfernt arbeiten zu können.“

„Also war es eine gute Entscheidung, Euch in die Freiheit zu entlassen.“

„Absolut“, bestätigte Gottfried. „Oh Schwarzwald – oh Heimat, wie sind wir zufrieden.“

„Du auch?“ Lanz schaute Marie an. „Heute so schweigsam, das fällt mir direkt auf. Was ist denn mit Dir los?“

„Keine Probleme im Team“, kam die Antwort. „Bei uns beiden ist alles paletti, aber …“

„Ja …?

„Es gibt etwas, das mich die ganze Zeit beschäftigt. Seit der Tauchaktion am Mummelsee.“

Ludwig Lanz' Gesichtsfarbe veränderte sich ganz leicht ins Rötliche. „Jaaa", sagte er gedehnt. „Da wolltest Du doch mit ins Wasser, aber dann …"

„Hab ich es untersagt", antwortete Gottfried schnell. „Altlast Gregor Krall. Konnte ich nicht verantworten, die beiden zusammen in die Tiefe gehen zu lassen. Dass die Entscheidung richtig war, zeigt ja der weitere Fortgang mit der Entführung meiner Gunda."

Lanz nickte, sagte aber nichts.

Gottfried runzelte die Stirn: „Ist der immer noch flüchtig?"

Der Kriminaldirektor zögerte, was gar nicht zu seinem sonst so offenen und spontanen Verhalten passte. Offensichtlich suchte er nach den passenden Worten.

Marie blickte ihn kritisch an: „Du weißt doch mehr! Stimmts?"

„Wir vermuten ihn in Frankreich", antwortete Lanz langsam. „Dort wurde dieser gestohlene Wagen gefunden."

„Genau, das wissen wir, der grüne FIAT", nickte Gottfried.

In Maries Kopf schossen die Gedanken wirr durcheinander. „Ich …, ich …, damit komme ich einfach nicht klar. Wieso ist dieser Kerl überhaupt am Mummelsee aufgetaucht? Ich glaube nicht an Zufälle", stieß sie erregt hervor.

Ludwig Lanz senkte den Kopf und betrachtete scheinbar intensiv die Holzmaserung seiner Tischplatte. Dann blickte er zu Marie. „Ich will Dir nichts vormachen. Du hast mir schon einmal aus der Klemme geholfen, aus einer ganz großen Klemme sogar, als die mir ans Leder wollten …, deshalb …“

„Deshalb?“, echote die Kommissarin stark angespannt.

„… deshalb habe ich die Gelegenheit genutzt, als die Ortenauer Taucher nicht wollten und ihn zu Euch geschickt.“

„Versteh ich nicht“, schüttelte Gottfried den Kopf. „Der hat doch schon für seine Untaten gebüßt und wurde zu den Tauchern versetzt.“

„Aber nicht für alle Untaten!“ Ludwigs Gesichtshaut verfärbte sich jetzt zu einem erschreckend dunklen Rot. Mit der flachen Hand klatschte er auf den Schreibtisch. „Ich kann es ihm eben nicht beweisen, verdammt nochmal!“

Maries Augen wurden groß und größer. Sie sprang auf und stellte sich vor den Schreibtisch ihres Chefs. „Sag, dass das nicht wahr ist. Los, sag es!“

„Leider doch“, kam kleinlaut zurück. „Ich kenne niemanden, der das schaffen könnte, niemanden außer Dir.“

„Du wolltest, dass er wieder mit mir zusammentrifft, mich erkennt und dass die Situation dann eskaliert?“

Lanz blieb erst stumm, dann nickte er. „Ich glaube fest, dass er es war, der mich damals in die Falle gelockt hat, um mir was anzuhängen. Der Krall ist von der Stuttgarter Rotlichtmafia gekauft.“

„Als Drecksarbeiter einer Zuhältergang?“ Jetzt sprang auch Gottfried auf. „Dann ist ja klar, wieso er es war, der diese Pistole gefunden hat. Irgendein Handlanger hat sie für ihn schnell noch versenkt, als bekannt war, dass er dort tauchen muss. Der beste Weg, um den Verdacht für die beiden Morde von sich selbst abzulenken. Unglaublich!“

„Die hat er garantiert auf dem Gewissen“, stieß Lanz aus. „Konkurrenz ausschalten, das liegt auf der Hand. Glasklar! Aber Beweise? Null! Der Krall weiß natürlich ganz genau, was er zu tun hat.“

„Und ich sollte für Dich die Kohlen aus dem Feuer holen?“ Marie Stimme bebte. „Wie hätte das denn gehen sollen? Ohne Absprache, ohne Information, ohne die Zusammenhänge zu kennen? So was funktioniert doch nie!“

„Und fast wäre meine Haushälterin dabei draufgegangen“, erregte sich nun auch Gottfried immer mehr. „Das war ja völlig unverantwortlich!“

Der Kriminaldirektor hing jetzt wie ein Häufchen Elend in seinem Sessel. „Könnt Ihr mir verzeihen? Ich habe total falsch reagiert.“

Marie stampfte wütend zum Fenster. „Du hast darauf gesetzt, dass er auf mich losgeht und ich ihn dabei ausschalte? Was?“ Sie drehte sich um und schrie ihren Chef an: „Hätte ich ihn erschießen sollen? Notwehr? Von Dir geplante Notwehr? Oder hätte Gottfried …? Das ist die Höhe, echt die Höhe!“

Lanz hob die Hände: „Nein, bitte, so nicht. Das war ehrlich nicht meine Absicht."

Die Kommissarin schoss wieder zum Schreibtisch: „Was dann?", fauchte sie.

„Irgendwie …, in der Situation …, wenn er Dich wiedersieht …, manchmal platzt ja da ein Knoten."

„Mir platzt gleich der Kragen!" Voll höchster Erregung zitternd krallte sich Marie an der Holzplatte des Schreibtisches fest und funkelte Ludwig Lanz böse an. „Du hast mich ins offene Messer laufen lassen! Weißt Du das eigentlich? Du, hier in Deinem bequemen, gepolsterten Sessel. Der Krall hätte mich doch glatt auf den Grund des Mummelsees geschickt, wenn ich mit ihm getaucht wäre. Das ist ja unfassbar!"

Der Direktor wurde immer blasser. „Bitte …", streckte er seine Hände aus. „Ich kann nur bitten. Um Verzeihung. Es war ein ganz großer Fehler, was ich getan habe. Unüberlegt, vollkommen unüberlegt."

Gottfried legte Marie die Hand auf die Schulter. Unwirsch schlug sie ihn weg und fuhr auf dem Absatz herum. „Lass mich! Ich muss raus! Raus hier aus diesem verlogenen Büro!" Voller Wut rannte sie durch den Raum, riss die Tür auf und schlug sie mit voller Wucht hinter sich wieder zu.

Bei Ludwig Lanz stand der Schweiß in dicken Tropfen auf der Stirn. „Kann ich das irgendwie wieder gut machen?"

„Diese Frage werde ich Dir nicht beantworten", sagte Gottfried mit versteinerter Miene und reichte seinem langjährigen Weggefährten die Hand. „Marie braucht mich jetzt.“ Auch er verließ das Chefbüro, allerdings ohne die Tür zu knallen.

Er fand Marie in ihrem Dienstwagen. Vorsichtig öffnete er die Beifahrertür und stieg ein. Sie hatte den Kopf auf das Lenkrad gelegt und schluchzte hemmungslos. Erst sagte keiner der beiden etwas. Dann schaute Marie wieder empor. Mit dem Taschentuch, das ihr Gottfried reichte, fuhr sie sich über die Augen. „Er hat Dein Vertrauen missbraucht. Das gehört zum Schlimmsten überhaupt, was einem Menschen passieren kann.“

Ein neuerlicher Weinkrampf schüttelte Marie. „Lass uns heimfahren“ sagte sie und reichte ihrem Kollegen den Zündschlüssel. „Weg von hier. Heim in den Schwarzwald.“

Ludwig Lanz war nicht schnell genug. Als er auf dem Parkplatz ankam, sah er nur noch die Rücklichter des roten Wagens.

19

„Ich muss jetzt heim, ganz heim“, sagte Marie mit immer noch geröteten Augen, als die beiden wieder Baden-Baden erreicht hatten und Gottfried in die Straße zu seinem Haus einbog. „Das muss ich erst mal verarbeiten.“

„Du kannst gerne auch hier …“

Die Kommissarin schüttelte den Kopf: „Nein. Einen Tag Auszeit musst Du mir schon geben.“

„Selbstverständlich. Tu, was Dir gut tut. Kannst Du selbst fahren? Oder soll ich Dich …?“

„Nein, jetzt gehts wieder. Bis nach Kirnbach schaffe ich's noch.“

Am Tor seines Anwesens stoppte Gottfried und reichte Marie die Hand. „Ruf mich an, wenn ich Dir helfen kann. Ich komme sofort.“

„Weiß ich“, antwortete sie, stieg aus, ging ums Auto und nahm auf dem Fahrersitz Platz. „Das weiß ich. Bis bald.“

Nachdenklich sah er der abfahrenden Limousine hinterdrein.

Lucy brachte Gottfried Wald umgehend auf andere Gedanken. Er nahm den kleinen weißen Hund auf den Arm. „Wir nehmen uns jetzt auch eine kleine Auszeit. Ab in den Wald!“

Schnell wechselte er seine Kleidung von kriminalschwarz auf tarngrün, sagte Gunda Bescheid, nahm eines seiner Jagdgewehre aus dem Stahlschrank und ging, von einer fröhlich auf- und abspringenden Lucy begleitet, in Richtung Garage. Frech nahm die kleine Hündin auf dem lederbezogenen Beifahrersitz des schlammbespritzten Geländewagens Platz. „Runter!", wies ihr Gottfried den Fußraum zu und setzte das kantige G-Modell in Bewegung.

Marie wusste nicht wieso, aber sie entschied sich in der Innenstadt von Baden-Baden spontan dafür, den Wegweiser Richtung Autobahn zu ignorieren. Stattdessen steuerte sie in die entgegengesetzte Richtung der Bundesstraße 500. ‚Schwarzwaldhochstraße' war immer wieder zu lesen. Ja, sie spürte das Bedürfnis nach Höhe. Sie wünschte sich jetzt, oben zu sein, in frischer klarer Bergluft. Oben zu sein und auf alles hinunter zu sehen. Das würde ihr helfen.

Vorbei am imposanten Weißtannengebäude der Geroldsauer Mühle, folgte bergwärts sie immer weiter den Kurven der Hochstraße, passierte die Bühlerhöhe, danach Sand und Unterstmatt. Ein Hungergefühl stieg in ihr auf und obwohl sie es eigentlich gar nicht beabsichtigt hatte, bog sie beim Berghotel Mummelsee auf den Parkplatz ein.

Wie an jedem schönen Sonnentag wimmelte es nur so von Ausflüglern. Marie schulterte ihren kleinen Rucksack, bahnte sich einen Weg zwischen den vielen

Besuchern hindurch, kaufte zwei kleine Flaschen Wasser und einige Bauernbratwürste.

Am Rundweg um den See verteilte sich die Menschenmenge. Die Kommissarin ging ein Stück entlang und blieb ab und zu stehen, um die verschiedenen dort installierten Kunstwerke zu betrachten. Auf einem einladend sonnenwarmen Stein nahm sie Platz, stillte ihren Durst, verzehrte ein Paar der Geräucherten und zwei Handvoll Haselnüsse, von denen sie als Notration immer eine Tüte im Rucksack hatte. Entspannt ließ die Bauerntochter aus dem Kirnbacher Oberen Schulzenhof ihren Blick über den Mummelsee schweifen. Dunkles Auge voll schwarzem Wasser, überspannt von einem klaren blauen Himmel, dazwischen am steilen Hang die dunkelgrünen Kronen der Bergfichten. Dort drüben das seit einigen Jahren nach dem Brand wieder aufgebaute Berghotel. Auf einmal wusste sie, wie sie auch unter diesen vielen Menschen hier wirklich zur Ruhe kommen konnte.

Marie stand auf und ging Richtung Hotel. Sie lächelte dem übergroßen, von Urlaubern umlagerten grüngewandeten Mummelseegeist zu, bog rechts ab und trat auf den Holzsteg. Für eine ganze Stunde bezahlte sie den Obolus und bestieg eines der farbigen Tretboote, die dort festgemacht waren.

Erst trat sie langsam, dann immer schneller in die Pedale. Das Wasser des dunklen Sees schäumte weiß am Heck des Bootes. Je schneller sie fuhr, umso größer wurde der Widerstand, den sie spürte. Marie fühlte, wie ihr die Anstrengung zusetzte. Sie gab das Maximum an Kraft, die in ihren Beinen steckte. Eine ungewohnte Anstrengung. Beim Laufen hatte sie das Gefühl der Schwerelosigkeit, ja, sie meinte oft, über den Waldboden zu schweben. Hier im Tretboot musste sie kämpfen, gegen das Wasser ankämpfen.

Nach fünf Minuten Höchstgeschwindigkeit war sie ganz außer Puste, zudem schmerzten Ihre Oberschenkel und Waden. Sie trat langsamer und versuchte, ihren stossweisen Atem zu kontrollieren. Sie schnaufte tief durch und schaute sich um. Ja, das war ungefähr die Mitte des Sees. Ob der tiefste Punkt direkt unter ihr lag? Dort, wo das geheimnisvolle, mit Muscheln verzierte Schloss des alten Seekönigs zu finden war? Noch nie hatte es ein Mensch erblickt. Eigentlich wäre sie zu gern mitgetaucht, vor einigen Tagen. Ob er sich ihr gezeigt hätte?

Marie schloss die Augen, lehnte sich zurück und stellte sich vor, wie sie in die Tiefe hinunterglitt. Langsam, ganz schwerelos, mit der Ruhe und Eleganz eines großen majestätischen Hechts, der nur ab und zu einen Flossenschlag brauchte, um vorwärts zu kommen. Ob der Palast zugewuchert war? Mit Schlingpflanzen und Schilf? Ob es ein Tor gab? Am Eingang zum Reich des Herrschers und seiner Nixen?

Marie ließ sich jetzt einfach treiben, ohne weiter zu treten. Andere Boote waren weit weg, hielten sich mehr in Ufernähe. Kein Problem, wenn sie ihrer Müdigkeit nachgab und für einige Augenblicke ausruhte.

Plötzlich fühlte sie, wie das Boot sich von selbst bewegte. Ganz langsam, eine unsichtbare Hand zog es vorwärts. Ohne, dass sie zum Steuer gegriffen hätte, drehte ihre kleine Barke nach links und beschrieb so eine Kreisbahn. Erst weit und in gemächlicher Geschwindigkeit, dann enger und schneller werdend, schließlich ganz eng und rasend schnell. Marie krallte sich am Sitz fest, völlig unfähig, sich zu rühren. Sie war dem Wasserwirbel schutzlos ausgeliefert. Jetzt neigte sich das Boot. Mit der Spitze voran wurde es in einen tiefen offenen dunklen Schlund gesogen. Ein gewaltiger Strudel bis auf den Grund des Sees zog die schwarze Marie in die Tiefe. Panisch versuchte sie, zu treten und zu steuern. Vergeblich. Enge in ihrer Brust. Stakkato des Herzschlags im Hals. Jetzt drohte das Boot zu kippen. Das war ihr Ende! Vom Mummelsee verschluckt. Entsetzt riss sie die Augen auf …

Immer noch trieb die rotgekleidete Kommissarin still und friedlich mitten auf dem völlig ruhigen Gewässer, doch nun war sie vollkommen durcheinander.

Unfassbar!

Marie hechelte vor Erregung. Kurz und schnell atmete sie aus und ein. Hatte gerade der Nix nach ihr gegriffen? Wollte er sie zu sich holen? Zu seinem Thron, besetzt mit Perlen und Edelsteinen? Sollte das etwa ein Zeichen sein, dass sie doch noch runtertauchen müsste? In diese schwarze kalte Tiefe? Lag der Kranz vielleicht doch dort unten? Nein, der war ja noch am Leben. Oder doch nicht mehr? Hatte man ihn von einem Boot aus versenkt? In einem Sack, gefüllt mit Wackersteinen?

„Quatsch!“, sagte Marie. „Quatsch“, ganz laut. „Der Kranz lebt, und wir werden ihn finden. Basta!“

Dann stellte sie sich aufrecht in das Tretboot, streckte beide Arme zum Himmel und rief: „Und Dich finden wir auch, Gregor Krall! Du entkommst uns nicht!“

Ob es am Ufer zu hören war? Oder in den anderen Booten, die auf dem See dümpelten? Egal! Ganz egal! Nochmals rief sie: „Krall, Du entkommst uns nicht! Garantiert!“ Ermattet sank Marie wieder auf den Sitz und atmete tief die kühle Seeluft ein. Jetzt fühlte sie sich frei, ganz und gar frei. Nichts und niemand konnte ihr nun etwas anhaben. Weder Krall, noch Kranz, noch Ludwig Lanz! Sie bestimmte selbst, wer ihr zusetzte!

Spontan zog sie das Smartphone aus der Hose. „Ludwig, ich nehme Deine Entschuldigung an. Jeder macht mal etwas falsch. Unüberlegt, ohne alle Konsequenzen zu beachten, das ist einfach menschlich.“

„Kannst Du mir tatsächlich …“, kam die Stimme des Direktors an ihr Ohr.

„Ja, ich verzeihe Dir. Jetzt kann ich es. Der Mummelsee macht es möglich.“ Ihr Finger berührte den roten Button.

„Aber nun habe ich etwas gut bei Dir“, sagte Marie. Lanz konnte es nicht mehr hören.

Mit neuem Schwung bearbeitete die Kommissarin die Pedale ihres Kunststoffbootes. Volldampf voraus, zurück in den Hafen. Erneut griff sie zum Mobiltelefon. „Gottfried, meine Auszeit ist vorbei. Wir müssen weiter machen."

Ihr Kollege, der mit Lucy an der Leine gerade vorsichtig durch den Wald pirschte, blieb erstaunt stehen.

„Wie ..., was ...? Verstehe ich Dich recht? Und was rauscht denn da im Hintergrund?"

„Schaufelraddampfer", lachte Marie. „Ich bin auf hoher See!"

„Äh ...?"

„Auf *dem* hohen See, richtigerweise. Auf dem höchsten See. Ganz oben im Schwarzwald."

„Wie, auf dem Mummelsee? Ausgerechnet dort?"

„Ja, irgendwie hat er mich zu sich gezogen, aber mach Dir keine Sorgen. Alles still und friedlich. Kein Krall weit und breit, stell Dir vor. Niemand, den ich in Notwehr abknallen müsste."

„Ja dann ..." Gottfried wusste überhaupt nicht, was er von diesem Anruf halten sollte. Zwei Stunden zuvor war seine Kollegin doch noch am Boden zerstört neben ihm im Auto gesessen und jetzt ... „Kommst Du wieder runter nach Baden-Baden oder soll ich ...?"

„Bleib wo Du bist. Bin schon unterwegs."

Kopfschüttelnd beugte sich der Kommissar zu seinem kleinen weißen Hund hinunter. „Lucy, das war er, unser Spaziergang für heute. Die Marie will weiter machen. Wer soll auch das verstehen?"

20

„Was können wir tun?“, zuckte Gottfried die Schultern.

„Stell Dich nicht so an, wir können immer was tun“!“ Marie tippte sich an die Stirn. „Zum Beispiel nachdenken. Dort draußen auf Deiner Terrasse.“

„Ermittlung im Liegestuhl, oh …, oh …, wenn das in Stuttgart bekannt wird“, schmunzelte der Kommissar.

„Stuttgart? Ist erledigt. Ich hab die Sache abgeschlossen. Wäre ja nochmal schöner, wenn ich mir von Ludwigs Blödsinn den Tag verderben ließe.“

„Bist Du so schnell auf andere Gedanken gekommen?“

„Ich hab alles auf den Seegrund geschickt, meinen Ärger, meine Wut, meine Enttäuschung. Soll sich doch der Alte dort unten damit rumplagen.“ Sie kniff ein Auge zu, ging durch eine der Fenstertüren ins Freie und rückte eine Liege weiter nach vorne, um die letzten Sonnenstrahlen des Tages noch zu erwischen.

Gottfried folgte mit dem Notebook und setzte sich neben sie an den Gartentisch. „Ich check jetzt erst mal die Mails.“

„Tu das, ich gehe solange in mich.“

Eine Viertelstunde verstrich, ohne dass jemand auch nur einen einzigen Ton von sich gab. Plötzlich fuhr Gottfried zusammen. „Wenn der Kranz noch lebt, führt sie uns zu ihm.“

Marie ließ die Augen geschlossen. „Hab ich's nicht gestern schon gesagt? Diese Lilly weiß, wo er ist."

„Dann gehört das Rasierzeug in seiner Wohnung aber nicht einem jungen Liebhaber, sondern …"

„Dem alten Kranz höchstpersönlich. Und das ganze Scheusal-Scheidungs-Getue war nur dazu da, uns in die Irre zu führen. Jede Wette, das Labor findet in meinen beiden Proben aus dem Bad nur die KK-DNA."

„KK? Ach so, Konrad Kranz. Wollen wir ihn künftig so nennen?"

„Genau! KK, wir jagen jetzt KK!" Marie sprang vom Liegestuhl auf. „Wir nehmen beide Autos. Los, auf die Jagd!"

Wie ein Kugelblitz kam Lucy angesaust. Das Zauberwort war ihr nicht entgangen. „Okay, Du darfst auch mitkommen. Wer weiß, wozu wir einen Spürhund brauchen können."

Es dämmerte bereits, als die Ermittlungsgruppe Schwarzwald gut geplant und von Gunda bestens verköstigt, Position bezog. Marie und Gottfried parkten an zwei unterschiedlichen Standorten. Beide konnten mit ihren Ferngläsern sowohl den Hauseingang, als auch die Garagenausfahrt beobachten.

„Es brennt Licht im obersten Stock, also ist diese Lilly zuhause", kam Maries Stimme aus Gottfrieds Funkgerät.

Jetzt plagten den Kommissar Zweifel: „Glaubst Du wirklich, sie fährt schon heute Nacht weg und dann schnurstracks zu ihrem Mann?"

„Du hast doch gesagt, sie führt uns zu ihm. Das war doch Deine Ahnung."

„Ja, aber …"

„Papperlapapp! Ich spürs. Die haben wir so aufgescheucht, dass sie was machen muss."

„Sie könnte ihm doch anrufen …"

„Wenn sie aber auf Nummer sicher gehen will, und nach unserem Besuch misstrauisch geworden ist?"

„Na ja, wir werden sehen", meinte Gottfried. „Kann auch sein, wir schlagen uns die Nacht hier völlig umsonst um die Ohren."

„Hast Du Probleme, wach zu bleiben?"

„Nicht mit Gundas Kaffee", gab der Kommissar lachend zurück. „Der weckt selbst Tote auf."

„Dann trink nicht alles leer, falls wir den Kranz doch noch als Leiche finden."

Lange Zeit geschah nichts in der warmen Juni-Nacht. Hausbewohner kamen und gingen. Lilly Kranz war nicht darunter. Verschiedene Autos befuhren die Garageneinfahrt, ein Mercedes-Cabriolet war nicht dabei. Nach und nach verlöschten die Lichter im Haus, ganz zuletzt auch in der obersten Wohnung.

„Aufpassen, es wird ernst", meldete Marie im Funk. „Die kommt jetzt gleich raus."

Gottfried gähnte: „Oder sie legt sich auch schlafen, so wie Lucy neben mir."

Marie Stimme nahm einen klaren Kommandoton an: „Nix da, höchste Wachsamkeit!"

„Und wenn nicht?“ Der Kommissar schielte auf seine Uhr. „Schon dreiviertel eins.“

„Wirkt der Kaffee etwa nicht mehr? Reiß Dich zusammen. Schlafen kannst Du morgen wieder. Heute ist die Nacht der langen Messer.“

Gottfrieds Müdigkeit war schlagartig passé: „Was hast Du vor? Mach bloß nichts Unüberlegtes.“

„Quatsch“, kam aus dem Lautsprecher. „Ist doch nur so eine Redewendung.“

In diesem Moment bewegte sich das Rolltor der Garage.

„Achtung“, funkte Marie. „Es geht los.“

Tatsächlich war es der auf Lilly Kranz zugelassene Wagen, ein schwarzer SL, der mit geöffnetem Dach langsam aus der Auffahrt kam.

Wieder Maries Stimme: „Sie ist es. Siehst Du die helle Mähne.“

„Ach, ein Pferd am Steuer?“, gab Gottfried zurück und startete seinen Wagen. „Nein, für einen Schwarzwälder Fuchs viel zu hell. Viel zu eisig, diese Farbe. Ich wette, ohne Friseur wäre die Lilly grau wie eine alte Katze.“

Marie kommentierte das nicht. Sie hatte ihre C-Klasse bereits in Bewegung gesetzt, fuhr an Gottfried vorbei und folgte dem offenen Wagen in Richtung Stadtzentrum. Der Kommissar zog nach, ließ sich aber so weit hinter sie zurückfallen, dass er eben noch ihre Rücklichter sehen konnte.

„Stadtauswärts“, informierte Marie. „Ich bin dran.“

Einige Zeit später: „Gleich kommt die Autobahn."

„Fährt sie drauf? Oder ins Elsass rüber? Iffezheim? Staustufe?"

„Nein, Richtung Basel. Ich bin noch hinter ihr. Drück mal ein bisschen aufs Gas und komm näher. Ich überhol sie jetzt."

An dem offenen Sportwagen vorbeizufahren, war nicht schwierig, denn Lilly Kranz blieb auf der rechten Spur und beließ es bei genussvollen 90 Stundenkilometern.

Marie beschleunigte maximal. Sie passierte das Cabrio mit mehr als der

doppelten Geschwindigkeit und konnte aus den Augenwinkeln die Pferdehaare der Fahrerin im Wind wehen sehen. „Ich nehm den nächsten Parkplatz und lass Euch vorbei."

„Okay", antwortete Gottfried. „Ich seh sie jetzt. Ist ja ganz praktisch, dass die nicht so schnell fährt."

„Im offenen Cabrio durch die laue Nacht. Auch nicht schlecht. Du hast doch das selbe fette Modell in Deiner Garage stehen. Könntest Du mir eigentlich mal leihen."

„Bei Deinem Fahrstil? Ausgeschlossen!"

Nach der Ausfahrt Bühl überholte der Kommissar. Kurz darauf raus auf den Parkplatz, vorbeifahren lassen, nachziehen. Marie übernahm wieder die Aufgabe, in Sichtweite von Lilly Kranz zu bleiben. Es dauerte nicht lange und Gottfried war erneut hinter der roten C-Klasse. „Willst Du wieder?"

„Nein, zwei Mal überholen wäre zu auffällig“ antwortete Marie. „Ich lass mich jetzt zurückfallen. Zieh an mir vorbei, aber halt Abstand.“

Wenig später setzte die Fahrerin des SL den Blinker.

„Sie fährt in Achern raus“, funkte Gottfried. „In die Fabrik oder zur Villa wird sie ja kaum wollen. Bin gespannt, wo’s hingeht. Ich bleib hinter ihr.“

Das Cabrio bog nach der Autobahn in Richtung der Stadt Achern ab.

Der Kommissar folgte mit wechselnder Distanz. „Richtung Kappelrodeck“, meldete er nach einigen Minuten: „Ich halt mal kurz. Häng Du Dich wieder hinter sie.“

Marie schloss auf, funkte: „Wir sind durch … die steuert in den Schwarzwald rein …, da vorne kommt bereits das Ortsschild von Ottenhöfen … ah, jetzt biegt sie rechts ab …, sieht nach Gewerbegebiet aus …, ich muss auf der Landstraße weiterfahren, sonst bin ich verbrannt …“

Gottfried war nahe genug, um gerade noch zu erkennen, wohin Lilly Kranz gesteuert hatte und hielt am Straßenrand an. „Sie darf kein Licht mehr im Rückspiegel sehen. Wir müssen kurz warten.“

Marie hatte bereits gewendet und stoppte nun neben Gottfried. „Kennst Du Dich aus?“

Er schüttelte den Kopf. „Nicht genau, aber groß ist der Bereich hier nicht. Ich glaube, wir sollten zu Fuß weiter.“

Marie parkte versteckt seitlich neben der Bahnlinie, Gottfried einige Meter weiter weg in einer Einfahrt. Beide steckten ihre Stablampen ein und eilten zu Fuß die Straße entlang. Die Straßenbeleuchtung war bereits abgeschaltet, aber das Mondlicht genügte, um vorwärts zu kommen.

Marie drückte sich kurz in den Schatten eines geparkten Transporters und schaute auf ihr Smartphone. „Die Straße führt raus in ein Seitental. Wenn wir Pech haben, ist sie uns jetzt entwischt."

„Wir haben aber Glück", winkte Gottfried, der vorsichtig um die Ecke lugte: „Da hinten steht das Cabrio. Ganz am Ende der vielen Gebäude, vor dem Querbau."

Im selben Moment wurde dort ein Tor geöffnet. Heller Lichtschein fiel neben dem SL auf den Asphalt. Der Kommissar duckte sich. „Achtung. Bleib zurück." Marie presste sich hinter ihm an die Betonfassade. „Was siehst Du?"

„Die Kranz kommt raus ..., sie steigt ein ..., ja, jetzt fährt sie in die Halle ..., Tor geht wieder zu."

„Bewegungsmelder?"

„Nein, kcin Außenlicht."

„Also los, wir gehen ran."

Geschickt nutzte Marie die vom Mond geworfenen Schatten der Gewerbebauten aus, passierte mehrere Handwerksbetriebe, stoppte zwischen geparkten Wagen und eilte so unauffällig wie möglich auf die Halle zu, in der das Auto von Lilly Kranz verschwunden war. Gottfried folgte direkt hinter ihr. Bei einem kleineren Blechcontainer auf dem Nachbargrundstück gingen sie wieder in Deckung. „Mist, keine Fenster, um reinzusehen“, ärgerte sich Marie.

„Vielleicht hinten?“, überlegte Gottfried. „Komm, lass uns die Halle umschlagen.“

Marie konnte ihn gerade noch an seiner Weste fassen: „Halt, nicht. Die haben Kameras!“

„Wo?“

„Oben unter der Dachrinne, zwei Stück, eine links, eine rechts. Siehst Du sie denn nicht?“

„Uuhh …“, stöhnte Gottfried. „Da hatte ich nicht hochgeschaut. Bestimmt ist auch die Rückseite gesichert. Aber was dann? So kommen wir jedenfalls nicht weiter.“

„Kein Risiko. Wenn sie uns bemerkt, ist alles für die Katz.“

„Rückzug in die Autos?“

Marie schüttelte den Kopf. „Nein, Motorengeräusch könnte sie warnen. Ich sehe nur eine Möglichkeit.“ Sie zeigte nach oben.

„Was, Du willst …?“

„Rauf aufs Dach.“

„Und die Kameras?“

Die Kommissarin nahm ihr Faltfernglas aus der Hosentasche. „Sind entlang der Hallenfront ausgerichtet. Hier drüben kommen wir nicht ins Bild. Los, Räuberleiter!“

Gottfried verschränkte kopfschüttelnd seine Hände, Marie setzte einen Fuß hinein, ließ sich hochstemmen und bekam die Dachkante zu fassen. Ein schwungvoller Klimmzug, ihr Bein war oben und schwupps, lag die gelenkige Kommissarin auf dem Blechdach. „Schaffst Du das auch?“

Ihr Kollege schüttelte den Kopf: „Ich bleibe beim Bodenpersonal …, oder halt …, warte mal …“ Er entfernte sich in die Richtung, aus der sie gekommen waren und kehrte eine Minute später mit einer Aluleiter zurück. „Ist mir gerade noch eingefallen. Der Transporter dort vorne hatte die auf dem Dach.“

„Na bitte, geht doch“, kommentierte Marie, als auch Gottfried neben ihr auf dem Dach saß. „Was ist das hier eigentlich?“

„Vermutlich ein Materialcontainer für Baustellen. Egal, Hauptsache, er ist stabil genug für zwei.“

„Das schon, aber nicht sehr bequem“, verzog Marie das Gesicht, dann schlüpfte sie aus ihrer Jacke, faltete sie zwei Mal und setzte sich darauf.

„Meinst Du nicht, man könnte unsere Umrisse sehen? Besser, wir legen uns flach hin“, überlegte Gottfried, zog seine schwarze Outdoorweste aus und nutzte sie als Unterlage zwischen sich und dem Blechdach. Marie tat es ihm nach. Beide lagen jetzt Seite an Seite, nur wenig gepolstert von ihren dünnen Kleidungsstücken, bäuchlings auf dem schmutzigen Baustellencontainer.

„Wenigstens ist die Nacht schön warm. Stell Dir vor, wie kalt dieses Blech im Winter wäre.“

„Ach, Gottfried, dann würde uns schon was Anderes einfallen. Uns sind die Ideen doch noch nie ausgegangen.“

„Hast recht, aber ein wenig hart wirds hier auf die Dauer schon sein.“

„Da müssen wir jetzt durch. So schläfst Du schon nicht ein.“

„Sicher?“, grinste Gottfried. „Die Koffeinwirkung lässt jetzt deutlich nach.“

„Ich stoß Dich an, wenn Du schnarchst!“

„Schön, wie bei einem alten Ehepaar im Schlafzimmer …“

21

Lange Zeit geschah nichts, überhaupt nichts. Ab und zu das Geräusch eines Autos, das drüben auf der Landstraße vorbeifuhr. Sonst nur das leise Rauschen der Acher als Hintergrundmusik zur gemeinsamen Sommernacht der Ermittlungsgruppe Schwarzwald. Höchst romantisch, nebeneinander auf dem Bauch liegend, auf dem harten schmutzigen Dach einer blechernen Materialbox.

„Beklag Dich nicht", kam von Marie. „Wir haben auf jeden Fall eine heiße Fährte. Eine top gestylte Unternehmergattin, die mitten in der Nacht zu einer leicht heruntergekommenen Lagerhalle fährt und dort auch noch stundenlang bleibt, hat auf jeden Fall Dreck am Stecken. Was tut sie denn da drin? Ist sie alleine oder trifft sie gerade ihren jungen Liebhaber? Ach so, nein, diese Hypothese haben wir ja bereits ausgeschlossen."

„Haben wir nicht, zumindest solange nicht, bis wir die DNA-Analyse Deiner Proben aus dem Bad haben."

„Die selbstverständlich vor Gericht keinerlei Beweiskraft besitzen", sagte Marie. „Aber keine Sorge, wir werden noch genügend Beweise auftreiben."

„Dort drin zum Beispiel", stimmte Gottfried zu und drehte sich auf die Seite, weil er nicht mehr auf dem Bauch liegen konnte. „Irgendwie müssen wir da rein.

Sollen wir nicht doch mal vorsichtig die Rückseite der Halle in Augenschein nehmen?“

„Okay“, stimmte Marie zu. „Ich bin auch schon ganz eingerostet. Immer nur dazuliegen und gelegentlich durchs Fernglas zu spechten, ist jetzt wirklich nicht so doll. Außerdem hast Du ja die Leiter aufgetrieben. Über die können wir schnell wieder hier hoch, falls es ernst wird.“

Gottfried stand als erster auf. Vorsichtig ging er erst in die Hocke und erhob sich dann vollends ganz, um die steifen Gliedmassen zu strecken.

„Ssst“, zischte Marie zwischen den Zähnen durch. „Runter, schnell.“

„Was denn?“, wollte der Kommissar wissen, ließ sich aber gleichzeitig wieder blitzschnell auf das Dach sinken.

„Ich hab was gehört …, ja …, schau …, es bewegt sich!“

Tatsächlich öffnete sich das Hallentor wieder. Dieses Mal allerdings, ohne dass Licht heraus drang. Nur ein roter Schein – die Rücklichter des Wagens, mit dem Lilly Kranz rückwärts ins Freie fuhr und anhielt.

„Da ist noch ein zweiter Motor“, raunte Gottfried. „Diesel, hört sich nach Lastwagen an.“ Gleichzeitig wurde es hell in der Halle.

„Fahrzeugscheinwerfer, der fährt raus“, flüsterte Marie und ein dunkler Lieferwagen mit Kofferaufbau rollte langsam ins Freie. Neben dem offenen Cabrio hielt der Transporter an, ein breitschultriger Mann mit buschigem Oberlippenbart und Lederjacke stieg aus und ging zurück, um das Hallentor zu schließen.

„Kannst Du das Kennzeichen erkennen?“, wisperte Gottfried.

„Ja, ich habs. OG – Ortenaukreis“, raunte Marie, ohne das Fernglas von den Augen zu nehmen. „Und Mercedes, aber ohne Stern auf dem Kühler. Das ist er! Achtung, bleib unten, sie fahren ab.“

Beide Ermittler sprangen sofort auf, als die Wagen außer Sichtweite waren. „Horch“, hob Marie die Hand. „Der Laster fährt talauswärts.“ Sie zog ihr Mobilphone aus der Tasche und aktivierte die Kurzwahl der Einsatzzentrale des Offenburger Polizeipräsidiums. „Richtung Kappelrodeck – Achern …, unbedingt stoppen und kontrollieren, vor allem den Laderaum …, soll aber nach Routine aussehen. Dunkler Mercedes-Koffer …, nein, kein Sprinter, die nächstgrößere Baureihe …, Stern auf dem Kühlergrill fehlt … Achtung der Fahrer kann bewaffnet sein …, ja, nur eine Person im Führerhaus …, ach so, das Kennzeichen …“

Nach dieser Meldung kletterte auch Marie vom Dach des Blechcontainers zurück auf den Erdboden. „Gehen wir jetzt rein?“

„Nur hinten …“, entschied Gottfried und Marie sprintete sofort voraus. „Und nur, falls dort keine Kameras sind“, rief ihr der Kommissar noch hinterdrein, aber da war sie schon außer Hörweite.

Gottfried schaltete seine starke LED-Lampe an und folgte der schnellen Kollegin. Der Komplex bestand aus mehreren aneinandergebauten Hallen verschiedener Firmen. Im Laufschritt umrundete der Kommissar die Gebäude. Marie machte sich bereits an einer Tür zwischen mehreren Fenstern zu schaffen.

„Keine Kameras, ich habs gecheckt!“, flüsterte sie, als Gottfried bei ihr eintraf. „Hier kommen wir wahrscheinlich rein. Muss der Hinterausgang sein, für Raucherpause und so.“ Mit flinken Fingern bewegte Marie wieder einmal die filigranen Metallhaken ihres Schlossknackerbestecks im Türzylinder. Ein leises Klicken – „ja, das wars“ – und die Metalltür ließ sich nach innen aufdrücken.

Vorsichtig traten die Ermittler ein, Pistolen und Stablampen in vielmals geübter Position.

„Vesperraum“, flüsterte Marie und schlängelte sich zwischen Tischen und Holzstühlen durch. „Vorsicht, ich mach jetzt auf!“

Sie drückte leise die Klinke nach unten und zog die nächste Tür zu sich her. Beide blieben hinter der Wand in Deckung, leuchteten schnell nach draußen und zogen sich sofort wieder zurück.

„Siehst Du auch, was ich sehe?“ zischte Marie und Gottfried nickte: „Nichts – leer.“

Jetzt lugten die zwei erneut durch die Tür und richteten die hellen Strahlen ihrer Lampen in die Halle. Gottfried trat als erster hinaus, suchte nach einem Lichtschalter und drückte darauf. Eine ganze Batterie von Deckenlampen erhellte den Lagerraum. „Leer bis auf die beiden Werkbänke dort an der Wand. Was hat das zu bedeuten?“, überlegte Marie.

„Ausgeflogen! Was auch immer hier drin war, es befindet sich jetzt in diesem Lastwagen.“ Dann deutete Gottfried nach links: „Wir müssen überall reinschauen.“

Drei weitere Türen befanden sich seitlich neben dem Pausenraum. Wieder fassten die Kommissare ihre Pistolen fest. Marie riss die erste Tür auf. „Umkleide.“ Sie trat kurz ein, nur eine Handvoll Spinde an der Wand. Dann die zweite Tür: „Klo“. Marie sicherte mit Pistole im Anschlag, Gottfried öffnete die beiden Kabinen. „Nichts. So leer wie die Halle.“

Er nahm den Griff der letzten Tür in die Hand: „Wird wohl das Büro sein.“

„Halt“, zischte Marie. „Stopp, ich hör was! Da stöhnt doch jemand? Los, auf drei!“

Sie zählte: „Eins …, zwei …“ und Gottfried riss den Zugang auf. Beiden bot sich ein schrecklicher Anblick.

„Schnell!“ Der Kommissar machte zwei Schritte, umfasste die Beine der Person, deren Schuhspitzen genau bis zur Sitzfläche eines Stuhles reichten und hob den Mann hoch. „Schnell, schneid ab.“

Marie zögerte keine Sekunde, schnappte sich einen weiteren Stuhl, sprang hinauf, zog gleichzeitig ihr Leatherman-Tool aus der Gürteltasche, klappte die scharfe Schneide auf und durchtrennte mit einem Ratsch den Gurt zwischen Hals und Decke. Konrad Kranz und Gottfried Wald sanken gemeinsam zu Boden.

Marie löste den schmalen Spanngurt am Hals des Industriellen, durchschnitt die Handfesseln hinter seinem Rücken, zog ihm den Knebellappen aus dem Mund und klopfte auf seine Wangen: „Hallo, hören Sie mich?“ Ein leises Stöhnen war die Antwort. Ganz langsam öffneten sich die Augen im bereits dunkel angelaufenen Gesicht. Dann folgte ein Hustenanfall.

„Notarzt, Ottenhöfen“, bellte Marie in ihr Handy und nannte der Zentrale die genaue Adresse des Gewerbegebiets. „Den Lastwagen unbedingt stoppen und gleichzeitig auch nach einem schwarzen Cabrio fahnden … Ja, ist in dieselbe Richtung gefahren …, Mercedes SL, hier die Nummer … und werft den Roth aus dem Bett …, wir brauchen ihn.“

Gottfried kniete jetzt neben Konrad Kranz auf dem Boden und prüfte Puls und Atmung. „Herr Kranz, können Sie uns …?“

Langsam öffnete sich der verkrustete Mund: „Lilly …“

Marie raste in die Toilette, kam mit einem nassen Handtuch zurück und tupfte damit vorsichtig auf die gequollenen Lippen des Aufgeknüpften. Dann erst bemerkte sie seine Hände. Starr vor Schreck fixierten ihre Augen die Daumen. Deren letzte Glieder waren völlig zerquetscht und schwarzblau gefärbt. Zwischen den zersplitterten Fingernägeln sickerte tropfenweise Blut hervor.

„Folter mit anschließender Hinrichtung“, entfuhr Marie. „Haben Sie es verraten?“

Konrad Kranz riss die Augen vollends auf und presste ein entschlossenes „Nein!“ hervor. Marie tupfte immer wieder mit dem nassen Handtuch über seinen Mund. „Wir kriegen die. Verlassen Sie sich darauf.“

Gottfried stemmt sich empor. „Ich hol’ was zum Drunterlegen.“ Mit zwei Stuhlkissen aus dem Pausenraum kam er zurück und schob sie unter den Kopf des Verletzten. Dann ging er aufs Neue hinaus in die hell erleuchtete Halle, fand einen Knopf neben dem Tor und drückte darauf, um es zu öffnen. Schon kurz darauf zuckten die Blaulichter des eintreffenden Rettungswagens durch die Nacht. Notarzt und zwei Polizeistreifen folgten nur wenig später.

„Habt Ihr sie geschnappt?“, wollte Marie von den uniformierten Kollegen wissen.

„Den Kleinlaster kurz vor Achern. Der Fahrer hat einen Revolver gezogen, aber unsere Kollegen waren schneller.“

„Tot?“, entsetzte sich Marie.

„Schuss ins Bein, der hat ihn gestoppt. Im Laderaum lauter komische Geräte, Chemikalien und so Zeugs.“

Die Kommissarin nickte: „Dürfte eine Laboreinrichtung sein. Und das Cabrio?“

Der Polizist schüttelte den Kopf: „Ist diese Frau in die selbe Richtung abgehauen?“

„Eigentlich schon, aber vielleicht unterwegs abgebogen. Ich nehme an, die Ringfahndung läuft?“

„Selbstverständlich. Wie ich im Funk mitbekommen habe, auch in den angrenzenden Landkreisen.“

Zwischenzeitlich befand sich Konrad Kranz auf der Trage des Rettungsdienstes. Seine Hände waren dick verbunden, eine Kanüle steckte in der Ellenbeuge. Ein Sanitäter war gerade dabei, den Venenzugang mittels Pflaster zu befestigen und den Schlauch einer Infusion daran anzuschließen. Der Notarzt öffnete das Hemd, betastete Brust und Bauch.

„Weiteres Material?“, fragte der Sanitäter.

„Ja, EKG-Elektroden bitte aufkleben. Wie ist der Blutdruck jetzt?“

„100 / 60, er steigt langsam.“

„Okay, dann rein in den Wagen und Abfahrt.“

Gottfried sah den Arzt an: „Dürfen wir noch eine Frage …?“

„Ungern, aber, wenn's unbedingt sein muss.“

„Wer war der Mann, der Schnauzbärtige mit Lederjacke?“

Ein hasserfüllter Blick schoss aus den Augen von Konrad Kranz. „Lillys Neuer. Alles zum Kotzen!“

„Wissen Sie mehr über ihn?“

Kranz schüttelte kaum merklich den Kopf. „Die wollten …“ Dann verdrehte er die Augen, sein Haupt sank ermattet zur Seite und der Notarzt gab Zeichen, die Trage sofort in den Rettungswagen zu schieben. „Sauerstoff!“

Einige Minuten später traf Offenburgs oberster Mordermittler ein. Mit quietschenden Reifen kam Harald Roths ziviler VW-Passat gerade noch vor der Hallenwand zum Stillstand. Er sprang heraus und eilte seinen Kollegen entgegen.

„Wer? Wo? Wie? Was?“, stieß er hektisch hervor.

„Jetzt pressierts nicht mehr. Komm mit“, antwortete Gottfried kurz. „Wir zeigen es Dir.“

Im Büroraum deutete Marie auf ein Heizungsrohr, das unter der Decke verlief. Der abgeschnittene Rest des Zurrgurts baumelte von dort herunter. „Daran hatten sie den Kranz aufgehängt.“ Sie nahm den umgefallenen Holzstuhl und stellte ihn wieder in Position. „Seine Zehenspitzen haben gerade noch bis zu dieser Sitzfläche hier gereicht. Wenn ihn die Kraft verlassen hätte, dann …“

„Langsame Strangulation“, nickte Roth mit ernstem Gesichtsausdruck.

„Das war wirklich in letzter Sekunde“, bestätigte Gottfried. „Sein Gesicht war bereits ganz blau angelaufen.“

„Wenn man den Stuhl weggekickt hätte …“

„Freier Fall. Zack, tot. Genickbruch. Sofortiges Ende, wie am Galgen, wenn sich die Falltür öffnet“, brachte es Marie auf den Punkt.

„So aber hat ihm der Gurt langsam die Halsarterien zugedrückt“, ergänzte Gottfried. „Er war kurz vor dem Exitus.“

„Also kein schneller Tod, sondern er sollte leiden“, mutmaßte Roth. „Kommt er durch?“

„Hoffentlich“, antwortete Marie. „Ist offenbar ein harter Knochen. Draußen in der Halle hatten sie ihm die Daumenschrauben angesetzt.“

„Was? Die …“

„Ja, am Schraubstock.“ Marie eilte voraus bis zu den Werkbänken. „Hast Du schon mal mit dem Hammer Deinen Daumen getroffen? Ja …? Also, dann kennst Du ja den Schmerz. Hier kam er wahrscheinlich weniger schlagartig, aber dafür umso heftiger.“ Die Kommissarin trug mittlerweile Handschuhe. Sie zeigte auf die Arbeitsplatte und den darauf montierten Schraubstock. „Massives Teil. Meine Finger möchte ich da nicht zwischenbekommen, wenn einer zudreht.“

„Ist ja wie im Mittelalter“, schüttelte sich Roth. „Folterhalle statt Folterkeller.“

„Aber sein Geheimnis hat er nicht verraten“, sagte Marie. „Ich hab ihn gefragt.“

„Welches Ge …“

„Intern-LKA, das weißt Du ja“, ging Gottfried dazwischen. „Kein Wort darüber.“

„Hat wohl mit der Laboreinrichtung in diesem Kastenwagen zu tun, den wir abgefangen haben. Sind vermutlich die Teile aus dem Panzerkeller in der Villa.“

„Vermutlich.“ Gottfried blieb einsilbig. „Stuttgart weiß Bescheid und wir beide. Deshalb steht auch nichts darüber in den Berichten. Befehl von ganz oben.“

Roth hob abwehrend die Hände: „Okay, okay, wir Leute vor Ort sollen die Arbeit erledigen, aber sonst hält man uns möglichst dumm.“

„Genau“, brummte Gottfried, der keinerlei Lust auf weitere Kompetenzdiskussionen hatte. „Wurde der Fahrer des Kleinlasters bereits identifiziert?“

„Kollegen sind in der Klinik und warten, bis die Schussverletzung in seinem Oberschenkel versorgt ist.“

„Wieso warten? Fingerabdrücke hätte man ihm ja auch unter Narkose abnehmen können.“

„Vielleicht ist das ja auch bereits geschehen“, entgegnete Roth gereizt.

„DNA-Proben schon unterwegs ins Labor? Blut, Speichel oder sonst was?“

„Jetzt mach mal halblang, Gottfried. Sonst ist doch auch ‚langsam‘ Deine Devise.“

„Harald, häng Dich ans Telefon und bring die auf Trab!“ Er drehte sich weg und ging nach draußen in die Nacht.

Marie folgte ihrem Kollegen.

„Komm, reg Dich nicht auf. Wir wissen doch, wie er ist. Den Roth ändert niemand mehr.“

„Aber manchmal geht er mir ganz gewaltig auf die Nerven“, stieß Gottfried aus. „Wenn der nicht so ein klasse Team beieinander hätte, dann gute Nacht!“

Im selben Moment klingelte Maries Handy. Sie sah, wer anrief und spürte, wie ihr Pulsschlag stieg. „Hubert, was gibts?“

Sie hörte nur ganz kurz zu, dann rief sie: „Die Lilly! Gefasst! In Baden-Baden vor ihrem Haus. Mann ist die blöd.“

„Ahnungslos, würde ich eher sagen.“ Ein zufriedenes Lächeln zog über Gottfrieds Gesicht. „Das spricht doch dafür, dass sie unsere Verfolgung überhaupt nicht bemerkt hat.“ Er klopfte Marie auf die Schulter. „Gute Arbeit, da müssen wir uns selber loben.“ Dann streckte er die Hand aus. „Gib mal Dein Telefon.“

„Hubert, danke, gut gemacht“, sprach der Kommissar ins Mikrofon. „Ihr müsst aber unbedingt sofort in die Wohnung. Würde mich nicht wundern, wenn Ihr umfangreiches Reisegepäck vorfinden würdet.“

„Wenn nicht, wäre sie wirklich total blauäugig!“, reichte Gottfried das Handy an Marie zurück.

„Logisch, dass die abhauen muss, aber was sollte mit dem Labor geschehen? Ich könnte mir gut vorstellen, dass sie es mithaben wollte, um vielleicht auf eigene Faust hinter das Geheimnis zu kommen.“ Sie schaute sich suchend um und entdeckte Harald Roth in der Halle, wo er gemeinsam mit der zwischenzeitlich eingetroffenen Spurensicherung den Schraubstock in Augenschein nahm.

„Sag mal, weißt Du Näheres über den Transporter und seine Ladung?“

„Natürlich“, gab Roth spitz zurück. „Ihr etwa nicht?“

„Hast Du das Fahrzeug gesehen?“

„Selbstverständlich! Lag ja auf meinem Weg. Fragt ruhig. Von mir bekommt Ihr gerne Auskunft. Was interessiert Euch denn?“

Marie schaute ihm tief in die Augen. „Die Ladung natürlich“

„Hab nur kurz in die Kisten geschaut. Laboreinrichtung, habe ich doch schon gesagt."

„Kisten? Was für Kisten?"

„Na, solche großen Aluboxen."

„Wie groß?"

„Dass man sie zu zweit tragen muss. Außerdem alles bestens gepolstert, dieser ganze technische Kram."

Gottfried nickte: „Luftfracht! Jetzt brauchen wir nur noch das Flugticket von Lilly Kranz, dann wissen wir Bescheid."

Es dauerte keine Minute mehr, bis auch darüber Klarheit herrschte. Huberts nächster Anruf brachte die Lösung: „Rio, Direktflug mit Air-France, Ticket ab Flughafen Paris-Charles-de-Gaulle und vier große Reisekoffer im Flur. Die war echt auf dem Absprung. Aber nicht nur für einen Kurztrip."

„Doch nicht so blond ..., äh ... blöd", kommentierte Marie grinsend. „Frau Ingenieurin hatte im Sinn, von Brasilien aus weiter zu arbeiten. Folglich wusste sie genau, woran ihr Alter geforscht hat."

„Wie sie darauf gekommen ist, werden wir auch noch rausfinden. Genauso wie die ganzen anderen Zusammenhänge. Zum Beispiel, was es mit dieser Halle hier auf sich hat."

Marie rieb sich die Augen. „Ich könnte jetzt wirklich eine Pause gebrauchen. Am besten lassen wir das Offenburger Team erst mal in Ruhe arbeiten und legen uns ein paar Stunden aufs Ohr."

22

Die Ermittler schliefen bis kurz vor Mittag, ließen sich Gundas reichhaltiges Frühstück schmecken und nahmen anschließend ihre Notebooks mit auf die Sonnenterrasse.

„Ich fasse es nicht!“, rief Marie aus. „Die hat sich mit einem Türsteher eingelassen!“

„Wer, die Lilly?“

„Ja, ich lese gerade den Bericht der Offenburger. Die haben ihn identifiziert. Zlatko Bolek, 35, Slowake, geboren in Bratislava, seit über 20 Jahren in Deutschland. Ganz nettes Strafregister: Gefährliche Körperverletzung, Autoschiebereien, Drogensachen. Drei Mal war der schon eingefahren. Hartgesottener Bursche.“

„Also ein Mann fürs Grobe. Ob es seine DNA war, die Du im Bad gesichert hast, wird gerade getestet. Von Konrad Kranz stammt sie jedenfalls nicht“, zitierte Gottfried aus der Mitteilung des LKA-Labors.

„So ein Kerl als Liebhaber?“, zweifelte Marie. „Na, ich weiß nicht. Passt der in ein Baden-Badener Luxusappartement?“

„Retourkutsche für die Russin in der Villa. Wie Du mir, so ich Dir. Ich sehe noch direkt die Augen vom Kranz vor mir, heute Nacht, auf der Trage. Voll der Hass. Passt auch zu diesem lautstarken Streit am Mummelsee.“

„Gekränkte Eitelkeit – typisch Mann. Er selbst vertreibt sich die Zeit mit einer jungen Blonden, aber wenn seine Ex es ihm gleichtut, dreht er durch.“

„Fast-Ex“, berichtigte Gottfried. „Scheidung läuft ja noch.“

„Ob sie wirklich geerbt hätte, wenn wir den Kranz nicht in letzter Sekunde …?“

„Das hätte sie in Brasilien völlig relaxt abwarten können. Falls da nach einer Liquidation überhaupt noch was übrig geblieben wäre.“ Gottfried zeigte auf seinen Bildschirm. „Nach diesem Bericht sind die Werke völlig überschuldet.“

„Und die Lilly hat ihre Schäfchen rechtzeitig ins Trockene gebracht“, nickte Marie. „Drei noble Mietshäuser in bester Baden-Badener Wohnlage, da kommt jeden Monat ein hübsches Sümmchen aufs Konto.“

„Wurden aber vor kurzem erst verkauft“, sagte Gottfried. „Du hattest doch angefragt, wem die Immobilien gehören. Vor wenigen Wochen gab es einen Eigentümerwechsel. Statt Lilly Kranz steht jetzt eine Schweizer Wohnbaufirma im Grundbuch.“

„Ach was“, machte Marie eine wegwerfende Handbewegung. „Bestimmt wieder so eine juristische Winkelkonstruktion, um das Kapital in Sicherheit zu bringen.“

„Wenn das stimmt“, überlegte Gottfried, „dann hat sie ihren Abgang nach Südamerika aber schon länger geplant.“

„Mit dem Ziel, die Erfindung mitzunehmen. Eiskalt und berechnend, das würde passen. Erst die Millionen aus den Kranz-Werken ziehen, und wenn später eine finanzielle Schieflage eintritt, schwupps an die Copacabana abhauen. Zum Glück haben wir ihr einen Strich durch die Rechnung gemacht."

Gottfried rieb sich den Hinterkopf. „Aber woher sollte diese Lilly von der Entwicklung der neuen Wunderfaser erfahren haben? Aus der Villa ist sie doch schon vor zwei Jahren ausgezogen."

„Ach, da kann ich mir viele Wege vorstellen", meinte Marie. „Die hat garantiert noch Informanten in der Fabrik sitzen. Wenn ihr jemand was geflüstert hat, musste sie nur noch an das Rezept der Mixtur kommen. Dass die Zutaten im Kellerlabor hergestellt werden, und zwar ausschließlich vom Chef persönlich, war ja ebenfalls bekannt."

„Hmm", brummte Gottfried. „Das hört sich ziemlich schlüssig an. Mal sehen, ob sie bei der Vernehmung ein Geständnis ablegt."

„Wovon träumst Du eigentlich nachts, wenn Du schon solche Tagträume hast", lachte Marie. „Garantiert sagt sie gar nichts. Kein Sterbenswörtchen. Wir müssen ihr alles beweisen, bis zur kleinsten Einzelheit."

„Zum Glück haben wir sie in der Halle aufgespürt. Das ist unser Trumpf und davon weiß sie noch nichts. Sie wird zwar alles auf diesen Türsteher abschieben, aber zumindest wegen Beihilfe zum versuchten Mord ist sie fällig. Ich freu mich schon jetzt auf ihr Gesicht, wenn wir sie damit konfrontieren."

Im Vernehmungsraum des Kriminalkommissariats in Rastatt fanden die beiden Ermittler nicht nur eine Lilly Kranz mit versteinertem Gesicht, sondern auch gleich zwei geschniegelte Strafverteidiger vor.

Gottfried schaute nur kurz durch die Tür, entschied: „Warten lassen" und drückte seinem alten Freund Hubert Stadler die Hand. „Die müssen erst auf Betriebstemperatur kommen. Lassen wir sie ruhig ein wenig schmoren."

„Warm genug ist es da drin", lachte Stadler und zeigte auf den Computermonitor. „Der eine hat bereits sein teures Sakko ausgezogen."

„Brioni wahrscheinlich", grinste Marie. „Italienischen Zwirn trägt man in solchen Kreisen. Haben die bereits Akteneinsicht bekommen?"

Hubert schüttelte den Kopf: „Akten? Habt Ihr was dabei?"

„Sehr gut", lobte Gottfried. „Und unter welchem Vorwurf haltet Ihr die Frau fest?"

„Dringender Tatverdacht des Mordes an Konrad Kranz."

„Gestützt auf …?"

„Blutiges Sakko mit Schussloch, blutiger Geländewagen. Kein Wort über die Halle in Ottenhöfen."

„Wunderbar! Also wissen die überhaupt nicht, was wir wissen. Beste Voraussetzungen, sie zu knacken!"

„Schau, sie werden nervös“, meinte Stadler, als auf dem Bildschirm Bewegung zu sehen war. „Gleich trommelt der Anwalt an die Tür.“ Er stand auf. „Ich erzähl denen jetzt was.“

„Die Story vom Staatsanwalt?“

„Klar doch. Er verspätet sich um eine halbe Stunde“, grinste Hubert.

„Wen hast Du informiert?“

„Na gar keinen, was denkt Ihr denn.“

„Super, bring auch gleich Kaffee mit.“

Eine Dreiviertelstunde später betraten die Ermittler der Gruppe Schwarzwald den kleinen, fensterlosen Raum. „Sorry, er ist immer noch nicht da“, entschuldigte sich Gottfried und hatte damit nichts Falsches gesagt. „Wir werden schon mal beginnen.“ Er setzte sich, nahm die Vollmachten und Visitenkarten der Anwälte, um sie eingehend zu studieren. „Ah, ja, Kunz & Kunz. Albert und Friedbert Kunz. Schön, dass Sie extra aus Karlsruhe hergekommen sind. Darf ich raten? Vater und Sohn?“

Die Juristen nickten. „Kanzlei in dritter Generation.“

„Au, da müssen wir uns ja besonders anstrengen.“ Dann zeigte Gottfried auf Mikrofon und Kamera. „Ton- und Bildaufzeichnung. Ich nehme an, die Herren kennen das.“

Starker Unmut war auf den Gesichtern der Anwälte zu lesen. „Wir fordern, unsere Mandantin umgehend auf freien Fuß zu setzen. Frau Kranz ist eine völlig unbescholtene Bürgerin und Ihre Vorwürfe sind absolut haltlos."

„Welche Vorwürfe?", fragte Marie, die es vorzog, an die Wand gelehnt, stehen zu bleiben.

„Das wissen Sie ganz genau", zischte Albert Kunz, der ältere der beiden Juristen. „Unsere Mandantin hat überhaupt nichts mit diesen ominösen Blutspuren zu tun."

„Ach, das", meinte Gottfried. „Dazu kommen wir später. Uns interessiert vielmehr, wo Frau Kranz heute am frühen Morgen herkam. Es war ja noch völlig dunkel. Eigentlich gar keine Zeit für eine seriöse Unternehmergattin."

„Diese Frage hat überhaupt nichts mit Ihren Vorhaltungen zu tun. Wenn wir richtig informiert sind, wurden diese angeblichen Beweise bereits vor einigen Tagen gefunden."

„Richtig", lehnte sich Gottfried zurück, verschränkte seine Arme hinter dem Kopf und schwieg.

Auch Marie wartete bewegungslos ab, um die Mimik ihrer Gegenüber zu beobachten. Plötzlich schnellte sie nach vorne, hielt sich an der Tischplatte fest, beugte sich vor und sah Lilly Kranz direkt in die Augen. „Und in der letzten Nacht? Wann macht die Spielbank nochmal zu? Um zwei Uhr spätestens? Wo waren Sie, Frau Kranz?"

Der jüngere Anwalt fuhr von seinem Stuhl in die Höhe: „Was sind denn das für Methoden? Hören Sie sofort auf, unsere Mandantin einzuschüchtern!"

Marie ließ sich nicht beirren: „Wo? Wir sind ganz gespannt.“

Auf Lillys Halsansatz zeigten sich rote Flecke, doch sie antwortete nicht.

„Frau Kranz war bei einem Bekannten“, entgegnete Kunz junior scharf.

Marie zog sich wieder an die Wand zurück. „Wir hören. Name, Adresse. Prüfen wir gerne nach.“

„Privat!“

„Genügt leider nicht. Ein wenig genauer hätten wir es schon gerne. Was ist das denn für ein Bekannter?“

„Privat“, kam erneut aus dem Mund des Rechtvertreters.

Gottfried stand auf und ging Richtung Tür. „Tja, dann bleibt uns leider nichts Anderes übrig, als auf den Staatsanwalt zu warten. Für solche schwierigen Fragestellungen haben wir unsere Spezialisten.“

Der alte Kunz war offensichtlich kurz davor, die Fassung zu verlieren: „Wir werden eine Dienstaufsichtsbeschwerde gegen Sie …“

Hauptkommissar Wald drehte sich kurz um: „Bitte, das ist Ihr gutes Recht. Auf eine Beschwerde mehr oder weniger kommt es bei uns auch nicht mehr an.“ Dann verließ er den Raum.

„Was soll das? Ist ja unerhört. Frau Kranz, wir gehen.“

„Gerne“, antwortete Marie und öffnete die Tür. „Die Herren haben sicherlich noch zu tun. Frau Kranz darf auch gehen, aber nur bis ins Untergeschoss, um unsere Gastfreundschaft zu genießen.“

„Getrauen Sie sich nicht“, zischte der ältere Anwalt. „Das kostet Sie Ihren Job!“

„Darauf lassen wir es doch glatt ankommen“, lächelte die Kommissarin. „Bitte wenden Sie sich direkt an Kriminaldirektor Ludwig Lanz im Landeskriminalamt.“

Kunz senior schäumte: „So lassen wir uns nicht behandeln! Das hat Konsequenzen! Suchen Sie sich ihre weiße Mütze für den Verkehrsdienst schon mal aus.“

„Schön“, lächelte Marie in das zornrote Gesicht des Juristen. „Falschparkende Rechtsanwälte schreibe ich besonders gerne auf.“ Dann trat sie auf den Flur und rief: „Abführen. Frau Kranz wird uns Gesellschaft leisten. Für 48 Stunden mindestens. Wir werden uns jetzt erst einmal um den Herrn aus der Slowakei kümmern.“

Die beiden Anwälte schauten sich verständnislos an. Lilly bekam aber sekundenschnell einen knallroten Kopf.

„Falls er überhaupt schon vernehmungsfähig ist“, setzte Marie nach und betrachtete genüsslich, wie sich die Frau sichtbar kraftlos wieder auf den Stuhl sinken ließ.

„Wir …, wir …“, stammelte Friedbert Kunz. „Wir müssen uns besprechen. Schalten Sie das Mikrofon ab.“

„Wie?“, hob Marie die Augenbrauen. „Den letzten Satz konnte ich gar nicht verstehen.“

„Schalten Sie *bitte* das Mikrofon ab und lassen Sie uns alleine.“

„Ah, *bitte*, das Zauberwort mit zwei ‚T'. Na selbstverständlich. Brauchen Sie Papier und Stift fürs Geständnis?"

„Treiben Sie mich nicht zur Weißglut", stieß der alte Kunz hervor. „Ich spiele Golf mit dem Polizeipräsidenten."

„Karlsruhe?", Marie trat wieder in den Verhörraum. „Pech für Sie. Der Tatort liegt im Ortenaukreis."

„Was, Tatort?"

„Natürlich. Am besten, Sie fragen jetzt Frau Kranz. Die kann Ihnen die Einzelheiten der letzten Nacht ganz ausführlich schildern. Aber passen Sie auf, dass Sie die Finger nicht irgendwo rein bekommen. Könnte schmerzhaft sein. Äußerst schmerzhaft!"

Marie nahm die Klinke in die Hand. „Ich bleibe auf dem Flur und behalte Sie durch das Türfenster im Auge." Dann verließ sie das Zimmer endgültig.

Das rote Licht am Tischmikrofon verlöschte.

„Wir haben auch Ton auf der Kamera", grinste Hubert Stadler im Überwachungsraum.

Gottfried schüttelte den Kopf. „Nein, schalt ab. Du siehst doch, wie die Anwälte darauf starren. Wir dürfen jetzt keinen Patzer riskieren, sonst können wir vor Gericht einpacken."

Hubert drückte einen Knopf. „Okay, aber nur, wenn Marie vor der Tür stehen bleibt."

Jetzt waren es die Kriminalbeamten, die warten mussten. Gottfried und Hubert brachten Stühle auf den Flur und setzten sich in die Nähe von Marie, die das Innere des Verhörraums keine Sekunde unbeobachtet ließ. Sie bemerkte, dass den Anwälten im Gespräch mit Lilly Kranz mehrfach die Gesichtszüge entgleisten. Friedbert Kunz tippte nervös auf einem Tabletcomputer herum, sein recht korpulenter Vater wischte sich in immer kürzeren Abständen dicke Schweißtropfen von Stirn und Nacken. Die Mandantin sprach mit versteinerter Miene, während sich ihre Hände am den Rand der Tischplatte festkrallten.

Gelegentlich zog sich Marie kurz von ihrem Posten zurück und teilte den anderen flüsternd die Beobachtungen mit. Nach einiger Zeit wurde Gottfried unwohl: „Jetzt muss der Staatsanwalt her. Es geht nicht mehr ohne."

„Du hast recht", bestätigte Hubert. „Ich ruf den Klaus an."

Eine halbe Stunde später traf Oberstaatsanwalt Zimmermann ein und begrüßte die Kommissare. Offensichtlich sahen sich die Männer nicht zum ersten Mal.

„Ihr kennt Euch?", wollte Marie wissen, nachdem Gottfried seine Kollegin vorgestellt hatte.

Zimmermann lächelte hintergründig: „Schon lange und Nachbarn sind wir auch. Schräg gegenüber, Sie kennen Gottfrieds Anwesen ja mittlerweile bestens. Ihr Wagen ist einfach nicht zu übersehen."

Marie errötete. „Rein …, rein dienstlich."

„Selbstverständlich. Ich weiß Bescheid."

Kurz und präzise wurde der Oberstaatsanwalt über die Zusammenhänge unterrichtet. „Gut, dass Ihr mich geholt habt. Das kann heiß werden. Ich kenne Kunz & Kunz. Die kämpfen mit harten Bandagen."

„Solange Sie nicht zusammen golfen", warf Marie ein.

„Keine Sorge, ich bin doch nicht der Karlsruher Polizeipräsident", lächelte Klaus Zimmermann wieder. „Aber wir drei hier haben das selbe Hobby."

„Was? Noch ein Jäger? Hört das denn nie auf?", rief Marie entgeistert aus.

„Irgendwo müssen die Fasanen und Wildenten für unsere Küche ja herkommen", schmunzelte Gottfried. „Aus meinem kleinen Jagdbezirk im Stadtwald jedenfalls nicht."

„Bin an einer Jagd im Rheintal beteiligt. Ganz abwechslungsreich, sogar zwei Baggerseen dabei. Da können Sie sich auch mal in die Sonne legen, nicht nur auf Gottfrieds Terrassc."

Marie wollte etwas entgegnen, aber das Wort blieb ihr im Hals stecken. Sie sandte einen schnellen Blick zu Gottfried, der amüsiert die Schultern zuckte und dann zu Hubert, der eine Spur zu breit grinste.

„Was?", blaffte sie ihn an.

„Ba …, Ba …, Badewetter. Ich komm mit!"

„Gibts hier eigentlich keinen Kaffee?", rettete der Staatsanwalt die Situation und Stadler verschwand schleunigst im nächstgelegenen Büro. Zimmermann blickte zu Marie, deren Gesicht überdeutlich zeigte, was sie dachte.

„Ich sehe, Sie sind überrascht“, lächelte der Jurist. „Aber so ist das halt in unserer schönen Kurstadt. Man kennt sich eben.“

„Ja, ja, man kennt sich und man hilft sich. In Köln nennt man das Klüngel“, gab Marie spontan zurück.

„Oh, Gottfried, Deine junge Kollegin nimmt aber kein Blatt vor den Mund.“

„Manchmal ist sie ein kleines bisschen vorschnell“, meinte der Kommissar, „aber eigentlich bin ich ganz froh, dass sie nicht noch kräftigere Ausdrücke verwendet hat.“

Marie drehte sich weg und schaute wieder durch die Glasscheibe der Tür in das Vernehmungszimmer. „Eigentlich wollte ich Seilschaft sagen“, murmelte sie halblaut.

„Ich nehme an, mit einer Teampartnerin, die ihr Herz auf der Zunge trägt, hast Du interessante Erlebnisse“, schmunzelte Zimmermann und kniff ein Auge zu.

„Sehr interessant, doch das macht nichts. Gut zu wissen, woran man ist, wenn man sich täglich aufeinander verlassen muss“, bestätigte Gottfried und wechselte rasch das Thema, um dem Juristen noch weitere Details des Falles Konrad Kranz zu berichten.

„Achtung“, kam plötzlich von Marie. „Der junge Kunz kommt.“

Die Tür öffnete sich und der Anwalt streckte den Kopf heraus. „Ist der Staats …“ Er stockte kurz: „Ach Sie, Herr Dr. Zimmermann …“

„Können wir reinkommen? Sind Sie soweit?“, wollte Gottfried wissen.

„Mann, heute bleibt uns aber auch gar nichts erspart“, drang die Stimme von Kunz senior auf den Flur. „Eine Bullenhitze hier drin und dann noch der Zimmermann. Echt zum Kotzen!“

„Danke, Herr Kunz“, antwortete der Staatsanwalt und betrat den stickigen Raum. „Ich freue mich auch, Sie zu sehen. Oh, Sie haben sogar das Jackett abgelegt. Das ist ja sonst gar nicht Ihr Stil.“

Albert Kunz funkelte sein Gegenüber böse an. „Ich will einen Staatsanwalt aus Offenburg. Sie sind überhaupt nicht zuständig.“

„Oh“, lächelte Zimmermann kalt. „Hatte ich das noch nicht erwähnt. Die Kollegen haben mich um Amtshilfe gebeten. Also bitte, Sie dürfen mir alles sagen, was Sie drückt frei von der Leber weg. Ich hoffe, Sie haben Ihrer Mandantin zu schonungsloser Offenheit geraten, das könnte sich strafmildernd auswirken.“

Der Rechtsanwalt stand kurz vor der Explosion: „Frau Kranz wird überhaupt nichts sagen, das ist unsere dringende Empfehlung. Und überhaupt brauchen wir jetzt Akteneinsicht.“ Er haute mit der flachen Hand auf den Tisch. „Schleunigst! Sonst werden Sie uns kennen lernen.“

Zimmermann zeigte wieder lächelnd seine Zähne. „Aber bitte, Sie beide und ich, wir kennen uns doch bereits zur Genüge. Je schneller Sie reinen Tisch machen, umso eher kommen Sie wieder nach draußen an die frische Luft."

„Ein anderes Zimmer, eines mit Fenstern, sofort", keuchte der füllige Anwalt.

„Alle belegt, leider. Aber wie wäre eine Parkbank in der Lichtentaler Allee? Schön luftig, an der kühlen Oos. Ideal, um dort unser Gespräch fortzusetzen. Es könnte natürlich sein, dass ein paar Bekannte Ihrer Mandantin vorbeispazieren und sich über die Streifenwagen und die Handschellen wundern."

„Wollen Sie mich verarschen?", donnerte Kunz senior in den Raum. „Her mit den Akten, aber presto!"

Zimmermann drehte sich zu Gottfried: „Herr Hauptkommissar, wären Sie bitte so nett, den Wunsch des Herrn Anwalt zu erfüllen?"

Der Ermittler bemühte sich um einen Gesichtsausdruck voll Bedauerns: „Tut mir furchtbar leid. Die Akten werden in Offenburg geführt. Wir können Ihre Mandantin gerne dorthin überstellen lassen. Ansonsten bitten wir Sie um ein paar Tage Geduld."

Albert Kunz sprang auf: „Das ist die Höhe, das müssen wir uns nicht bieten lassen! Nicht in einem Rechtsstaat. Wir wollen sofort den Ober …"

„Den Oberstaatsanwalt sprechen?", spöttelte Zimmermann. „Kein Problem, der steht vor Ihnen. Offensichtlich hat es sich noch nicht bis nach Karlsruhe rumgesprochen, dass ich seit einem halben Jahr die für Mord und Totschlag zuständige Abteilung in der hiesigen Dienststelle leite."

Kunz blies seine dicken Backen auf: „Was, ausgerechnet Sie hat man zum Oberstaatsanwalt gemacht? Pah, auch wieder so eine klassische Fehlentscheidung! Und von wegen Mord! Vergessen Sie es! Hören Sie auf, so einen Stuss zu reden! Niemand wurde ermordet. Und Konrad Kranz schon gar nicht!"

„Ts ts ts …, was Sie alles wissen. Oder zu wissen glauben? Unschön, wenn man den Aussagen der Mandantin nicht trauen kann. Stimmts?"

Albert Kunz schlug voller Zorn seine Schreibmappe zu: „Den Haftrichter, sofort!"

„Gerne morgen", lächelte Zimmermann erneut. „Das war der frühestmögliche Termin, den wir bekommen konnten. Für heute Nacht muss sich die liebe Frau Kranz leider mit einem Einzelzimmer hier im Gebäude begnügen. Sie wissen ja, 48 Stunden dürfen wir sie behalten. Sorry!"

„Was sorry? Gar nix sorry!", tobte Kunz und vergaß aufs Neue seine guten Manieren. „Es tut Ihnen überhaupt nicht leid. Sie wollen unsere Mandantin nur unter Druck setzen."

„Nichts läge mir ferner", gab Dr. Klaus Zimmermann in vollendeter Höflichkeit zurück und wandte sich zum Gehen. „Ach so – morgen Abend, 18 Uhr – Haftprüfungstermin. Meine Empfehlung, die Herren Anwälte."

23

Lilly Kranz musste zum ersten Mal in ihrem Leben gesiebte Luft atmen, doch diese Nacht, vollüberwacht in der Arrestzelle der Rastatter Dienststelle war nur der Anfang – der Beginn einer monatelangen Untersuchungshaft.

Die Aussagen von Konrad Kranz waren zu erdrückend, als dass seine Noch-Gattin hätte auf freien Fuß gesetzt werden können. Nachdem er wieder einigermaßen vernehmungsfähig war, suchten Marie und Gottfried ihn am Krankenbett auf und erschraken über die immer noch deutlich sichtbare Strangfurche am Hals. Kranz tastete darüber und nickte den Kommissaren zu: „Danke, es war allerhöchste Zeit."

Dann berichtete er von dem Abend am Mummelsee, bei dem er sich eigentlich mit Lilly treffen wollte, um – in Anstand, wie er sagte – letzte Einzelheiten der anstehenden Scheidung zu besprechen.

Stattdessen war er nach langer erfolgloser Wartezeit auf dem Besucherparkplatz von einem ihm bislang nicht bekannten, großen, muskulösen Mann mit struppigem Schnauzbart abgepasst, provoziert – „Lilly schickt mich – ich wohne jetzt bei ihr – für ihr Alter ganz schön heiß" – und in einen Streit verwickelt worden. Im Schatten eines dunklen Kleinlasters hatte ihn der körperlich haushoch überlegene Kerl überwältigt, in das Fahrzeug gezerrt und dort gefesselt.

An die Zeit danach konnte sich Konrad Kranz nur noch bruchstückhaft erinnern auf. Spuren eines Betäubungsmittels im Blut lieferten für die Lücken in seinem Gedächtnis die passende Erklärung. Erst in einer fremden Umgebung, einer abgedunkelten Halle, war er wieder zu sich gekommen, weiterhin gefesselt und mit einem übelriechenden Tuch im Mund geknebelt. Er konnte sich entsinnen, dass er ohne sein Jackett, nur im Hemd, auf einen Stuhl fixiert worden war.

Mehrfach war der Unbekannte vorbeigekommen, hatte ihm etwas Wasser zu trinken gegeben, dann wieder geknebelt und jedes Mal den Inhalt einer Spritze in die Armvene gejagt. Konrad Kranz wusste nicht zu sagen, wie oft das geschehen war, doch an eine Begebenheit konnte sich der Fabrikant ganz genau erinnern: „Irgendwann hat der mich samt Stuhl auf eine Sackkarre gebunden und in diesen dunklen Kleinlaster verfrachtet. Im Keller meines Hauses in Achern, vor der Labortür, wurde mein rechter Arm losgebunden und meine Finger über den Sensor gezogen. Die Tür ging auf und ich bekam wieder eine Spritze in den Arm."

„War der Kerl alleine?", wollte Gottfried Wald wissen.

Der Fabrikant schüttelte den Kopf: „Gesehen habe ich sie nicht, aber der Duft von Lillys Parfüm lag in der Luft. Da war mir alles klar."

Erst in der Lagerhalle hatte er seine noch nicht von ihm geschiedene Ehefrau tatsächlich zu Gesicht bekommen. Er hielt die Hände mit den beiden dick verbundenen Daumen in die Höhe: „Schraubstock! Sie persönlich hat zugedreht. Das hätte ich niemals von ihr gedacht. Noch nie in meinem Leben habe ich so etwas aushalten müssen. Ich bin fast wahnsinnig geworden vor Schmerz." Marie und Gottfried schwiegen betroffen.

Doch dann zog ein triumphierendes Lächeln über das Gesicht von Konrad Kranz: „Aber trotzdem habe ich das Geheimnis nicht verraten. Es war mir völlig klar, was passiert, wenn ich die Einzelheiten der Fasermixtur preisgebe."

„Sie wären umgehend eliminiert worden", sagte Marie leise.

„Ja, das Labor hatten sie schon, jetzt fehlte den Beiden nur noch das Know-how. Mit diesem Wissen hätten sie das ganz große Rad drehen können."

„In Brasilien", nickte Gottfried. „Der Flug war bereits gebucht."

„Schweigen, unnachgiebiges Schweigen. Ihre einzige Chance, um zu überleben", stellte Marie fest. „Richtig erkannt. Aber wo haben Sie nur die Kraft dazu hergenommen?"

Kranz zuckte die Schultern. „Keine Ahnung, wie ich diese extremen Schmerzen aushalten konnte. Zwischendurch bin ich immer wieder ohnmächtig geworden."

„Und irgendwann haben ihre Peiniger von Ihnen abgelassen?“

Kranz schaute Marie an: „Ja, aber nur, um mir die Schlinge um den Hals zu legen. In dem Moment wusste ich, jetzt ist es aus. Jetzt kommt mein Ende. Dieser Kerl hat mich in einen anderen Raum gezerrt, auf einen Stuhl gewuchtet und den Gurt an diesem Rohr unter der Decke festgemacht.“

„Und dann so lange nach oben gezogen, bis Sie nur noch auf Zehenspitzen stehen konnten“, nickte Gottfried und fuhr sich über die Stirn.

Marie wandte sich ab. „Mir wird schon schlecht, wenn ich mir das nur vorstelle.“

„Angst“, sagte Konrad Kranz leise und schloss seine Augen. „Todesangst.“

Endlose Verhöre von Lilly Kranz und Zlatko Bolek führten zu keinerlei Ergebnissen. Obwohl sie niemals zusammen vernommen wurden, schwiegen beide eisern.

Dennoch gelang es Gottfried Wald und Marie Schwarz in mühevoller Kleinarbeit, die noch verbliebenen Fragen aufzuklären. Bei einem gemeinsamen Gespräch mit Klaus Zimmermann und seinem Kollegen von der Offenburger Staatsanwaltschaft präsentierten sie die Fakten:

„Das Brioni-Jackett am Mummelsee und der RANGE-ROVER im Wald?“

„Dilettantische Versuche falscher Fährten. Das Blut war Kranz abgezapft worden. Dazu ein einfacher Pistolenschuss.“

„Die Halle in Ottenhöfen?“

„Leerstehend und im Internet zur Vermietung angeboten. Wenige Tage vor der Tat von Zlatko Bolek unter seinem echten Namen angemietet, angeblich als Zwischenlager für Schwarzwald-Touristikartikel.“

„Der dunkle Lastwagen?“

„In Lörrach gestohlen und mit ebenfalls gestohlenen Nummernschildern versehen. Funksender für das Einfahrtstor der Acherner Villa im Handschuhfach. Sicherlich aus dem Geländewagen mitgenommen.“

„Die Bluttat in der Speisekammer?“

„Nicht endgültig zu beweisen, aber höchst unwahrscheinlich, dass andere Personen als Lilly Kranz und Zlatko Bolek daran beteiligt waren. Der auffällige Transporter konnte durch die sehr präzise Aussage einer Zeugin identifiziert werden.“

Die Staatsanwälte sahen sich zufrieden an: „Beste Arbeit! Unsere Anklagen stehen nun auf sehr soliden Fundamenten. Aber was wird aus den Kranz-Werken?“

Jetzt tauschten die Kommissare Blicke aus. Synchron zuckten sie die Schultern. „Irgendein Kapitalgeber für die bahnbrechende Wunderfaser wird sich schon finden. Die Laboreinrichtung steht bereits wieder in Achern im Hochsicherheitskeller der Villa“, meinte Gottfried und Marie ergänzte: „Ganz so flink wie zuvor wird Konrad Kranz allerdings nicht mehr arbeiten können. Trotz der Möglichkeiten heutiger plastischer Chirurgie bleiben seine deformierten Daumen vermutlich für immer ein großes Handicap."

„Wohin jetzt?", fragte Gottfried, als er in Offenburg gemeinsam mit seiner Ermittlungspartnerin aus dem Gebäude der Staatsanwaltschaft trat.

„Ist ja wohl logisch. Ab zum See!"

„Was? Baggersee mit Hubert?"

„Vielleicht …", lächelte Marie hintergründig und öffnete ihren knallroten Dienstwagen. „Aber nicht heute. Ab zum Berghotel. Der smarte Kellner hat sicherlich etwas Oberleckeres für uns. Außerdem erwartet uns der Alte vom Seegrund mit seiner ganzen Mummelschar." Sie machte eine kurze Pause. Dann wurde sie ernst: „Und irgendwann bringen wir dort den Krall zur Strecke. Der taucht wieder auf und sucht nach mir – garantiert!"

ENDE

Danke an Willy Keller und sein Werk ‚Der geheimnisvolle Mummelsee‘.
Diese Sammlung von Sagen, Geschichten und Bildern hat sehr viel Inspiration und wertvolle Anregungen zu mummelROT geliefert.

Bisher erschienen:

SCHWARZmarie
Krimi
Autor: Bernd Leix
272 Seiten
ISBN 978-3-00-051419-7

Sommer 2015. Vor wenigen Wochen wurde der neue Aussichtsturm auf dem Buchkopf nahe des Schwarzwaldstädtchens Oppenau eingeweiht. Jetzt ist er bereits Schauplatz einer Tragödie. Zwei junge Urlauberinnen, die mit ihren Mountainbikes unterwegs sind, machen die grausame Entdeckung: Ein Toter steckt in der Sonnenliege neben dem Turm, kopfüber eingekeilt zwischen den Holzlatten. Ist er von oben gesprungen? Merkwürdig nur, dass ihm sämtliche Finger fehlen. Gewaltsam abgetrennt!
Die neu eingerichtete ‚Ermittlungsgruppe Schwarzwald' erlebt ihre Feuertaufe. Was auf die Kommissare Marie Schwarz und Gottfried Wald zukommt, ist kaum zu ertragen. Abgründe von ungeahnten Ausmaßen tun sich auf.

www.SchwarzwaldMarie.de

Bisher erschienen:

hornisGRAU
Krimi
Autor: Bernd Leix
304 Seiten
ISBN 978-3-9818-2221-2

Wo ist Willibald Zapf? Seit Tagen gibt es kein Lebenszeichen mehr von ihm. Der engagierte Lehrer kennt sich wie kaum ein Anderer in Flora und Fauna des Schwarzwaldes aus und ist im Naturschutz sehr aktiv. Zwangsläufig macht er sich dabei auch unbeliebt und tritt manchem Umweltsünder schmerzhaft auf die Zehen. Hat er jetzt eine Grenze überschritten? Hat er sich mit jemandem angelegt, der austickt und grausam zurückschlägt?
Es gibt Anzeichen, dass ein abgetrenntes Bein, das aus dem Hochmoor der Hornisgrinde gen Himmel ragt, zu Zapf gehören könnte. Hunderte dicker grüner Schmeißfliegen tun sich in schwüler Hochsommerhitze an dem nackten Unterschenkel gütlich, den nur noch ein alter Wanderstiefel ziert …
Marie Schwarz und Gottfried Wald, die Kommissare der ‚Ermittlungsgruppe Schwarzwald‘, lassen ihrem Spürsinn freien Lauf und stoßen auf überraschende Spuren, bis sie plötzlich selbst zur Zielscheibe werden. Nur durch blitzschnelle Reaktion entkommen sie um Haaresbreite einem tödlichen Attentat …

Bisher erschienen:

SILBERwolf
Krimi
Autor: Bernd Leix
264 Seiten
ISBN 978-3-9818-2222-9

Zum zweiten Mal passiert es. Zum zweiten Mal am selben Tag des Jahres. Zum zweiten Mal auf dieselbe Weise. Es ist der Wolf. Er geht einsamen Wanderern an den Hals. Der vierbeinige Wolf tötet mit einem Kehlbiss, der Wolf in Menschengestalt tötet mit einem einzigen Schnitt. Ohne Gnade quer durch die Gurgel. Ein langes Messer fährt durch Kehlkopf und Halsarterien. In mächtigem Schwall quillt das Blut heraus. Hellrot. Eine große Blutlache bleibt auf dem Wanderweg zurück. Das Opfer wird den Steilhang hinunter gestoßen. Zuerst am Brandenkopf, genau ein Jahr später auf der Hornisgrinde. Erneut schlägt der Wolf zu – erneut am Johannistag, am 24. Juni. Die großen schwarzen Aasraben kreisen im Sommerhimmel …

Marie Schwarz und Gottfried Wald, die Kommissare der ‚Ermittlungsgruppe Schwarzwald', lassen nichts unversucht, dem Täter und seinem Trieb auf die Spur zu kommen. Die hundertköpfige Sonderkommission, die ‚Soko Wolf', nimmt ihre Arbeit auf und sammelt zahlreiche Hinweise aus der Bevölkerung. Viele führen ins Nichts. Wenige scheinen vielversprechend, doch beweisbare Fakten fehlen. Marie und Gottfried beißen sich auf einer Spur fest. Ist sie wirklich die Fährte des Wolfes?

Bisher erschienen:

tannenWEISS
Krimi
Autor: Bernd Leix
264 Seiten
ISBN 978-3-9818-2223-6

Eine stolze, alte Schwarzwaldtanne wird gefällt, kracht auf einen Felsen und zerschmettert dabei mit ihrem Stamm den Schädel des Waldbauern. Ein gräßliches Bild! Eine Mischung aus Knochensplittern, Haaren, Blut und weißer Hirnmasse schockiert den Mountainbiker, der den Toten findet. Nur die Augen, die leeren Augen, starren aus dem bis zur Unkenntlichkeit zerdrückten Kopf.
Ein furchtbarer Unfall. Waldarbeit, höchst gefährlich. Wieder einmal wurde ein stolzer Schwarzwälder mitten aus dem Leben gerissen. Der erste Baum am frühen Morgen ist gleichzeitig der letzte des Bauern vom Feuerbach-Hof. Tragisch! Doch einer hat Zweifel. Einer, der an den Ort des Unheils eilt. Nein, so nicht. So sieht kein Unfall aus!
Auch die Kommissare der „Ermittlungsgruppe Schwarzwald“, Marie Schwarz und Gottfried Wald, sind bestürzt über das Unglück. Besonders, weil es sich in Maries Heimattal Kirnbach ereignet hat und der Tote der Bauer vom Nachbarhof ist.
Kein Unfall, nein! Eine Gewalttat ist geschehen, die aufgeklärt werden muss. Eigentlich Routinearbeit.
Doch kann die Kommissarin objektive Ermittlungsarbeit leisten, oder ist sie zu sehr befangen? Kennt sie gar die möglichen Verdächtigen persönlich?

Notizen

Notizen

Notizen

Notizen

Notizen

Notizen